ラルーナ文庫

仁義なき嫁　淫雨編

高月 紅葉

JN160252

三交社

CONTENTS

Illustration

高峰 顕

仁義なき嫁　淫雨編

本作品はフィクションです。
実際の人物・団体・事件などにはいっさい関係ありません。

1

坪庭に置かれた石造りの常夜灯が、初夏の闇《やみ》にゆらぐ。

開け放った障子にもたれ、佐和紀《さわき》は水割りの焼酎《しょうちゅう》を飲んだ。遠く、かすむように三味線の音が聞こえてくる。京都の夜には独特の味があった。

「酔ったんか？」

低い声の関西弁に呼びかけられ、視線をちらりと投げる。ネクタイもはずした袖まくりのワイシャツ姿でしゃがんだ相手は強面《こわもて》の美園《みその》だ。

高山組《たかやまぐみ》系阪奈会《はんなかい》・石橋組《いしばしぐみ》組長・美園浩二《こうじ》。眉間《みけん》に刻まれた不機嫌そうなシワが、がっしりとした広い肩と相まって男の渋みを醸している。

「まだまだ、酔わない。横澤《よこざわ》さぁん、おかわりくださぁい」

美園に答え、肩の向こうへ甘えた声をかける。腕をチノパンの片膝《かたひざ》へ投げ出すと、小さくなった氷が涼しげな音を鳴らす。

京都市内にある料亭は全室個室で、古い建物でも手入れが行き届いている。

磨きあげられた柱は美しく光り、毛筆の掛け軸がかかった床の間には花を挿した箔《はく》散らしの清水焼《きよみずやき》が置かれ、部屋の外、夏に向けて咲き揃《そろ》う庭花にも、ひっそりとした風情がある。

「俺がしましょう」

上座で腰を浮かそうとした男を手のひらで制し、別の男が座椅子《ざいす》から立った。佐和紀のそばまで来る。

細身の三つ揃いは上品な青で、ストライプのシャツとネクタイも同系色。さっぱりと刈り込んだツーブロックのヘアスタイルはスマートで都会的だ。

佐和紀からグラスを受け取る瞬間に、爽《さわ》やかなシトラスとネロリが香る。

桜河会《おうがかい》若頭補佐・道元吾郎《どうげんごろう》だ。

三十代半ばの彼は京都のヤクザで、四十代半ばの美園は大阪のヤクザ。相反する男振りは新旧のヤクザそのものだが、両者ともにヤクザ社会では若手に入り、『若手のホープ』そして『関西のエース』と呼ばれるふたりだ。

「焼酎。濃くして」

水割りを作る道元の視線が上座へ向かい、伺いを立てられた横澤が首を横に振る。佐和紀の要望は却下だ。

サイドで分けて軽く撫《な》でつけたヘアスタイルと、落ち着きのある物腰。ライトグレーのスーツは三つ揃えで、ベストは合わせが深いダブル仕立てだ。淡い藤色と白のストライプシャツにベストのボタンと色合わせしたダークグレーのネクタイが全体をまとめている。

横澤政明《まさあき》。事業の失敗で関東から流れてきたというわりに、金回りはすこぶるいい。高山組系阪奈会・葛城組《かつらぎぐみ》に客分として身を寄せ、佐和紀を囲っている。つまり、愛人関係だ。しかし、ふたりの間に肉体関係はなく、キスさえしたことがない。

「なんもなぁ、別れることはなかったやろ」

自分のグラスを取って戻った美園が、縁側近くの畳に腰を下ろしながら言う。遠慮のない視線に晒《さら》された佐和紀は、アルコールが入って潤んだ瞳《ひとみ》をついっと細めた。

岩下《いわした》。数ヶ月前までは、そう名乗っていた。

男ながらに『嫁入り』した相手が、関東一の大組織・大滝組《おおたきぐみ》若頭補佐のひとり、岩下周平《しゅうへい》だったからだ。茶番劇から始まって五年続いた結婚生活は、六年目を迎えることなく、去年の冬にピリオドを打った。

佐和紀はいま、旧姓の新条《しんじょう》を名乗っている。ふたつ名は『花牡丹《はなぼたん》のサーシャ』。横澤の愛人になるまでの間、花牡丹の刺繍《ししゅう》が入った別珍のスカジャンを着て、大阪のチンピラ相手に暴れ回っていたがゆえの通り名だ。

春が過ぎてスカジャンを着る機会が減っても、脱色した金髪と眼鏡《めがね》がトレードマークになっているから、呼び名は変わらないままだった。

「まさか、ほんまに、そうなったんやないやろ？」

あぐらを組んだ美園が意味ありげに笑う。

「ないなぁ。形だけ……」

美園の関西弁を真似《まね》た佐和紀は、盆の上から道元が作ったばかりの水割りを取る。持ってきたのは横澤だ。『金のある流れ者』は仮の姿で、正体は元世話係の岡村慎一郎《おかむらしんいちろう》だ。周平と別れて関西へ流れた佐和紀を追いかけてきた。

「ホンモノの愛人は、お忍びで来てるんでしょう」

片手に瓶ビールを提げた道元が近づいてきて話に混じる。

グラスをふたつ持ち、横澤を装う岡村へひとつ渡してビールをつぐ。

「なんや。そういうことか。道理でな。当たりが柔らかいわけや」

周平の反応を思い出したのだろう。美園が陽気に笑う。

「言うても、そう頻繁には来られへんやろ。どうなんや。我慢できるんか」

男同士の気楽な物言いだったが、佐和紀の斜め後ろが不穏だ。美園はすっかり横澤を無視してニヤリと笑う。

去年の晩秋に別れた周平と再会できたのは三月の終わりだ。桜が咲く頃だった。あれから一ヶ月と少し。周平と会ったのは二回。相手の忙しさを考えれば、多い方だ。

「思い出を食べて生きてるんだよ。……そっちだって、同じだろ?」

佐和紀はなにげなさを装って口にする。

美園の『愛人』は、真幸《まさき》という名前の男だ。いまは周平が預かり、横浜で生活させている。ふたりは、佐和紀と周平以上に会うことが難しい関係だった。

「高山組は、阪奈会を中心にまとまることで決まったようですね」

話を変えたのは岡村だ。

「筆頭は生駒組《いこまぐみ》ですか」

美園は酒を傾け、物憂い顔で言った。

「そうや。実質は石橋組《うち》が仕切ることになる。真正会《しんせいかい》は、下に潜って、離脱派の派閥を作っとるな」

分裂が危惧《きぐ》されている高山組のパワーバランスは、まだ決定的になっていない。名古屋地区を拠点とする真正会が独立したがっているという噂《うわさ》は以前からあり、大阪地区を拠点とする阪奈会（生駒組・石橋組含む）が、組織の崩壊を防ぐ地固めを行ってきた。そしてついに、阪奈会の対抗勢力となるべく、真正会が引き抜き工作を始めたのだ。

「昔ほどの派手な抗争にはならんやろ。警察が手ぐすね引いて見てるしな。そのせいで、半グレが威張ってしょうがあらへん。高山組の執行部の意向は『穏便に』の一点張りや……。真正会だけが、するっと抜けてくれたらええんやけど。そうもいかんな」

ある程度のまとまった数にならなければ、真正会も抜けた後が危うい。

高山組は日本一大きい指定暴力団だ。裏切りの報復は、徹底的に行われるだろう。

「俺、いなくてもよくない？」

佐和紀が言うと、片膝に頬杖《ほおづえ》をついた美園は薄く笑った。

「派手な抗争にはならんだけで、小競り合いはいくらでもある。まぁ、大阪見物でもして、もう少し遊んどいてくれや」

「いい加減なこと、言うなよ」

佐和紀も薄ら笑いで答えて酒を飲む。

腕っぷしの強さを期待され、美園と道元には幾度となく関西へ誘われた。名を上げることを猛烈に求めたわけではない。ただ収まりのつかない激情を持て余しただけだ。

世話係だった若い知世《ともよ》が傷つけられ、過去の因縁を持った西本直登《にしもとなおと》に請われ、鉄火場を求めた佐和紀を周平は止めなかった。代わりに突きつけられたのは離婚届だ。

衝撃の重さをいまさらに思い出し、佐和紀はくちびるの端を片方だけ引き上げる。坪庭へと視線を向けた。景色は陰影の中だ。隅の方は闇に落ちて、はっきりと見えない。

誰《だれ》も声を出さなかった。しんと静まった和室の空気が、庭先に吹く風と入れ替わり、岡村が煙草《たばこ》と灰皿の乗った盆を持ってくる。水割りと煮物の鉢が下げられ、差し出された両切りの一本を受け取った。

「あいつらと合流したら、すぐに忙しくなると思ってた」

助手席に座った佐和紀は、シートベルトをはずす。街灯を避けた道端でヘッドライトを消せば、相手の顔を見るのがようやくの暗さだ。

「映画の世界の話ですね。この世界も、基本的には地道な交渉の積み重ねです」

笑った岡村が、封を切った煙草の箱と封筒を重ねて差し出した。

「……ありがと」

受け取ったのは、いわゆる『お手当』だ。サーシャを愛人にしている横澤は、毎週二十万を包んで渡してくる。月額にすれば百万円近い金額が専属契約の代金になっている。

「ぜんぶ渡してはダメですよ」

岡村に釘《くぎ》を刺されたが、佐和紀は答えない。煙草の箱に残った本数を確かめる素振りで聞き流した。

箱の中は、いつも通り、いま吸ったばかりの一本が抜かれているだけだ。

「佐和紀さん」

「サーシャだ。サーシャ。横澤さん。それらしく行こうよ」

身体《からだ》ごと向き直り、片腕を伸ばす。岡村の肩に載せて、指先でうなじをなぞる。

ぞくっと震えたのがわかり、佐和紀は静かに身を寄せた。

関西ヤクザの情勢は、水面下で動いている。ふた昔も前なら、血で血を洗う抗争が巻き起こり、大阪決戦ふたたびと言われるところだろうが、いまはもう法律がそれを許さない。

かといって、話し合いで穏便に済む世界でもなかった。

美園が警戒しているのは、火種が弾《はじ》け、報復合戦が始まることだ。抗争まで行かない小競り合いの応酬は必ず起こる。

その飛び火が高山組の執行部に移れば、一大組織が総崩れになってしまう。

食っていけずに廃業していき、一般社会が望むように、ヤクザすべてが絶滅すればいいのかもしれない。しかし無理な話だ。野放しになった犬が総崩れ後の遺産を食い合っているうちはいいが、やがて飢えが広がる。そのときには統制など取りようもなくなってしまう。迷惑をこうむるのは、やはり一般人だ。

「香水を変えたのって、いつ？」

深みのあるスパイスに加えられた花の香りが、じんわりと甘く感じられる。

「出会った頃から。……連れて帰りたいな」

横澤の口調がかすれ、耳元へ息が吹きかかる。

周平の舎弟として世話係を務めていた岡村は忠誠心と朴訥《ぼくとつ》が売りで、自我や素の姿はめったに見せなかった。それが岡村の処世術だと周平は知っていただろう。

肩をすくめた佐和紀は目を細めて笑いを嚙《か》み殺す。洗練されて謎《なぞ》めいた横澤はまるで別人格だ。

「朝帰りは、月に二回まで。そういう約束だろ」

「それが、俺のための時間ならいいのに……。これは、きみの遊び代に」

スーツの内ポケットから取り出したのは、折りたたんだ紙幣だ。佐和紀に渡したばかりの煙草の箱を取り戻し、中に紙幣を押し込んで返してくる。

「あんまり、無茶なことはしないようにね」

そっと頬を撫でた手が、名残惜しそうに遠ざかる。

「いまんところ、あんたのモノだしな。傷がつかないようにする」

チンピラとのケンカは、横浜にいた頃からの娯楽だ。佐和紀からケンカを売ることはないが、買って欲しそうにしていれば素通りできなかった。大阪でも、街をまっすぐ歩くことは難しい。

「近々、『身体検査』があるからね。特に気をつけて」

岡村に言われ、佐和紀は目を見開いた。

「都合がついたと、連絡が……」

苦笑を向けられ、素直に微笑《ほほえ》んだ。『身体検査』は文字のごとく、身体の隅々までを検査される日だ。もちろん、行うのは周平で、無茶なケンカでケガをしていないか、欲求不満で浮気していないか。ありとあらゆる言い訳をつけて、余すことなく確かめられる。

月に二度の朝帰りは、周平と過ごすための時間だった。忙しいスケジュールをやりくりして出かけてくる横浜の若頭補佐と、朝までしっぽりと抱き合うのだ。

「わかった。じゃあ、またね」

軽い口調で言って、佐和紀は車のドアを開けた。

深夜を回った薄暗い路地に人通りはなく、生活の拠点になっているマンションはすぐそこだ。繁華街からほどよく離れて立地がいい。日中は築年数の深さが一目でわかる建物だが、古くさいレトロさに味がある。

オレンジ色の明かりが漏れるエントランスへ近づくと、茶髪の男が携帯電話をいじりながら出てくる。佐和紀に気づいて眉根《まゆね》を開いた。

「遅いね。ずいぶん、待たされた」

佐和紀の手に封筒を見つけて軽薄に笑う。するりと抜き取られた。

封筒の中身を確かめる木下知之《きのしたともゆき》はこざっぱりとした顔だちの青年だ。髪は襟足を長めに残してラフに切り揃えられ、耳元にはフープのピアスがついている。

ヤクザと関《かか》わるチンピラには見えず、街の遊び人がいいところだ。

「今週も二十万！　やっぱり美人はいいよね。金になる」

封筒の中身を十枚数えて抜き、ふたつに折る。自分の綿パンのポケットへ無造作に押し込みながら、残りの入った封筒を佐和紀に押しつけた。

「残りは、いつものとこに入れといて。今日もごはんだけ？　やり手すぎるだろ」

佐和紀の匂《にお》いをわざとらしく嗅《か》いだ木下はケラケラ笑う。

佐和紀が横澤の愛人となり、毎週決まって金が入るようになってから、木下は金を取りにくる以外にマンションの部屋へ寄りつかなくなった。

「ナオは部屋にいるよ。サーシャが戻るまで寝ないってさ。あっちにもこっちにも愛されてるよなぁ、サーシャ。……俺も、大好きだ」

肩を抱かれそうになり、胸を押し返す。

「おまえの愛情は高くつくからヤダ。コンドーム、使えよ」

エントランス前の階段を下りる木下に念を押す。

「えー、やだぁ」

わざとらしくふざけた声を返したかと思うと、木下は眉をきりっと吊《つ》り上げた。

「俺はいつでも男らしくナマって決めてるんだ」

「……性病をもらってくるバカが言いそう」

「誰、それ」

もらった病気が全快したしたばかりの木下は小賢《こざか》しく、幼稚なチンピラよりも悪質だ。

「サーシャ。おまえってさ、不思議なんだよな。女と違う色気……、なんていうのかな、はべらせてみたいって感じがする。虎《とら》を飼う、みたいな」

「誰が猛獣だよ」

「ぴったりだろ？　仕事じゃなくても、ケンカしてくるし。体力ありすぎ」

「だから横澤と寝てんだろ。バーカ」

ベッと舌を出してみせ、踵《きびす》を返した。木下を置き去りにして、エレベーターで八階へ上がる。廊下をまっすぐに歩くと、三人で暮らしている部屋は真ん中あたりにあった。両側は事務所として使用されているらしく、深夜は人がいない。

ドアに鍵《かぎ》はかかっておらず、開くと玄関の明かりが漏れてきた。

「ただいま」

声をかけるのと同時に、廊下寄りの部屋から直登が顔を出す。

「おかえり、サーシャ」

「トモに下で会った。ごはんは食べた？」

話しながらリビングへ向かうと、直登は犬のようについてくる。印象的な高身長を屈《かが》めて歩くのが悪い癖だ。背筋がピンと伸びるのは、木下が持ち込んだ仕事で人を殴るときだけだった。

「バイト先で食べた。天丼だったよ。サーシャは？」

「俺は、懐石料理ってやつ。刺身と煮物がうまかったな」

答えながら、封筒をビニール袋に入れた。米びつを開けて、白米の中に押し込んで隠す。

「今度、おまえも行く？」

顔を覗《のぞ》き込むと、直登は怯《おび》えたようにあとずさる。佐和紀は木下の言葉を思い出した。

横澤の匂いがついていることに、直登も気がついたのだろう。

「シャワーを浴びてくる。そしたら、ビールを飲もう」

待っていて、と付け足して、身体が触れないように脇《わき》をすり抜ける。

直登の心は幼い。そして敏感だ。まるで動物のように、他人の気配を嗅ぎ取る。

木下が言うには、佐和紀と再会するまでは自分の意見や希望がなく鈍感で、命令に逆らうこともなかったらしい。ところが、佐和紀を偶然に見つけた直登は一変し、金づるとして利用していた木下を困らせた。結果、佐和紀は脅され、横浜を出ることになったのだ。

大阪へ来てからは三人で行動をしているが、木下は現れた当初に心配したよりも野心のない単純な男で、周平と佐和紀の関係も深くは知らない。

周平から渡された離婚届も実行力がないと思われて破り捨てられた。戸籍の性別が誤記載されている佐和紀は書類上、周平の籍に入っているのだ。

そのことを思い出しながら、佐和紀は顔を歪《ゆが》めた。

シャワーを浴び、ボディソープを手に取り、全身をくまなく洗う。

木下は真正会と繋《つな》がりがある男なので、美園たちからも付き合いを続けておくように頼まれている。

その真正会といえば、桜河会を追い出された由紀子《ゆきこ》を匿《かくま》っている組織だ。

因縁深い女狐《めぎつね》は京都から名古屋へ流れ、麻薬密売をかかえて関東へも姿を見せている。その事件には知世が巻き込まれ、暴行には直登も関わっていた。

心がちりちりと痛み、頰に大きなガーゼを貼《は》っていた知世の眼差《まなざ》しがよみがえる。佐和紀に対して戦うことを求めた年少者の瞳だ。

周平のそばにいることだけが幸福かと問われ、あのとき、言葉に詰まった。

あの男さえいれば、これ以上ないほどに幸福だと思ってきたのに。

心は思いがけず、揺れた。

過去に置いてきた後悔と、美園たちに必要とされる現状が、佐和紀の意識を内側から変えてしまった結果だ。

周平への愛情は変わっていない。けれど、失っていた過去の記憶を取り戻した佐和紀の内心は変わってしまった。端的に言えば、外の世界を見たくなったのだ。

泡にまみれた身体に手のひらを滑らせながら、佐和紀はため息をつく。周平の指の感触が脳裏を痺《しび》れさせ、あやうく下半身をいじりたくなる。

とりとめのない逡巡《しゅんじゅん》に飲まれ、床を打つシャワーの音を聞く。

背中から腕を回してくる周平の気配は淡くかすれ、官能的な息づかいが耳元に揺らぐ。

新婚当初に抱いていた戸惑いがふいに思い出された。

なかなか本番行為がしてもらえず、好かれているはずなのにもどかしかった頃だ。

いまになってみれば、周平の気持ちはよくわかる。経験の少ない佐和紀に足並みを揃え、耐えてくれたことが嬉《うれ》しいと、しみじみ感じる。

甘い記憶が全身に溢《あふ》れ、一方でせつなく胸がよじれた。

あの頃のように周平が焦《じ》らしてくれたら、別れ際も、セックスに逃げずに済んだのかもしれない。

自由でいたい気持ちと、縛られていたい気持ちがせめぎ合い、自分本位だとつくづく思う。胸の奥がチクチクと痛み、考えることにうんざりしてくちびるを引き結んだ。

シャワーを止めて、キスマークのない身体を見る。そこに残されているのは、ケンカでつけた打撲痕《だぼくこん》ばかりだ。『身体検査』までに消えそうもない。

浴室から出て、髪を拭《ふ》きながらリビングへ入ると、ソファで膝を抱えていた直登が顔を上げた。パッと花が開くような笑みを浮かべ、一目散に駆け寄ってくる。横からギュッと腕が回った。

「はいはい。さびしかったな～。ビール、飲む？」

髪をぽんぽんと叩《たた》きながら声をかける。直登は機嫌よく離れた。

「先に、髪を乾かしてあげる。サーシャは飲んでて、いいよ」

ドライヤーを取りに行く直登を横目に、佐和紀は冷蔵庫を開ける。中はほとんど入っていない。ヨーグルトとバナナと調味料が少し。あとはビールと発泡酒の缶がいくらか並んでいるだけだ。

ビールを取ってソファへ座ると、直登が背後に立った。

三人で暮らしているのは2DKのマンションだ。ダイニングをリビング代わりにして、個室のひとつは木下が、もうひとつは直登と佐和紀が使っている。

「きれいな色になったね」

佐和紀の髪を指で梳《す》き、ドライヤーの風で乾かしはじめた直登が言う。

木下から強引に脱色されたときは、色も傷みも酷《ひど》かった。誰よりも嘆いたのは岡村だ。すぐに美容室へ連行され、佐和紀はいっそのこと、紫かピンクにしたいと願ったが聞きいれられず、つれなく却下された。

許されたのは金髪だ。横浜にいた頃もインナーカラー程度のブリーチしかできなかったので、色には満足している。

「また泊まりに行ってくる。日程が決まったら言うよ」

佐和紀が振り向くと、ドライヤーが止まった。

「横澤と？　……ふたり？」

「大丈夫だよ。客を取らされたりはしてないから。心配しないでいい」

沈んだ表情になった直登の頬に触れる。ヒゲがザリッと手のひらを刺した。

年齢は二十代半ばだが、佐和紀の前では寂しがりの甘えたがりだ。

金の計算をすることと時計を即座に読むことが苦手で、コンビニエンスストアへ買い出しに行かせれば、持たせた金を使い切ってしまう。あれこれと欲しいものを買うのではなく、頼んだものを買えるだけ買ってくるから、使いを頼むのにもコツがいる。

「やっと、あいつから解放されたのに……」

直登が『あいつ』と呼ぶのは周平のことだ。佐和紀はさらりとかわして、横澤の話に変えた。

「横澤はいい男だよ。金も持ってる。俺は、おまえが人を殴らずに済むならいいんだ」

愛人契約をきっかけにして、ヤクザからの暴力的な依頼を受けないでくれと木下へ頼んだ。人を殴ると直登の心は乱れ、興奮は風俗で晴らすことになる。それを避けたかった。

「あいつがいなければ、こんなことにはならなかった」

直登がまたつぶやき、佐和紀は肩をすくめる。

「岩下か……。あれも、いい男なんだけどな」

「見た目だけだ」

顔をしかめながら言われ、佐和紀は笑う。心の成長を止め、逆行さえ感じさせる直登には、真実が見えるのかもしれなかった。

周平はいい男だが善人ではない。佐和紀にとっては、たまらなく好きなところだ。しかし、理にかなった説明はできそうもなかった。

「……俺の知ってる、サーシャでいて……」

祈るような直登の声に、佐和紀はうなずく。泣きたいような気分になるのは、変えることのできない過去のせいだ。

直登の兄・大志《たいし》は、佐和紀の親友だった。短い時間だったが、三人は家族のように暮らし、佐和紀の貞操を守ろうとして犠牲になった大志は長すぎる入院生活の末に死んだ。

彼らを見捨てて逃げた佐和紀の人生も楽なものではなかったが、それなりに楽しく過ごし、周平にも出会うことができた。幸せの意味も、いまはもう知っている。

だからこそ、兄の代わりに佐和紀を守ると詰め寄ってきた直登を突き放せなかった。

「わかってるよ、ナオ。一緒にいるから」

そっと指を動かして、直登の頰を撫でる。

大志と直登を犠牲にして逃げたことを佐和紀は長らく忘れていた。それは、母と祖母の教えがあったからだ。血が繋がっているかどうかも定かでない母と祖母は、生き延びることだけが最優先で、そのための犠牲はやむをえないと繰り返した。

もう二度と、あの施設へ入ってはいけない。遠く離れ、身を潜め、ただ生きていく。

その先に何があるのかはわからない。生きていれば必ず、と祖母は言った。そして、真夏の暑さにやられてあっけなく死に、佐和紀のそばには祖母の恋人が残った。南洋帰りの男だ。ふたりで寺へ行き、納骨したことは覚えている。

しかし、大志と親しくなるにつれて、男の影は薄くなり、いつしか消えてしまった。

佐和紀には、自分のいた場所や施設の意味がわからない。当時は幼く、なによりも疑問を抱いたことがなかった。

大人だけでなく子どもたちも軍事訓練を受けている中、佐和紀は特別に扱われた。

このあたりのことは、美園の愛人である真幸なら詳しく知っているはずだ。以前はまだ思い出していなかったので、質問はひとつも思い浮かばなかったが、今度会った時には聞きたいことがいろいろある。

「サーシャ？」

直登の声に呼び戻され、ぼんやりと見つめ返す。両頬を包む手が温かくて泣きたくなった。周平の腕に抱かれ、無知でいられた頃が懐かしくよみがえり、過去と引き換えに現在《いま》が押し流されていく。いろいろな記憶を、忘れていられたら、どれだけよかっただろう。

これまで生きてきて、周平との暮らしだけが真実に幸せだった。

迷いもなく抱き寄せられ、戸惑いもなく寄り添ったのは、ふたりの関係を脅かすものなど存在しないと信じていられたからだ。周平は周平のままで、佐和紀は佐和紀のままで、これからも変わらずに愛し合えるはずだった。記憶が戻らなければ。

「今夜は疲れた」

薄く笑って、直登の手を握りしめた。

記憶が戻ってから、佐和紀の心もバランスを崩しかけている。少しずつゆっくりと、噛み合っていたはずのものがズレていく。本当の自分になるのだとしても、未知の世界だ。

周平なら受け入れてくれるとわかっている。けれど、問題は別のところにある。なにもかもを話して、なにもかもを受け入れてもらえても、自分の心にある違和感は自分で納めなければどうにもならない。

だから、周平と距離を置き、離れていることで時間を止めることができたらと願う。周平との関係だけは変えたくない。傷つけたくないし、嫌われたくない。

嫌いにもなりたくない。

佐和紀は目を伏せて、ため息をつく。まぶたの裏に浮かぶのは、自分だけの優しい男だ。自分が選んだことなのに、離れていることは、耐えがたいほどにさびしい。

うっすらとした情欲を感じ、握りしめた手が周平でないことを悟る。誰も代わりにはならない。それだけは初めからわかっていた。

2

怒声が聞こえて振り向くと、すかさず腕を摑《つか》まれた。

「今夜は……」

声をひそめて引き止められる。ジャケットを羽織り、横澤を演じている岡村だ。花柄のシャツを着た佐和紀は不満げに見つめ返す。

繁華街のレストランを出たところで遭遇したのは、チンピラ同士の小競り合いだ。

「腹ごなしなら、ホテルに戻ってからでいいじゃないか。……ダメだよ」

横澤の口調で言った岡村に腕を引かれる。

今夜はこれから、横澤の滞在しているスイートルームに連れ込まれる算段だ。

コネクティングルームで周平が待っている。そして、翌日は奈良へ小旅行の予定だった。

周平と横澤が会合に出席するので、サーシャはおまけでついていく。もちろん会合には出ないから、観光をしながら暇を潰《つぶ》す予定だ。

「あ、我慢した」

殴り合いは始まらなかった。挑発に乗せられそうになった男を、仲間が押し留《とど》めたからだ。意外な展開だったが、理由はすぐにわかった。挑発していたグループが「ヤクザもたいしたことがない」と叫ぶ。

「もう、終わり」

タイミングを見た岡村の手が肩へ回り、ぐいっと抱き寄せられる。そのまま人の流れにまぎれた。タクシー乗り場へ連れていかれる。

「ヤクザとチンピラだったたな」

佐和紀が言うと、肩を抱いた岡村の手は背中へと滑り落ち、さりげなく腰あたりで止まる。最小限に控えめな下心を隠した岡村は、横澤の口調で返してきた。

「相手は不良グループだ。ヤクザの下っ端を、からかうのが流行《はや》ってるらしいね」

「なに、それ……。趣味が悪いな。不良って、半グレ？」

「もう少しライトな層かな。半グレとチンピラの間ってところだ」

「どっちが上で、どっちが下？　チンピラが下か？」

「横向きに考えた方がいい」

岡村が笑う。チンピラに優劣はない。あるのは形態の違いだけだ。

「なるほどね。横……」

「美園の話を覚えてるだろう。半グレとチンピラが威張ってるって話。あれの大部分は彼らだ。『紅蓮隊《ぐれんたい》』って名乗ってる」

「愚連隊？　戦後のヤクザ予備軍だろ」

「……違うこと考えてる。紅蓮の炎の『紅蓮』で紅蓮隊。そういう名前の不良グループだ。基本的には犯罪から遠くて、あんなケンカもしないタイプらしいけど……」

「資金源は？」

佐和紀が切り返すと、岡村は目を細めた。

「クラブやディスコでのイベント。近頃はディスコも復活の兆しだ」

ふたりを乗せたタクシーは、すぐにホテルへ着いた。開業して間もない外資系の高級ホテルだ。

横澤が来阪した当初は、関東から逃げてきた設定上、葛城組が護衛をつけてくることもあったようだが、いまはない。腕っぷしの強さに定評のある『花牡丹のサーシャ』を愛人にしたからだ。用心棒も兼ねている。

「この前のさ、京都の料亭に行ったときのスーツ。あれ、かっこよかったな。……誰の趣味？」

宿泊客の乗り合わせていないエレベーターの中で、佐和紀はいたずらに近づく。正面に立ち、ジャケットの前裾《まえすそ》を引っ張りながら、岡村の物静かに見える目元を覗き込んだ。

「どれを着たかな……」

眩《まぶ》しそうに細められる岡村の瞳には、金髪のサーシャが映っている。眼鏡は赤いセルフレームだ。

腕が背中へ回り、そこで到着のベルが鳴った。お遊びはここまでと岡村の胸を押し返し、佐和紀はさっさと身体を離した。キスもしない偽装愛人だが、岡村の想いは本物だ。佐和紀が心許す瞬間を待っている。だからこそ、油断ができない。

「あのスーツは道元の趣味です。なんだか、ムカつくなぁ……」

佐和紀を追い抜いた岡村は、スイートルームエリアに入るドアをカードキーで開けてぼやく。桜河会若頭補佐の道元が岡村に執心していることは佐和紀も知っていた。

恋愛感情ではないらしいが、友情とも違い、従属とも違う。ふたりの実態に興味はあるが、ごまかす岡村を追及するほどの好奇心はない。

短い廊下を抜けてリビングスペースを横切り、コネクティングルームのドアをノックする。向こう側の施錠がはずれ、わずかに開いた隙間《すきま》から髪の長い美男子が顔を見せた。

立ち襟にチャイナボタンのついたブルーグレイのシャツ。横浜の中華街を拠点にしている情報屋の星花《シンファ》は、岡村に目配せをしたあとで佐和紀にも会釈をした。

星花の脇にいつも控えている双子が現れ、サッとこちら側へ滑り込んでくる。

そして、星花の後ろから周平が顔を出した。

撫であげた髪と黒いふちの眼鏡。そして、ネクタイを外したシャツの襟元に見える、逞《たくま》しい首筋。

ただ立っているだけで匂い立つような男振りに、佐和紀の内心は穏やかでない。

星花と一揃えにすると、絵に描いたような美形のコンビに見えるからだ。

ボタンをふたつはずしたシャツさえ性的に思え、こちらも岡村のシャツをはだけさせておけばよかったと思う。

「奈良行きの遊び相手だ」

周平が口を開いた。コネクティングルームの境界線上に立っていた星花が、声に押されたように佐和紀たちの部屋へ踏み込んでくる。

「ご迷惑でなければ」

佐和紀に向かって微笑んだ顔は、やはり美しく、性的に色っぽい。

だからこそ、佐和紀はピンときた。星花が可否を問うのは奈良行きで佐和紀の遊び相手になることではない。関西にいる間、岡村の『夜の遊び相手』を務めることに対してだ。

「ひとりにしないでください」

岡村に腕を掴まれ、引き止められる。佐和紀は驚いた。

「貞操の危機だ。ブランクを考えてください。この三人は相手にできない」

「……女は抱いてるだろ」

横澤が愛人契約を結んでいるのは男のサーシャだけで、女はワンナイトラブのつまみ食いだ。岡村にだって性欲はある。

「玄人《くろうと》の女と、こいつらを一緒にしないでください」

「俺ね……、いまから周平とセックスするんだよね……」

視線をはずして、ぼそぼそと口にする。星花を呼び寄せ、うつむいて拗《す》ねている岡村の手を預けた。そのまま離れるには、あまりに落ち込んでいるから、首筋に手のひらを押し当てて顔を覗き込む。

横澤を演じていれば、周平に負けないほどの伊達《だて》男になるのに、こんなささいなことで気落ちする。男ほど扱いづらいものはないと、同じ男なのに思ってしまう。

そして、そこがかわいいところでもある。

表情を確かめるだけで佐和紀は離れ、星花に岡村を任せた。コネクティングルームのドアに近づくと、周平に誘い込まれる。

「あんまり妬《や》かせるな、佐和紀。俺は、慣れてない……」

そっと背中を抱かれ、鍵をかけたドアの内側でくちびるが重なった。肉感のある周平のくちびるを吸った佐和紀は目を細める。

「おまえがいけないんだ。星花と並んで立つから」

頬を撫で、うなじをたどって鎖骨を探す。開いたシャツのボタンをもうひとつはずして指で引くと、青く鮮やかな入れ墨の地紋が見えた。ぞくっと腰が震えてしまう。

「妬いたなら成功だ……。佐和紀……」

両手で頬を包まれ、顔を上げさせられる。腰が触れ合い、佐和紀よりもずっと硬く育ったものが布越しにごりっと動いた。

「……押しつけるな」

「興奮するだろう？」

いやらしい形は見なくてもわかる。散々、泣かされてきた。上の口も下の口も、指も、太ももの内側でさえ、周平の逞しさを知っている。

「ここ、で……」

イヤという間もなく、ブルージーンズのボタンをはずされる。

絨毯《じゅうたん》に膝をついた周平は顔を上げたまま、戸惑う佐和紀を眺め続けた。ゆっくりとファスナーを下ろす。ルーズなジーンズがするりと落ちて、膝あたりに溜《た》まった。

閉じたドアの向こうを想像したのは一瞬のことだ。周平の息づかいが太ももをかすめて過ぎれば、もうなにも考えられない。

肌をたどった指がボクサーパンツの裾に入り込み、佐和紀の腰は期待感を抑えきれずに揺れる。

「あっ……」

触れるよりも先に押し当たった布越しのキスが卑猥《ひわい》で、声が漏れた。びくっと脈を打ち、股間《こかん》が大きくなる。

「見ても、いいか……？」

わざわざ聞いてくるのが意地悪だ。恥ずかしがるとわかっていて、真剣な目をする。

くちびるを噛んだ佐和紀は手のひらでそこを隠した。久しぶりなのに、まだシャワーも浴びていない。

「ダメ……だ……」

出した声は、思うよりも弱々しくかすれて、隠しようのない欲情が透けてしまう。ダメなことは、なにひとつない。

離れていても、離れているからこそ、この瞬間が待ち遠しかった。

周平の舌が、股間を隠す手の付け根に這《は》い、中指をたどって下りる。同時に、両手が太ももの外側を撫であげ、後ろへ回っていく。大きな手のひらは熱く、佐和紀はのけぞるようにノドを晒《さら》した。

周平の舌が爪《つめ》の先で止まり、股間を押さえた指と下着の間にねじ込まれる。わずかに上げた指先が、口に含まれた。まるで、それが性器だと言わんばかりに吸いつかれる。

「んっ……」

擬似的なフェラチオのいやらしさに、佐和紀の声が漏れた。人差し指と中指を吸われ、その間を舌でなぞられる。その下にある本物の性器は脈を打って膨らみ、佐和紀は身を屈めた。

「あっ、や……」

大きな手のひらに包まれた尻《しり》が、柔らかく揉《も》みしだかれる。指が肉に食い込み、佐和紀の息がいっそう乱れていく。すると、周平はさらに水音高く指をしゃぶった。

佐和紀は頭の奥まで、卑猥さに痺れる。腰が震え、肌が粟立《あわだ》つ。

「周平……っ」

ひそやかに呼んだ声に、せつなく濡《ぬ》れた恋心が滲《にじ》む。結婚していても別れてしまっても、変わらずに周平だけが佐和紀の恋人だ。

「して……。こっち……ッ」

自分でボクサーパンツの前をずらすと、飛び出した性器が裏筋を晒した。恥ずかしさに顔を赤く染めながら、佐和紀は吐息を漏らす。

性器の先端はうっすらと濡れて、恋人の甘いくちづけを待っている。

それなのに、膝立ちになった周平は指から口を離してうっすらと笑うばかりだ。くちびるを寄せてもくれない。

「見てるよ。もっと大きくしてみせて……」

自分でしごいて育てるように促され、佐和紀はくちびるを噛んだ。片手で派手な花柄のシャツをまくり上げて押さえ、屈めていた上半身を起こす。

ボクサーパンツを膝までずらされながら、指を絡めて根元を摑む。ゆっくりと先端に向かって動かし、また根元に戻す。

そこが完全に剝《む》き出しになり、刺激がさらに強くなる。

周平に見られていることよりも、自分が作り出す直接的な快感に息が乱れ、夢中になってしまいそうになった。普段は忘れている性欲が、ここぞとばかりに頭をもたげ、暴れ回ろうとしているようだ。

「あっ……、ぁ……ッ」

「ひとり遊びがうまくなったな。いやらしい手つきだ」

「ん……ばか……ッ」

「してもらうのが楽しみだ。なぁ、佐和紀……」

周平の鼻先が下腹の茂みに近づき、逃げようとした尻を摑み戻される。匂いを嗅がれ、息を吹きかけられ、手もろくに動かせない。

ただ握りしめているだけで達しそうになり、周平のくちびるを指で押した。開く場所を探っていじり、腰を引く。

「もう、くわえて……」

指で歯列をなぞり、爪の先で開かせる。唾液《だえき》に指を濡らしながら、周平の舌を探った。

自分自身を摑み、周平の口元へあてがう。

指を差し込んで開かせたくちびるの間から舌先が迎え出てくる。張り詰めた亀頭を舐《な》められ、腰が引けた。

「あっ……ぁ」

思わず顔が歪み、息が引きつれた。

「ん……っ」

唾液のぬめりが、敏感な先端の膨らみを包み、肉の厚い周平のくちびるに飲み込まれる。

全体が熱さを感じ、閉じた目のふちに涙が滲む。

「はっ……」

膝が笑い出し、ガクガクと震える。

「きもち、いい……っ」

ひとりでするのとは比べものにならない快感が押し寄せ、壁にもたれてのけぞりながら、佐和紀は自分の金髪を摑んだ。力強い周平の手が、壁に挟まれながら佐和紀の両尻に食い込み、逃げ場のない佐和紀は距離を詰められる。

ジュッと吸われ、深く飲み込まれていく。かと思うと、すぐに引き、幹をしごいてくちびるが動く。

「うっ……、ふっ。……もっと、音……させて……。あっ……あぁ、エロ……い……っ」

恥ずかしげもなくジュポジュポとしゃぶられて腰が揺れる。射精の欲求はすぐに募り、尻を揉まれるだけでは欲求不満になってくる。

指先で探って欲しかった。割れ目を押し開いて、奥に隠された入り口を撫でられたい。しかし、喘《あえ》ぐのに忙しい佐和紀はねだることもできない。もどかしさも、それはそれでよかった。

「あっ、あっ……く……、い、くっ……」

腰をぐいぐいと前後に動かした佐和紀は、シャツを抱きしめて身を屈めた。見上げてくる周平と、互いの眼鏡越しに視線が絡む。

佐和紀のモノにしゃぶりつきながら、周平は欲情している。その瞳に浮かんだ、獰猛《どうもう》な性感に佐和紀は支配された。

「飲、んで……。俺の、飲んで……っ」

激しく喘いで訴えながら、佐和紀はまぶたをぎゅっと閉じる。くちびるがわなわなと震え、ひときわ深く吸われた。腰が、壁ではなくドアに押し当たり、ドンッと物音が立つ。

「くっ……」

息が喉《のど》で詰まり、最後は周平の動きで搾られた。緊張を帯びた腰の中心に意識が集まり、欲望のすべてが出口を求めて迸《ほとばし》る。

狭めた口の中いっぱいに溢れていく精液に、敏感な先端が包まれ、やがて嚥下《えんか》する周平の喉の動きで全体が圧迫された。

「あぁッ、ん……」

腰砕けになる身体を抱き支えられ、愛撫《あいぶ》に濡れた性器が解放される。周平の膝に崩れ落ちて、肩に取りすがった。ぜいぜいと息をつき、頬にくちびるを寄せる。

キスを求めると、気を使った周平が逃げた。

「イヤ……。する……」

フェラチオをしたあとでも佐和紀は平気だ。周平だって、自分のものをしゃぶらせて、すぐにキスをする。すべてはいまさらだ。

甘えながら首筋に腕を絡め、くちびるに吸いつく。ねっとりと絡めた舌に、濃い精液の味がした。

「ベッド、行こ……？」

眼鏡をはずした佐和紀がうっとり見つめると、周平が苦笑いを浮かべる。

「風呂《ふろ》の用意ができてる。汗を流してから……」

「いきなり咥《くわ》えたくせに？」

「おまえはいつだってきれいだ。……俺にも『恥じらい』がある」

凜々《りり》しい顔だちで真剣に言われ、返す言葉もなく、佐和紀は頬を膨らませる。そういう周平が好きでたまらず、ときめく自分がたまらなかった。

洗い場のついたバスルームに水音が響く。浴槽のふちに腰かけた周平の足元に収まった佐和紀は、のけぞるように背中を反らした。

くちびるから溢れてくる白濁の蜜《みつ》を指の関節で拭《ぬぐ》って、浴槽から身を乗り出す。もちろん、シャワーで流す前に挑んだ行為だ。

口をゆすいだシャワーを周平へ渡すと、洗い場で全身を流しはじめる。跳ねる水滴を避けて隅へ寄った佐和紀は、たっぷりと奉仕した余韻に浸り、どぎつい色をした周平の入れ墨を眺めた。毒々しい色合いだが、描かれた牡丹の花は鮮やかに美しく咲いている。

「横澤は、石橋組の預かりになるのがいいのかな」

服を脱ぎながら交わした話の続きを持ち出すと、髪を洗い終わった周平が身体を起こした。黒髪をぐっと両手でかきあげる。引き締まった二の腕がセクシーだ。

「美園次第だな」

「葛城組も石橋組も阪奈会の一員だから、揉めごとにはならないって話だけど」

「また金がかかる」

笑った周平が湯の中へ戻ってきた。足を伸ばして入れるほど大きな浴槽の中で向かい合い、足先を掴まれた佐和紀が答える。

「それは、どうにでもなるんだろ」

岡村と佐和紀の資金源は、周平が譲ったデートクラブ一式だ。岡村が横浜を離れた現在、同僚だった元ヤクザの田辺《たなべ》が社長代理を務めている。

恋人のために足抜けを狙《ねら》ったのに、逃げ切れずに押しつけられたのだ。

「あいつは、金儲《かねもう》けがうまいからなぁ」

佐和紀はしみじみ言う。田辺との間には、過去の因縁がある。

佐和紀がまだ古巣のこおろぎ組にいた頃の話だ。報酬の上前を跳ねられたり、臨時ホステスの仕事を押しつけられたり、仕事と称してラブホテルに監禁されたりした。

それでも、肉体関係が成立したことは一度もない。

「よく働いてるだろう」

元舎弟の肩を持った周平は、同情したように眉をひそめた。目元の凜々しさが際立ち、佐和紀は吸い寄せられる。

折り重なるように、うつぶせで抱きついた。

「こうしてると、なにが変わったのか、わかんないな」

入れ墨の肩に頬を寄せ、向こう側の鎖骨をなぞる。周平のくちびるが額へ押し当たった。

「直登はどうしてる。木下は?」

聞いてくる周平は、ふたりと会ったことがない。身辺調査の書類を見ただけだ。

「木下は、遊び歩いてるよ。あいつはホント、なんも考えてない。横澤の金払いがいいから、人を殴る仕事もなくなった。まともなバイトの給料は取られてるけど……。おかげで、直登の調子はいい」

「木下は真正会に近いんだったな」

美園がいる阪奈会と敵対している派閥だ。佐和紀はうなずいた。

「だから、横澤とは距離を置いてるんだろうな。派手に遊んでるから、向こうの耳に入るのは早そう。どのあたりとツルんでるのかを確かめたいけど、駒《こま》がない」

横浜とはまるで勝手が違い、情報を探ろうにもツテがない。岡村も気にしていて、あれこれと動いているところだ。

「どうするつもりだ」

周平の手が動き、佐和紀の背中に湯をかける。

「……木下？」

「直登も」

問われ、佐和紀は答えに困った。

「直登のことは……、時間が解決するのかな、って思う」

周平のふくらはぎを湯の中でなぞると、流れた毛並みの感触がくるぶしに当たる。男らしい足だ。

「時間か……。気の遠くなる話だな」

「ん……」

逞しい胸に抱き寄せられ、ないに等しい胸の肉を揉まれる。うっすらとついているのは筋肉だ。

それでも周平の手つきはいやらしい。乳首をさすられ、じんわりと腰が痺れてくると、きゅっと押しつぶされる。たまらずに腰を揺すって欲情を訴えた。

佐和紀からキスすると、周平の下半身はまた首をもたげる。それが合図になり、浴槽から出た。

「佐和紀。夏になれば祇園祭《ぎおんまつり》だな。また一緒に歩こうか」

バスローブを着た周平が、ミニバーの缶ビールを取り出し、プルトップを押しあげる。佐和紀も揃いのバスローブで近づいた。

夫婦で京都へ行ったのは、結婚一年目の夏だ。新婚も新婚。それどころか、佐和紀はまだ恋路の右も左もわからず、セックスにも疎かった。

あれから五年。恋の意味も、愛の形も、情欲のはかなさも知っている。すべて、周平に教わり、周平と積み上げたものだ。

缶ビールを受け取った佐和紀は、その場を離れた。

恋が始まっていることにも気づかなかった頃の自分が懐かしくて、そして、なにもかもを忘れていられた季節が恋しい。

「どうした」

背後から抱かれ、耳の裏側にキスをされる。

甘い日々の記憶がよみがえり、直登と過ごす日常に流されそうな佐和紀の意識がこの場に留められた。

幼い心のままでいられたら。成長なんてしなかったら。

腕に抱かれて、いつまでも同じでいられたのかもしれない。そう思うと、胸の奥が凍えていく。

家を出て半年だ。ふたりで抱き合ったのは、これで四度目になる。

再会の瞬間は胸躍るほど嬉しいのに、身体を重ねればさびしさが募っていく。行為が終われば、また離れて暮らすことがわかっているからだ。

だからといって、元に戻ればいいわけでもなかった。

答えを求めて出てきたのだ。何かを摑むまでは帰れない。

横浜にすべて置いてきたように直登のことを置き去りにしたら、過去の過ちを繰り返すことになる。償うと決めたのだから、向かい合うしかなかった。

しかし、いまのように、無策で過ごすことでもないだろう。

「佐和紀……」

「……どうも、しない」

嘘《うそ》をついて、腕から逃れる。缶ビールを持ったままベッドルームへ入り、閉じたカーテンの真ん中を少しだけ開いて外を見た。横浜の夜景はどこにもない。そこにあるのは、大阪の夜だ。

缶ビールをテーブルに置いて振り向く。腕組みをした周平は入り口にもたれていた。

「今日は、優しく、抱いて欲しい……」

キングサイズの大きなベッドのそばで腰のひもを解く。バスローブを肩からずらして、足元に落とした。

胸の奥がきゅっと痛んだのは、どんな未来を想像するよりも先に、周平のことを愛しているからだ。

佐和紀は、どこも隠さず、生まれたままの姿でベッドに乗った。

「眺めてないで、早く来て。……周平に見られると、疼《うず》く」

「どこが……？」

腰ひもを解いた周平もバスローブを脱ぐ。床に落とさず、枕元《まくらもと》へ投げた。

「言わない。……探してみれば？」

「じゃあ、もっと疼かせてみようか」

布団を剝《は》いだ周平に足先を摑まれる。引き寄せられて転がると、内側のくるぶしへと歯を立てられた。

「優しくできるといいけどな」

サイドテーブルのローションを取った周平は、バスローブを佐和紀の腰の裏に敷く。

「できる限りでいいけど……。約束通り、たまにはそこも触ってる……」

開いた足を周平の膝に乗せた佐和紀は、自分の胸に指を這わせる。熱い吐息を漏らしてのけぞる媚態《びたい》に、周平が眉根を引き絞った。

いままでのように頻繁なセックスができなくなるので、いざというときのため、ときどきは指を入れて慣らしておく約束だった。

固く閉じてしまうと、入れるのも、入れられるのも、苦しくなる。

「気持ちよくなれたか」

「……つまらないんだよ」

佐和紀はくちびるを尖《とが》らせた。しかし、胸は違う。胸筋を揉み、手のひらにこりっと当たる乳首を摘《つ》まむと、せつなく震えるような快感が生まれる。

腰がじわりと疼き、排泄《はいせつ》器官であるはずの後ろまでもが熱を持つ。

「あ、ぅ……んっ」

周平の太い指先がすぼまりを突き、逃げそうになる腰を片手で引き戻される。

「もう感じてるのか？　まだイくなよ？」

「……無理ッ」

開いた足の間に身を置かれただけで興奮してしまう。

「膝を、締めるな」

「んっ……ぁ。あっ、あっ」

ぐいぐいと内壁を指の腹でこすられ、どうにもならない声が溢れ出た。

「あぁ……ッ」

「ちゃんと自分で入れたのか？　こんなに食いついて……。入らないんじゃないか？」

「んっ。だ、って……。あっ、周平の、指、だかッ……ら……あぁ、そこっ、やっ……」

押し込まれ、ぐりっと指が動く。ローションはいつのまにか、たっぷりと足され、ぬめりが奥まで行き渡る。

身を屈めた周平のくちびるが胸に押し当たり、動かせずにいた佐和紀の指をはずした。舌がねろりと小さな突起を舐め、くちびるがキュッと強く吸いつく。

「んっ……！」

「ゴムをつけておくか？」

下腹で目覚めている性器を掴まれ、佐和紀は首を振った。

「周平は、つけないで」

「明日は奈良へ行くだろう。初めからの中出しは……」

「外で出せばいいだろ」

「……久しぶりだと恐ろしいぐらいの威力だな。もうイキそうになった」

おかしそうに笑いながら、周平は自分のモノにもローションを塗り込める。

「まず奥に種をつけて、それから、これで掻《か》き出すか……なぁ？」

それもまた、欲望を秘めて反り返った肉棒の仕事だ。佐和紀は視線をそらし、自分から足を開く。

指が抜ける刺激にも震えながら、のしかかってくる男の胸板に両手を押し当てた。

「ゆっくり、して……」

興奮しすぎて、天井がぐるぐると回り出す。

「ゆっくり……」

熱い先端がぐっと押し当たり、待ちわびた結合に浅く喘ぐ。

去年の秋に別れ、次に抱き合えたのは四ヶ月後だった。桜には早い、春の初めだ。

あのときが一番、苦しかった。欲しいときに抱き合えない寂しさが絶望ですらあるなんて、冗談のような話だ。

「あっ……ぁ」

肉を押し広げる周平の先端は力強い。ぐいぐいと押され、佐和紀は泣き出しそうになった。愛しているから、交わりはいつも刹那《せつな》的な喜びだ。すぐに次が欲しくなり、快感が深いほど、離れるのがこわくなる。『結婚』という約束の偉大さを、何度も思い知った。

「きついか」

苦しさに喘ぐと、潜り込んできた昂《たか》ぶりが、またさらに脈を打って膨らむ。

「も……っ」

たまらずに胸を押し返す。

「これ、以上……大きく、しない……でっ」

ふるふると首を振って訴えたが、もちろん聞き入れられるわけがない。両手を引き剝がされ、顔のそばに縫い止められる。キスが与えられるのと同時に、周平の腰が進む。

濡れた音を立てて押し込まれ、佐和紀は髪を揺らしてのけぞった。

「やっ、だ……。そこ、まで……に……っ」

想像よりも大きく広げられ、息が詰まる。

「まだ半分も入ってない」

「んなこと、ないだろ。入って、る……っ」

腕を押さえつけられたまま、佐和紀は喚《わめ》いた。柔らかく揺すられただけで、身体に受け入れた熱に内側から圧迫されて苦しくなる。

悶《もだ》えたくなるほどの熱さは、快感だ。腰がよじれ、息が引きつった。

「……あぁッ！」

腰まわりに痺れが走り、たまらず背を反らす。周平を受け止めた場所が、自分から求め
「……おおき、ぃ……」

るようにうごめき、快感は次から次へと湧《わ》き起こる。

なにも考えられなくなった佐和紀は、拳《こぶし》をきつく握りしめた。

「イクときは教えてくれ」

周平の声が耳に流れ込み、それだけでびくっと身体が揺れる。

「ん、くっ……」

「搾られないように耐えるから。……たっぷり、愛されたいだろう？」

卑猥なセリフが似合う男のいやらしさに、佐和紀はうっとりと身を投げ出すしかなかった。押さえつける周平の手がはずれても腕は動かせず、顔の横に投げ出して仰向けになったまま、浅い息で胸を弾ませる。

周平をすがり見ると、大きな手が目元の涙を拭いに近づく。そのまま、佐和紀の両頬を包んだ。

「ん？　イクか？」

周平の腰が前後に揺すられ、

「あっ、あっ……んんっ」

佐和紀の答えは言葉にならない。

下半身に意識が集中して、身も心も必死に快感を追う。身体の内側が収縮を繰り返すような小さい絶頂は、射精を伴わない『空イキ』だ。周平とのセックスですっかりと覚え、挿入していなくても達することがある。

「ん……、いい……。きもち、いい」

「かわいい顔をしてるよ、佐和紀」

「キス、して……」

くちびるを交わし、胸を反らす。

「こっちも、吸って……。きもちよく、して……」

せつなく膨らんだ乳首を見せ、疼きをこらえて誘う。

胸にくちびるを滑らせた周平が、片手でもうひとつの突起を摑んで問いかけてくる。

「他には？」

「……動いて」

腰をよじらせた佐和紀は、甘だるくねだった。

周平の前に欲情のすべてを並べ立て、そのひとつひとつを確かめる。

キスと、愛撫と、腰使い。すべてが佐和紀の意に添い、悦が絡み合って溶ける。

「あっ、あっ……あぁっ、んんっ……」

のけぞって悶える腰が引き寄せられ、胸の尖りを口に含まれる。舌先で器用にもてあそばれながら、ゆっくりと突き上げられていく感覚に佐和紀は酔った。

ほぐされてとろけた内壁が、周平に絡みつき、何度も繰り返される出し入れにさざ波のような痙攣《けいれん》を起こす。

「んっ、ん……あぁ、いいっ……いい、……きもちっ、いっ……ッ」

洗ったばかりの周平の髪は、もう新しい汗で濡れていて、触れ合う身体も湿り気を帯びている。夢中なのは佐和紀も同じだ。激しい快感を幾度となくやり過ごし、汗を滲ませて辛抱しながら積み上げていく。

もう少し高く、もっと高く。

抱き合って絡みつきながら、お互いの息を合わせた。

「もう少し……」

激しく動きたいと周平が続ける前に、精悍《せいかん》な頬を両手で押さえた。

「ダメ。ゆっくり、たいせつに……して」

「してるだろ」

ぐっとこらえた目元は、お預けにされている不満を隠しきれていない。荒い息を繰り返す額から、汗がひとしずく、佐和紀の頬に落ちる。

「わざとだな」

きつく睨《にら》まれた佐和紀は笑ってしまう。

「どうしてだよ。……おまえに本気でやられたら、記憶が飛んじゃうだろ。……じっくり、感じたい」

「……それはまた、あとにしてくれ」

うなだれるように佐和紀の肩へ額を預けた周平が深い息を吐き出した。ゆるやかに揺れていた腰が、大きく円を描くように動き出す。

「あっ……ッ。くっ……ん……っ」

「もう馴染《なじ》んだはずだ」

動きは激しくない。しかし、ねっとりと淫《みだ》らだ。膝の裏を押さえつけられて持ち上がった腰を突き回され深々と貫かれる。

柔らかくなめらかで、そして容赦がない。

じわじわと込み上げる深い欲求に佐和紀の背中がしなった。

目の前がチカチカしてきて、手のひらでシーツを乱し、指先で布地をかき集めた。しかし、それでは済まず、さまよわせた指が触れた枕を強く引き寄せる。

「あぅッ……はっ、あ、……や、だ……っ」

淡く高まりきらない快感が断続的に押し寄せ、腰が跳ねた。

細い悲鳴が喉の奥に詰まり、佐和紀は枕の端を噛む。

「ん、くっ……。あ、動いて、動いて……っ」

欲望を露《あら》わにねだったが、顔をしかめながらこらえている周平は、静かなリズムで腰を揺らし続ける。

「しゅうへ……っ、だめ、だめっ……。あ、あっ……ああっ！」

揺さぶられ、激しく突き上げられたいと願いながら、けだるく押し寄せる悦楽に引きずり込まれる。目をぎゅっと閉じて、佐和紀は奥歯を噛みしめた。

足の先が痺れ、熱がじわっと広がる。そこから悦が溶けはじめ、がくっ、がくっと身体が大きく揺れた。

このあとに、どうなるのかも、知っている。

「俺の番だな……」

ふっと笑う周平の淫靡《いんび》さを、佐和紀は目で追うことができなかった。

肩で息を繰り返し、快感にたゆたうしかない。それもつかの間で、周平が大きく動いた。限界まで育った熱い杭《くい》を、ずぶっと打ちつけられる。

「あぁっ！」

逃げようともがいた肩を押さえつけられ、腰が持ち上がる。周平の腕にかかった足が、制御できずにぶらぶらと揺れた。

激しく打ち込まれると、拒絶の言葉も出せない。しかもドライオーガズムに達したばかりの身体だ。

立て続けに責められ、されるがままに佐和紀は悶えた。

刻まれる喘ぎ声は小さな悲鳴になり、涙がこぼれる。痛みはないが、感じすぎてつらい。

ぐずぐずと泣き出した佐和紀の背中を強く抱き寄せ、周平が果てた。精の迸りが内壁を撃つ衝撃にさえ感じきり、佐和紀は周平の首にしがみつく。

泣きながら、最後の一滴まで搾るように腰を押しつけてよじらせた。

それがまた、佐和紀の快感の芽吹きになる。

身体を離した周平は、互いの片手指を絡めて繋ぎ、勃起《ぼっき》した佐和紀の象徴を優しくしごく。愛情深い行為に、佐和紀はいっそう泣かされる。

快感が募りすぎて出したくないと騒ぎ、ゆっくりと甘やかされながら射精する頃には、また周平が息を吹き返す。

「……休ませて。……ほんと、マジで。……お願い」

そう繰り返す佐和紀を横向きにして、差し込んだままで周平は腰を振る。浅い場所を責められた佐和紀は抵抗しきれず、されるがままに快感へ落ちていく。

奥を激しく突かれたあとの、浅い抜き差しはまどろみに似ていて、おのずと甘えるような声が出る。泣いていても、嫌がっていないことはあきらかだ。

「はっ……ん。……んんっ……」

丸くなった佐和紀の背中に指が這い、機嫌を取るようなキスが脇腹をくすぐる。笑ってしまうと、ぐっと深く挿入された。

周平が息を詰め、佐和紀の奥で先端が跳ねる。注がれる熱を掻き出すことなく、今度は腰を掴まれてうつぶせの姿勢に変えられた。

膝下を開かれ、腰を持ちあげられる。

「あ、ふ……っ」

抜かずの三発が決まる頃には、佐和紀はもう身体に力が入らず、されるに任せて揺すられ、枕へ顔を伏せた。

優しければ優しいほど淫らに動く周平の腰づかいを味わい、堪能《たんのう》しながら目を閉じる。くちびるから溢れ出る言葉で、いまは別れている『元旦那《だんな》』をいやらしく責めた。嬌声《きょうせい》に乱れて重なる息づかいが、肉のぶつかる音に滲んでいく。

「ん、んっ……あぁっ……ん、ん、んー、んっ……ッ！」

シーツを掴んだ佐和紀は、腕で身体を持ちあげてのけぞった。周平がまた身体の奥で弾けて、注がれる愛情を自分からも搾り取る。

背後から腰を掴む周平の指は、震えるようにして佐和紀の肌に食い込んだ。

＊＊＊

翌日は、ルームサービスでブランチを頼み、昼までゆっくり過ごして出発となった。

久しぶりの行為で疲労困憊《こんぱい》した佐和紀にはありがたいスケジュールだ。

のっけから抜かずの三発でたっぷりと注がれた挙げ句に、後処理をするからと騙《だま》され、風呂場プレイに持ち込まれた。周平は初めから、昼過ぎ出発の予定でいたのだろう。

佐和紀は泥のように眠り、爽やかに目覚めた。溜まっていた性欲を発散したからではない。周平の添い寝で眠れたからだ。

大阪での佐和紀は、子どものように甘えてくる直登と同じ布団で眠っている。冬の間、マンションの部屋が寒くて仕方なかったのがきっかけだが、周平には聞かせられない。

いくら直登にその気がなくても、身体はどこもかしこも標準男性で、女だって普通に抱く。誤解されるのは面倒だ。

ブランチを終えた佐和紀は、横澤の部屋へ戻る。星花と双子の支度は済み、リビングスペースのソファには佐和紀のためのボストンバッグも置かれていた。

佐和紀が中身の説明を受けているうちに、ベッドルームから岡村が出てきた。シャツの袖を留めていたが、佐和紀に気づくと慌てて背後のドアを閉めた。

「したんだろ？」

小首を傾《かし》げ、佐和紀はかわいげを装った。懐柔して、寝乱れた部屋を見てやろうと目論《もくろ》んだが、岡村は騙されず、苦々しい笑みを返してくる。

「聞きますか、それ」

岡村は、ますます困惑したように眉をひそめる。

「……知るかよ。ネクタイは？」

佐和紀が聞くと、背後から近づいてきた星花が差し出してくる。受け取って、岡村に渡した。首にかけるのを待って、両端を掴む。

自分のネクタイを結ぶのは苦手だが、人のネクタイは手早い。

最後にキュッと締めあげ、周平にしてやるときの癖でキスしそうになった。岡村に気づかれる前に慌てて身を引く。コネクティングルームの入り口に立つ周平が視界に入った。

コッチも頼むと言わんばかりにネクタイを振ってみせられ、佐和紀は飛んで逃げるように、その場を離れた。

「やべぇよ。癖でうっかりキスしそうになった」

笑いながら、周平の首にかかったネクタイを掴む。すると、額にくちびるの感触がした。

岡村や星花がちらちらと視線を向けてくる中、いたずらを仕掛けてくる周平を睨んで身をよじる。

「バカ、ダメだって……」

笑うと、手元が狂ってしまう。逃げながら、なんとか結んで、最後にきゅっと締めた。

今度はくちびるの端に、チュッとキスした。そして素早く離れる。

キスのスタンプを親指でなぞった周平は、わざとらしく指の腹に自分のくちびるを押し当てた。さらに抱き寄せられてはかなわないと逃げる佐和紀を横目に、星花へ声をかける。

「星花、俺たちは先に出よう。佐和紀、また、あとで」

去り際はいつもスマートだ。ふたつの部屋を繋ぐドアが閉じられ、ソファに腰を預けた佐和紀は視線を巡らせた。ジャケットに袖を通す岡村を見る。

スーツのボタンを留めると、表情に横澤が差し込み、岡村の雰囲気が消えていく。佐和紀はどちらも同じだと思いながら、眼鏡を押し上げた。


奈良での宿泊先は、興福寺《こうふくじ》近くのクラシックホテルだ。部屋はみっつ用意されていた。表向きは横澤とサーシャ、周平、星花と双子の割り振りだ。

それぞれの部屋は離れていて、周平の部屋が一番広い。

大きなベッドがふたつ並び、窓辺にはソファとテーブルが置かれている。窓からは、隣接する庭園が眺められた。

背後から腕が回り、抱き寄せられる。佐和紀が身を任せて振り向くと、震えるほど甘いキスが始まった。

「ん……。でかける、のに……」

うっかり火をつけられてしまいそうになり、周平のくちびるを手のひらで覆う。

周平はこれから、横澤を伴っての食事会がある。大滝組若頭補佐として行う渉外活動の一環だから、時間になれば、平然とした顔で出かけていくだろう。

「もう少しだけ……」

ささやいた周平の手が、肩を預ける佐和紀のシャツの裾をまくる。

「少しが長いんだよ」

文句を言いながらも、相手の頬に手を添えた。周平は肌を指先でなぞるだけだ。それ以上のことをしない。

「今夜は、もうちょっと手加減してくれる？」

濡れたくちびるを離して頼むと、凛々しい周平の眉が跳ねた。

「そう願いたいのは、俺のほうだ。あんまり、いじめないでくれ」

なにがだろう、と佐和紀は思う。じっと見つめても答えがわからず、周平のスーツの肩へ頬を預けた。背中を抱かれ、右手を胸に押し当てて寄り添う。

両手で佐和紀の身体を包んだ周平は、柔らかくゆっくりと揺れはじめた。

いつかのチークダンスを思い出すと、和服ではないことを不思議に感じる。周平とは何度か踊った覚えがある。そのどれもが淡く、甘い思い出だ。

目を閉じた佐和紀は、鼻先をくすぐる香りが変わっていることに気づいた。周平の使う香水はときどき変わる。それでも基本的な香りはいつも一緒だった。

「……香水、変えた？」

スーツの胸元に押し当てた手を、上へと滑らせ、うなじに這わせる。そして、反対側の肌を嗅いだ。確かに周平の匂いだが、スーツに振りかかっている香りは記憶しているものよりも深みがあった。

スパイシーだが落ち着きがあり、シガーの深みも感じられる。

「いい香り……」

踵《かかと》を上げながら、首筋に顔を埋《うず》めた佐和紀は、ふっと疑問を抱いた。

「なぁ……。これ、もしかして、横澤と同じ？　なんか、似てる」

わざとなのかと問うまでもない。

「おまえから、俺以外の匂いがするのは我慢がならない。わかるだろう」

両手が佐和紀の頰を包んだ。鼻先を触れ合わせ、眼鏡がぶつからないように首を傾げながらくちびるを重ねる。

寄せた身体はひとつになりたがって、隙間もないほど近づいてしまう。

周平の身体に腕を回し、佐和紀は目を閉じた。

同じ香水でも、つけた身体が違えば、匂いも変わる。男の個体差だ。

角の取れたまろやかなウッド香にスパイス。溶け込んだ花の匂いに混じっている、甘く感じられるシトラスは、周平の身体の匂いだ。横澤よりもぐっと強く感じる柑橘《かんきつ》の香り。心地よく佐和紀を包み込み、夢見心地にさせる。

だから、しがみついているだけで、すべての鬱屈《うっくつ》を消し去れる気がした。

金髪に染めたことを忘れ、部屋のクローゼットにかけられた着物を想像する。ふたりの環境が、なにひとつ変わっていない錯覚に陥り、佐和紀は吐息を漏らして顔を上げた。

周平の指先があごの下をそっと撫でる。泣き出す一歩手前のせつなさに、佐和紀はまぶたを閉じてくちびるを開いた。

ドアをノックする音が聞こえていたが、見つめ合ったふたりは無視を決め込んだ。

あと五秒、あと十秒、あと一分。互いのくちびるをついばみ、しばらくは応対に出なかった。


「佐和紀さん……、岡村さんがこちらへ来る前、あなたについて調べました」

東大寺《とうだいじ》の大仏殿を観光しながら、星花が声をひそめた。背後についてくるのは顔がそっくりの双子だ。

「どこから、どこまで？」

視線を向けた佐和紀は冷静に聞いた。

すこんと抜けるように澄んだ青空をバックにした巨大建造物は、比べるものが近くにないだけにスケールがわかりにくい。それがよかった。

夕暮れにはまだ早いが、午後の光は陰っている。チェックのシャツにジーンズを穿《は》いた佐和紀は、無意識に首元へ手を伸ばす。しごく衿《えり》のないことに気づき、ハッと息を呑《の》んだ。

「戸籍が作られて、横須賀を出るまで、です。それ以前はわかりませんでした。……ご自分の年齢が二年ほど若いことを知ってますか」

「そうなの？　知らないな。誕生日も本当かどうか怪しいことなら知ってる」

「幼い頃、入っていた施設のことは」

「幼いなりの記憶だ。母親に聞いたことはない。……俺を産んだ女のことはわかったか」

「わかりません」

うつむいた星花が首を振る。

「岡村さんには、すべて報告しています。もし、ひと通り知っておきたいのならば、調書を渡しますが……」

「読むよ。シンに預けておいて」

どこからともなく流れてきた薄雲を眺めながら、知ることそのものはこわくないと思った。しかし、知ることで生まれる自分の変化を持て余してしまう。

東大寺全体を包む硬質な雰囲気を宗教ではなく学問の匂いだと悟ることも、変化のひとつだ。佐和紀は見えない帯を手のひらで撫でた。和服で過ごしていた頃の癖が出る。

ここまで来られたのは、周平のおかげだった。手を取り足を取り、佐和紀の機嫌を伺いながら、つきっきりでさまざまな変化を促してくれた。教えてくれたことのひとつひとつが文化的で、生きるための深い学びを含んでいる。

それすら物足りなくなってしまったのだろうかと思い、すぐに考え直す。

関西のヤクザに混じることには、高尚さも得もない。

直登への償いを理由にして、知世の後押しを言い訳にして、佐和紀はひとりだけの景色を眺めてみたくなったのだ。

だから、右腕のつもりでいた岡村さえ必要としないで離れを飛び出した。

「知りたいことがあれば、調べておきます」

星花に言われ、佐和紀は首を左右に振った。

「あんまり、首を突っ込むな。俺が育ったところは変な場所だ。たぶん、いいことなんてなにも出てこない。そのあたりは調べがついただろう」

「具体的なことはわかりませんでしたよ。詳しくは調書を見てください。……こちらでは、待機状態が続いていると聞きました。相手の要求は、よく見定めるようにしてください」

「相手って？」

「美園と道元です。あのふたりは、それぞれに目的が違う。美園は高山組のために、道元は桜河会のために動きます。岩下さんと岡村さんの牽制《けんせい》が利く範囲かどうか、その判断はあなた自身がしないといけません。岡村さんにできることは、あくまで助言です」

星花の口調は真剣で、佐和紀も真面目《まじめ》に受け止める。

「わかったけど。……道元はともかく、美園は」

横浜に真幸がいると言いかけ、言葉を飲み込んだ。

佐和紀の代わりに星花が口を開く。

「あの男は、自分の愛人ぐらい、簡単に売りますよ。相手もそれは承知している。わかっていて、岩下さんの下に入ったんでしょう」

「そんな忠告をしに来たのか」

星花が関西に来た本当の用件だ。

「美園と道元に利用されないように気をつけてください。あなたは、人の心を掴むのがうまい人だけど『きれい』すぎる。顔かたちだけの話ではないですよ。……侮《あなど》られているから逃げられるときと、そうでないときがあります。特に、自分の腕力を過信しないように」

「あいつらが、俺に枕営業《マクラ》でもさせるって?」

ふざけて切り返したが、星花の表情はゆるまない。切れ長の瞳のチャイニーズビューティーは、肩から胸へ流れる自分の長い髪を掴み撫でた。

「それ以外であれば、なんでも頼めると思っているかもしれません」

「……ヤクザ、こわいね」

佐和紀は軽妙な仕草で肩をすくめた。踵を返し、土産物屋《みやげ》へ足を向ける。星花の忠告はもっともだ。美園と道元の本心がどこにあり、なにを望んでいるかはわからない。チンピラ同士の友情のように、単純明快とはいかないだろう。

軽口を叩きながら土産物の棚を眺めると、小ぶりなシカのぬいぐるみが目に入った。直登に買って帰ろうかと悩む。けれど、あまりに子どもっぽい気がして買わずに敷地を出た。

「周平って、結婚して変わった？」

二月堂《にがつどう》へ足を向けながら、佐和紀は尋ねた。少し遅れて歩く星花が物静かに笑う。

「変わりましたよ」

なにかを思い出すようにぼんやりとした声で言った。

「特別な結婚生活だったんですよね。だから、荷物も捨ててしまって……。岡村さんが言ってましたけど、三井《みつい》さんがずいぶん泣いていたって。それでも、こうして一緒にいるんですから、思い出はまた積み重ねて……」

「ん……？　ちょっと、待って」

佐和紀は足を止めた。振り向いて、星花と向かい合う。

「なにを捨てたって？」

「佐和紀さんの……」

素直に答えかけた星花の顔が、しまったと言いたげに歪んだ。

「話を変えるなよ」

先手を打った佐和紀は、ずいっと距離を詰める。ふたりの間へ割って入ろうとする双子を視線で制して、すぐに星花を見据え直した。

「荷物を整理した話は聞いてる。でも、三井が泣くほどのことじゃないよな」

「……岡村さんに叱《しか》られます」

失言を忘れて欲しいと言われ、佐和紀は視線で拒んだ。戸惑いで揺れる星花の目を覗き込む。

「あいつがなにを言おうが、俺が叱り返してやるよ。……でも、やったのは周平だろう。整理したってのは、要するに、俺の荷物を」

処分した。捨てた。そのどちらを言うべきか迷い、佐和紀はうつむく。

「佐和紀さん。確認してください。対外的に素振りを見せただけのことかもしれません」

星花がフォローしようとしたが、佐和紀の耳には入ってこない。

もしも、本当だったら、なにがなくなって、なにが残っているのか。考えただけで身体が震える。

ふたりで暮らした離れにはすべてを残してきた。整理をつける心の余裕もなく、あの瞬間を逃せば、二度と周平のもとを飛び出すことはできないと意気込んだ。

離れたかったわけではない。離れないでも、方法はあった。しかし、離れなければ、ふたりの関係が、雑多なものに汚されていく気がした。それも事実だ。佐和紀を動かした直登の過去と知世の想いは、どちらも同じように周平との関係を否定する。

　ふたりの行為へ逃げ込むほどに、佐和紀は関係を浪費し、濁らせ、もっともして欲しくないことを周平に求めてしまう。憂さ晴らしのためだけのセックスだ。心のバランスを取るためだけに、周平の身体を利用して汗を流す。

　ふたりの行為が、そんなふうに、ただのスポーツになってしまったら、結婚してから培った大事なものがなくなってしまうと佐和紀は危ぶんだ。

　色事師だった周平が、誰よりもセックスで傷つき、そして人生を奪われてきたことを佐和紀は知っている。周平を心の支えにしても、セックスを憂さ晴らしにしてはいけない。

だから、待ち構えた周平に離婚届を渡されたときは本当に驚いた。出ていく自分を否定され、直登や知世のことを第一に考えたと思われたことにも胸が痛んだ。

　しかし、それもまた、自分自身への言い訳に過ぎない。

　事実はひとつだ。

　佐和紀はあの夜、すべてを捨てて逃げた。

　話し合うこともせず、背負い切れずに下ろしたものを省みることもなく、周平のためだと言いながら、周平なら思う通りにしてくれると自己中心的に信じた。

「……戻ろう」

指を握り込んだが力が入らず、佐和紀はゆらりと前を向く。
三井が泣いたのなら、周平は本当にすべてを捨ててしまったのだと、妙な確信がある。
中途半端に高価なものだけ残すようなことはしないだろう。
ホテルへ戻り、佐和紀は周平の部屋へ入った。
帰りを待つ間、ぼんやりと窓の外を見る。考えごとは少しも捗《はかど》らず、別れた夜のことも
はっきりとは思い出せない。
ジーンズの膝を抱いて揺れながら、佐和紀はくちびるを引き結ぶ。
夏が近づき、日は長くなっている。時間が過ぎ、窓の外に夕暮れの気配が近づいても、
まだ周平は帰ってこない。
待ちきれずにエントランスの外へ出ると、星花と鉢合わせになった。佐和紀よりも早く
周平と岡村を捕まえ、事情を説明するつもりでいたのだろう。
「岡村に連絡を入れたのか」
「あと五分ほどで帰ってきます」
沈んだ声で言われ、いたたまれない気持ちになる。
「おまえが気にすることじゃない」
荷物を整理したことは岡村からも聞いていたが、まさか、すべてを処分することだとは
考えもしなかった。

ホテルは坂の上にあり、すぐ目の前に庭園が広がっている。眺めようと思う余裕もなく、佐和紀と星花は御殿風にせり出した正面玄関の片隅で黙り込んだ。

やがて一台のタクシーが坂を上がってくる。

他に客がいれば目を引いただろう。降りてきたふたりの男は、どちらも仕立てのいいスーツを見事に着こなしていた。

「佐和紀さん」

岡村に駆け寄られ、佐和紀は漠然と不安になった。悠然と歩いてくる周平を見る。

「俺の荷物。……どうした？」

目が合うよりも早く声をかける。すかさず口を開いたのは岡村だ。

「それは……」

「なにも言わなくていい。佐和紀、部屋で話そう」

正面玄関を抜けてエントランスへ向かう周平が、階段の途中で振り返る。差し出された手に促されて、さばく裾のないジーンズ姿であとを追う。

聞かなくても、わかることだ。聞くまでもないのだから、もう、聞かなくてもいい。

そう繰り返しながら、シャンと伸びた周平の背中を見つめる。

「離れを引き上げたことは聞いてるんだ。荷物を整理したことも……」

部屋へ入るなり、佐和紀は切り出した。

「岡村が言ったんだな」

脱いだジャケットをベッドに投げ、周平はけだるげにネクタイをはずす。

「……なにも、捨てて、ないよな？」

不吉な予感が渦を巻き、佐和紀はジャケットの上に落ちるネクタイを離れた場所から見つめる。

周平の指先は意味なく宙を掻く。佐和紀が歩み寄ろうと動いた瞬間、眼鏡越しの眼差しがまっすぐに飛んでくる。動けなくなった佐和紀に、周平は言った。

「捨てた。なにもかも、そっくり」

低い声は渋みを帯びて、そっけなく冷淡に響く。それは周平の素の声だ。

「……嘘だ。……だって」

佐和紀の身体がわなわなと震え、握り込んだ拳の中で肌に爪が刺さる。

「松浦《まつうら》組長の着物は、本人に返した」

心配ないと言いたげな周平は感情を殺している。無表情でも匂い立つような色気があり、佐和紀の心は大きく波立った。

結婚してから暮らし続けた離れを思い起こす。ウォークインクローゼットのように使っていた佐和紀の部屋には、桐箪笥《きりたんす》と本棚があった。それから洋箪笥。

それらがすべて、なにもかも、そっくり、もうどこにも残っていない。

佐和紀はあきらめきれず、周平へ駆け寄った。

「質に流したんじゃないの？　だって、だってさ」

「……いらないから置いていったんだろう」

「え？」

さらに冷たい声を返され、佐和紀の背筋が震えた。

「帰ってくるつもりなら、あんなふうに家を出ない。話をする機会はあったはずだ」

「ちょっ……、待って。俺のせいなのか？　おまえが金を出して買ったものがほとんどだけど、でも、俺が買ったものだって。……そうじゃなくて。着物も、帯も？　本も？」

周平は答えない。その代わり、佐和紀から視線をはずすこともなかった。

「俺の『結城』は？　『江戸小紋』は？　クリスマスの、あの着物は？　西陣の帯も？……京子《きょうこ》さんに預けてくれたらよかっただろ。他にも、やり方が……」

言った先から、言葉が跳ね返る。佐和紀はがく然として周平を見た。

「俺は、ちょっと行って、それで、帰るつもりで……」

「……そうなんだろうな」

答える周平の表情は変わらない。眉の先まですっきりと冷たかった。

佐和紀は胸で大きく息を吸い、周平を睨む。

「荷物を捨てなきゃいけないような、そんなことでもないだろ。離婚だって、別に……」

「俺の名前をぶら下げて大阪へ行けると思ったわけじゃないだろう。わかっていたから、あいつらの誘いを断っていたんじゃないのか。俺を責めて気が済むなら、そうしてくれ」

両手を肩に乗せられた瞬間、佐和紀の頭に血がのぼる。

腕を乱暴に振り払い、飛びすさった。

「そうやって、自分が悪者になったら済むと思ってんだろ！　責める俺の気持ちにもなれよ。……なってよ！」

「じゃあ、相談もしないで出ていこうとするおまえを黙って監視するしかなかった、俺の気持ちはどうなる。……待ってたんだ。持ちかけてくれさえしたら相談できた。大阪入りも、直登のことも。でも、しなかっただろう。どうしてだ。……答えてくれ、佐和紀」

問い詰められ、佐和紀は浅い呼吸を繰り返す。握った拳を振りあげることも、ほどくこともできず、周平を納得させる答えもない。

必死に言い訳を考えたが、言葉を選べないままで沈黙が続く。

ただ、選んではいけない言葉だけがはっきりとしていた。

周平を頼りたくない。周平の手の届かないところで、生きてみたい。

そんな答えは、誤解しか生まないだろう。佐和紀には説明する自信がなかった。

たいそうなことを考えても、結局はこうして一緒にいる。

沈黙を破るため息が聞こえ、周平が背中を向けた。

「この話はやめよう。ケンカはしたくない」

　大人の態度で切りあげられ、握り込んだ拳が痺れた。自分の感情の波に耐えられず、佐和紀は床へ足を踏み下ろす。ドンッと大きな音が鳴った。

「おまえが悪いんだろう！」

　叫んだ声の大きさで、部屋の空気が震えた。

「離婚だって！　あんな紙切れを押しつけたのは、おまえなんだよ！　相談できないことだってあるだろ。どうしようもなくて、どうしたらいいのか、わからなくて……。話したかったけど、でも……」

　自分がなにを言っているのか、それすらわからなくなり、佐和紀は前髪をぎゅっと握りしめる。

「周平に……、周平に決められたくなかったんだ……。俺が自分で決めることを、指図されたくなかった」

「俺が、いつ、そんなことをした」

「するかもしれないから！　だから！　……ダメだって言うだろ。直登のことだって、おまえはなにも知らないし。俺の気持ちなんて……、そんなの、いちいち言いたくない！」

　佐和紀は感情的になって叫ぶ。辻褄《つじつま》の合わない自覚はあったが、苛立《いらだ》つ衝動が抑えきれず、黙っていることはできなかった。

受け止める周平はいつものままだ。眼鏡を指で押し上げ、目を細める。その手に、かつては指輪があった。簡単には切れないチタンのマリッジリングだ。

しかし、いまはもうない。佐和紀の指にも、リング痕《あと》さえ残っていないのだ。

佐和紀を見据えた周平が口を開く。

「じゃあ、どうして、俺たちは一緒にいるんだ。佐和紀。たまに会って、焦らして煽《あお》って、それで満足か」

「俺じゃないだろ！　昨日のエッチだって、周平が……ッ」

「そうだな。俺が求めた。……だから、俺のせいにしていいって、言ってるだろ。おまえが相談しなかったのも、一緒にいるのがイヤになったのも、俺のせいだ。それでいい」

ふいっと視線がはずれ、佐和紀は敏感に背を震わせた。

変わらぬ冷徹さを見せながら、周平はいつもと違っている。売られたケンカを買うような男ではなかったはずだ。

「いいわけ、ないだろ……。結局、セックスなんだよ。周平は、そこに行くんだよ。俺が考える前に、ぜんぶ、おまえがごまかすんだよ……」

「……佐和紀」

「落ち着いてるよ」

そっぽを向いてくちびるを嚙む。なにを言ってもこじれてしまう怖さに、佐和紀はあとずさる。

「俺へのあてつけなんだろ。……直登を選んだから。だから、思い出もぜんぶ、捨てて」

言葉を間違えたと、口にしてすぐにわかった。言い直したかったが、言葉を探しあぐねたまま口ごもる。

「どう思ってもいい」

答える周平はその場から動かない。

「理由はいくらでもある。俺の立場と、おまえの生き方と、これからのこと。なにもかも手放したくなったのは、おまえじゃないんだろう」

「そんなこと、言うな」

言わないでくれと訴えても、周平は黙らない。自嘲《じちょう》の笑みを浮かべて言った。

「……おまえが好きだった着物は、どれもよく覚えてる。京都で選んだ半襟も。刺繍がきれいだって、喜んだ横顔も。……そういうことのひとつひとつを、あの離れに押し込めて平気でいられるほど、俺は……」

やめてくれと、佐和紀は心の中で叫んだ。

そんなことは言わせたくない。もっとも恐れたことだ。

出会わなければ、ふたりの五年がなければ、周平は弱さを思い出さずに生きていける男だった。古い傷をこじ開けり、すべてを見せてくれとせがんだのは佐和紀だ。

ふたりの間に沈黙が続き、佐和紀は一歩、前へ出る。周平に近づこうとしたが、今度は相手が引く。驚いて顔を跳ねあげると、無表情の周平が顔を背けた。

「なんで、逃げるの」

問いかけても、答えは返らない。

誰が悪いわけでも、どちらが悪いわけでもない。

道は分かれるようにできている。周平が佐和紀に寄り添うか、佐和紀が周平に寄り添うか。ふたつにひとつだ。

それができないから、周平は離婚を選んだ。一緒にいなくても愛し合えると信じたのかもしれないし、佐和紀を縛りたくないと考えたのかもしれない。それも愛だ。

「もういい。……俺、帰る」

力なく言って踵を返した佐和紀は、ドアノブに手をかけて動きを止めた。

部屋にたたずむ周平は、黙ったままでいる。それも、これまで通りだ。

しかし、真実は以前と違う。周平は、孤独に耐えられないと荷物を捨て、月に一度もないようなセックスのために浮気もしないで会いに来る。

もうなにひとつ前とは違うのに、お互いに変わらない愛情を確かめようとして、ぎこちなく以前と同じ様を演じている。

「……帰るって言ってんだろ」

小さくつぶやき、くちびるを噛む。

「なぁ！　帰るって、言ってんだろ！」

振り向く勇気はなかった。全身で周平を待っても、身体に回る腕はない。

あと数秒待てば周平は動いたかもしれない。けれど、耐えきれず、佐和紀はドアを開けた。外へ飛び出し、廊下を駆けた。

こんな気持ちのまま抱き合えば、振り出しだ。

セックスをして、気持ちよさですべてを忘れてしまう。それができないから離れたのに、新しい関係は、ふたりをダメにしていくばかりだ。

エントランスの吹き抜けの二階で、佐和紀は欄干を掴む。うつむいた途端に、眼鏡のレンズへ涙の雫《しずく》が落ちた。

星花と双子をホテルに残し、佐和紀は強引に岡村を急《せ》き立てた。

仲を取り持つ暇も与えず、車を出させる。事情は話すまでもなかった。岡村の運転する車はやがて高速道路へ乗った。

「あいつ、バカなの……？」

口をついて出た言葉に、ハンドルを握る岡村が押し黙る。

佐和紀は片膝を抱え、ロックのかかったドアにもたれかかった。

「なんで、捨てるんだよ。……気が短いだろ。……んなの、俺じゃ、ねぇんだから……」

ふつふつと怒りが沸いてくる。

「荷物の件ですか」

尋ねる岡村の声は慎重だ。イライラした佐和紀は舌打ちを響かせた。

「まだ信じられないんだけど。おまえ、チィにも確認した？」

支倉千穂《はせくらちほ》は、周平の側近だ。だいたいのことを知っている。

横顔を見据えると、岡村は硬い表情を崩すことなく答えた。

「確かに処分したと聞きました。残念ですが、廃棄されているのを、タカシが見てます」

「あー、そう。そうなのか。……それは泣くよな。ほんと、最低」

荷物を処分した周平も、そんなことをさせてしまった佐和紀も。

両方が、どうしようもない。

「ケンカしたんですか。それとも、怒っているんですか」

「どっちもじゃない？　俺も、あいつも、怒ってる。……周平は我慢してたな……」

重いため息がこぼれ落ちて、胸が塞《ふさ》いだ。

「あんなふうに言われたこと、なかったんだよな」

それでも、言いたいことの半分も口にしなかったはずだ。

我慢を重ねる周平の声を思い出すと、また泣きたくなる。それでも、追いかけて欲しかった。抱きしめて、謝って、たっぷりの言い訳で慰めて欲しかった。

「どうして、こうなるんだろう。俺が悪いの？」

「詳しいことがわからないので、なんとも……」

当たり障りのない言葉でかわされ、佐和紀は眉間にしわを寄せる。

「おまえ、誰の味方？」

「佐和紀さんです」

即答されても嬉しくはない。

「……戻りますか？」

様子をうかがう視線を向けられ、きつく睨み返す。肘《ひじ》あたりに指を突きつけ、関節の尖りで肩までなぞりあげる。

「向こうが折れるなら、なぁ……。ないだろ」

周平は、そういう男だ。よく言えば、自分の言葉に責任を持っている。

ここぞというときの発言を覆すことはない。

だから、これまで言い争いになることがなかったのだ。周平はバシッと言葉を決め、あとは、ヒートアップして怒鳴り散らす佐和紀をなだめ、機嫌を取るだけだった。

寛容な旦那を思い出し、佐和紀はいっそう眉根を引き絞った。夕暮れの空を睨む。

岡村の腕に乗せた指がそっと摑まれる。

直線の高速道路で交通量も少ない。車は蛇行もせず、まっすぐに進んでいた。

「俺はいつでもあなたを受け止めます」

「そういう器用なことができるなら、夜逃げみたいなことはしなかったんだよ……」

絡みついてくる岡村の指を邪険に振り払う。くちびるを尖らせて、片膝を引き寄せた。

「俺の着物……」

気の抜けた声を出して、はぁっとため息をつく。

なにをしても許される慢心があった。

佐和紀のことを誰よりもわかっている周平なら、すべてをうまくフォローして、また元通りにしてくれると勝手な期待をしていたからだ。

苦々しさが胸に広がり、佐和紀は目を閉じる。思い出が詰まっていた離れの自室を思い出し、後悔してもしきれなかった。

3

奈良から帰る途中も、帰ってからも、周平からの連絡はなかった。

岡村の携帯電話も、ホテルの電話も鳴らず、ふたりで過ごせる貴重な一晩は、スイートルームで見る映画二本に消費される。

岡村は何度か、佐和紀から連絡を取るように勧めてきた。けれど、これまでと同じように、佐和紀の興奮と怒りが収まるのを待って歩み寄ってくれると期待するせいで言葉が浮かんでこない。

佐和紀は翌日になって、木下たちのマンションへ帰った。直登はバイトで、木下は行方知れず。孤独はひしひしと心を凍らせたが、振り絞る気力もなく、その必要も感じない。ただ漠然と悲しく、さびしいばかりだ。

ゴロゴロ転がりながら、枕元に置いた文庫本を手にする。

しおりの挟んだページを開いてぼんやり読み進めても、一枚めくるとすぐに集中が途切れてしまう。文字を目で追うだけで、内容が入ってこない。

周平のせいだと毒づきながら、床に置いたしおりを挟み忘れて本を閉じる。

スナック菓子を夕食の代わりにして、午後十時頃に家を出た。繁華街の居酒屋でバイトをしている直登を迎えに行く。

立ち飲みの串《くし》かつ屋に寄り、横澤が煙草の箱に忍ばせた金を使って酒を飲んだ。安い酒は、堂々巡りの頭によく回り、ほろ酔いが過ぎた。

「サーシャ。もう帰ろうよ」

腕を引いてくる直登の顔を覗き込み、佐和紀は聞こえないふりで肩を抱き寄せた。

「あるだけ飲む。たまにはいいだろ。トモばっかり遊ばせるのは、つまんねーじゃん」

カウンターにもたれて直登へ向き直る。両手で頰を挟む。

「つまんねーなら、女のいるとこ、行くか？　セクキャバ？　ヘルス？　ソープ？」

ケラケラ笑って言うと、隣で飲んでいたオヤジが、一緒になって笑い出す。

「いいなぁ。おごりか？　おっちゃんも行くわ」

直登は困ったように眉尻を下げ、佐和紀の手首を摑んだ。自分の頰から引き剝がす。

「じゃあ、行こう。ふたりで」

佐和紀に言いながらオヤジを睨む。

店の外へ連れ出されると、直登の足は当然のごとくマンションへ向かった。

「……もうちょっと、飲もうよ」

立ち止まった佐和紀は肩をすくめ、じりじりとあとずさる。

腕を掴まれそうになり、するりと逃げた。金髪が揺れて、眼鏡にかかる。切ることのない髪は伸びたままだ。片手でかきあげ、くちびるの端を片方だけ歪めた。

佐和紀は、長袖のカットソーの上に、木下が買ってきた牡丹柄の派手なアロハを羽織っている。佐和紀が選ぶとあまりに悪趣味だからと、自分で服を選ぶ権利は取り上げられた。せっかく色柄の街・大阪にいるのに、ヒョウが貼りついたカットソーも、ロゴで埋め尽くされたジャージも許されない。

「いつもの、あまえん坊はどこに行ったんだ？　じゃあさ、膝枕してやるから、スナック行こう。それならいいだろ？」

「家じゃダメ？」

「……騒がしいところがいい」

ぷいっと顔を背けた佐和紀は、素足に履いた雪駄でコンクリートを蹴《け》った。

「なにか、あった？　横澤？　……トモ？」

直登の顔が強張《こわば》った。嫌な仕事を押しつけられたのではないかと心配している。

「違うよ。……トモは、遊ぶのに忙しいだろ？　俺らのことなんか、忘れてるよ。べつに、そういうんじゃない。横澤も違う」

ふと、荷物と思い出の両方を失った衝撃がよみがえり、佐和紀は哀しみにふらつきながら電柱へ近づく。

「ああ〜。……俺の着物。……羽織、半襟……珊瑚《さんご》……真珠……」

両手をついてうなだれる。酔いが強くなり、景色がぐらりと揺れた。

横浜での記憶が詰まっているから離れに残した荷物だ。そこへ戻れる日まで変わらずに保たれると、無条件に信じていた。

「サ、サーシャ？　気分が悪いの？」

慌てて近づく直登を、片手で押しのける。

「周平のヤロォ……。覚えてろ……」

ふつふつと怒りが滾《たぎ》る。

松浦から譲り受けた着物は返したと話していた。つまり、周平には理性があったのだ。衝動に駆られて『やってしまった』のではない。

あの口数の少なさの裏には、佐和紀に対して言えない感情があるはずだ。

「完全に、仕返しじゃねぇかよ。絶対に、許さない」

拳を固めて、電柱を打つ。手がジンと痺れたが、酔った頭は理解しない。

「飲みすぎだよ……、サーシャ」

同情を滲ませた声で直登が寄り添ってくる。もう一度打ちつけようとした拳が引き戻され、電柱から剝がされた。

「やっぱり、あの男……」

暗く陰鬱《いんうつ》とした直登の声を、泥酔した佐和紀は聞き逃す。たとえ耳に入っても、理解は追いつかなかっただろう。

アルコール度数だけが自慢の安酒は、頭に血がのぼるといっそう効く。

「捨てることないだろ？　そう思うよな、タカシ。おまえも、思うだろ」

眉を吊り上げて、直登を振り向く。自分が三井の名を呼んだと気づかないまま、酔った佐和紀は目を据わらせた。

＊＊＊

「ナオ、行ってくる」

ベランダで吸った煙草をリビングの灰皿で消して、玄関脇の部屋を覗く。

「今日はバイトが休みの日だろ？　昼は、カップラーメンでも食べてろ。夜は、なんか買ってくる」

「……どこに行くの？」

布団から声がする。佐和紀は答えた。

「高いレストランだってさ。ホテルじゃなくて、一軒家の」

「……その服で行くんだ」

寝ぼけた目をこすりながら起き上がった直登が笑う。

「いいんだよ、なんでも」

今日の服装は、ダークグリーンのパンツにボタニカル柄のシャツ。深緑と焦げ茶をベースに、差し色の渋い赤が混じっている。

悪目立ちする自覚はあったが、おとなしい服を着るつもりはない。どうせ、派手な金髪が浮いて見える。

ひとりでエントランスへ出た佐和紀は、雨にけぶる景色に目を細めた。

離れた場所に停《と》めた車から岡村が降りてくる。ダークスーツの生地は、遠目に見ても軽やかな夏生地だ。

大きなコウモリ傘を差しかけられ、佐和紀はなにも言わずに傘へ入る。光沢のある生地に寄り添うと、湿気を含んだ空気の中でスパイシーウッドと甘い花の香りが混じり合った。周平が脳裏に浮かび、不快に感じた佐和紀は距離を取る。

傘から肩が出そうになり、岡村がさりげなく腕を回してきた。引き寄せられ、傘が雨を避《よ》ける。ふたりして車へ乗り込んだ。

「今日は、美園からの誘いです」

信号待ちでささやくように言われ、佐和紀はそっぽを向く。雫が流れる窓を見た。

言葉が喉まで出かかるのをこらえ、雨にけぶる街を目で追う。

「……美園は、うまいものを奢《おご》ってくれるだけじゃないんだな？　道元は来ないのか」

「今回は不参加です」

「いつ会った」

ハンドルを握る岡村の肩に緊張が走る。雰囲気を察した佐和紀は窓にもたれて視線を向けた。平静を装う岡村の頬が、ほんのわずかに引きつる。

「……二日前です」

「あー、そー。どうしてた」

「いつも通りです」

大阪では探れないことも、少し離れた京都でなら可能になる。佐和紀の環境はなにも変わらないが、岡村は着々と地固めを続けている。

道元と会うのも、その一環だ。

「いつも通り……。なに、してやるの？」

情報を提供する道元への見返りについてだ。

女に対してはサディスティックな性的嗜好《しこう》を持つ道元だが、岡村に対してだけは被虐の願望を持っている。岡村が変態行為に付き合うことで、利害関係が成立しているらしいが、内容は聞いても答えない。

酔ったときに聞き出そうとしても口をつぐむから、よほど言いたくないのだろう。

それでも、岡村は道元と会う。楽しくなくても、気が進まなくても、佐和紀のためなら率先して働く。横浜を出た佐和紀に置いてけぼりを食らわされ、よほどつらかったのだ。

自分に振り回される男が急にいじらしく思え、ハンドルを握る岡村へ指を伸ばす。

「悪いな、俺のために」

スーツの生地をそっと摘まんで引く。

驚いた岡村が振り向いた。車は信号機のない横断歩道で停まっている。後続車がクラクションを鳴らしたが、岡村は気にしない。

「かまいません。知っていてもらえたら、それでいいです」

穏やかな声色で答えた岡村は、裏腹に眉をひそめる。いつもなら、からかって振り向かせるが、今日は気分にならない。

ヒーターの入っている車がゆっくりと発進して、会話は途切れた。

佐和紀はただぼんやりと、フロントグラスで動くワイパーを見つめる。

静かに降り続ける雨の中、目的のレストランまでは一時間近くかかった。

山を越えた先の新興住宅地に建てられた、赤茶色の屋根の洋館だ。アコースティックギターの音色が流れるイタリアンレストランで、テーブル同士の距離はゆったりと取られている。客層は、めかし込んだ年配の女性がほとんどだ。

歓談を横目に見ながら、佐和紀と岡村はサンルームへ案内された。奥まった席に座っていた美園が立ち上がる。テーブルにはすでに、赤ワインのグラスと生ハムの皿が載っていた。佐和紀が座るのを待ち、美園と岡村は揃ってテーブルに着く。

「意外なチョイス……。道元が選びそうな店だ」

さんざめく女性客の声が折り重なり、ときおり柔らかな笑い声が混じる。サンルームのガラスを伝い流れる雨の気配さえも幸福に思えるほど、豊かな雰囲気のランチタイムだ。いかつい美園のイメージではない。

「岩下の好みや」

出し抜けに言われ、テーブルに運ばれたアラカルトのサラダやリゾットに気を取られていた佐和紀は驚いた。ケンカしたことを見抜かれたかと、考えすぎてしまう。

「味だけやなくて、雰囲気にもうるさいやろ。他人《ひと》の食い方にまで難癖つけるからな……。おかげさんで、お高い女にもよぅモテるで」

渋く笑いながら、美園が取り分けのスプーンとフォークを手に取る。岡村が代わろうとしたが、美園に断られた。

「横澤さんにはさせられませんわ。待っといてください」

肩で風を切るヤクザであっても、要所要所では気配りの才能が必要だ。

まずは佐和紀に取り分け、それから岡村の分を取り分ける。自分の皿は最後だ。

「あいつが女に『取り分け』させるんは、ラウンジのときだけやろ。そうやないときは、序列の上の人間の仕事やって言うて、俺にさせるんや。おかげでサーバーの扱いがウマなった。食えんようになったら結婚式の給仕ができるってなぁ、真幸がよぅ言うわ」

美園の陽気さを眺めながら、佐和紀の胸は痛んだ。なにをしても、誰と会っても周平を思い出す。

末端の舎弟も含めて大勢で出かけるとき、最初のサーブは周平が行っていた。序列が上の人間には少なく盛りつけ、下に行くほど、余ったふりでたっぷりと盛りつけて渡していた。彼らはまだ金回りも悪く、高級な食事とは縁遠いからだ。

それが舎弟たちのさらに弟分だったりすると、たちまち周平に惚《ほ》れてしまう。人心掌握の技だった。

「あいつの嫌味なところやで」

そう言って顔をしかめ、ポロシャツにジャケットを着た美園はワインを傾けた。鷹揚《おうよう》な仕草も相まって、土建業関連の社長クラスに見える。

「ケンカ、したんか」

「そっちに行ったわけだ」

佐和紀は、冷えた白ワインのグラスを斜めにした。

「えらい遠回しに聞かれたけど、原因はなんや」

「俺の荷物を、ぜんぶ、捨てたんだって。……ぜんぶ。着物も羽織も草履も、本も。そーいうこと、するかなーって……、思って、さッ！」

口にすると、どんどん苛立ちが募り、語尾が強くなる。

「……怒ってんな」

両眉をあげた美園が肩をすくめる。視線を向けられた岡村は薄笑みを浮かべた。下手な反応を見せれば佐和紀が激昂《げっこう》すると知っているからだ。さすがに佐和紀の扱いには慣れている。

苛立ちを持て余した佐和紀を前に、美園は忍び笑いをこぼした。

「飛び出したりするからやろ。前もって、手を回さんからや。自分の手落ちやな」

「知らないよ、そんなの」

そっけなく答え、丸テーブル越しにじっとりと岡村を見た。

「……追いかけてくるのが遅いなら、そういうとこを、ちゃんとしといてよ」

「すみません……」

睨まれた岡村は申し訳なさそうにうなだれる。美園が同情の表情で口を挟んだ。

「こっちにも話をせんと来たぐらいやからな。無鉄砲が過ぎる。……しゃーないで。真幸はなぁ、なんも持たんわ。大事なもんなんて、ボストンに入るぐらいしかない。それも適当な相手に預けて消える。消えるつもりやったら、それぐらいはせんとなぁ……。まぁ、勉強代やと思って、あきらめることやな」

「……高すぎる」

佐和紀は子どもっぽく頬を膨らませた。あきらめろと言われて、すんなり納得できるぐらいならケンカにはならなかったのだ。

「そんで、岩下には、どない言う？　仲を取り持ったらええんか」

笑った美園から機嫌を取るように聞かれ、佐和紀は行儀の悪い仕草でスプーンを握った。

「機嫌が直ったと思われたくない。癪《しゃく》だから」

「それは……」

岡村が口を出そうとしたが、睨んで黙らせる。

「おまえが、ちゃんとやれば、よかったんだよ。モタモタしてるからだ」

「すみません」

「ほんと、いちいち言わなきゃダメなんて、思わなかった」

「尻尾《しっぽ》振って追いかけてくると思とったんか」

美園がおもしろがって笑う。佐和紀は岡村へしたのと同じように睨みつけた。

「思って当然だろ」

「期待されとったんやな」

ふたたび岡村へ同情の視線を向け、グラスをあおった。

「岩下のことやから言わんだけで、それも含みかもしれんなぁ。自分の他に頼る相手がお

るんやから、嫉妬《やき》もする」

「なー？　そう思うだろ。あてつけなんだよ。俺に対する……。あいつがヤいたところで、こいつなんて、来るのは遅いし、荷物は捨てられてるし。なにしてたんだよ、おまえは」

「それは言わんでもええやろ。来ただけ、ええやないか」

「イヤだ。……こんなことなら、来なくてもよかったよ。周平ともそれきりだったのに」

「……よぅ、言うわ。耐えられんやろ。まぁ、この話はええわ」

「よくない！」

佐和紀は食い下がったが、美園はピンと人差し指を立てた。男くさい顔ににやりとした笑みを浮かべる。

「ちょっと忙しくしたるから、心の狭い元亭主は置いとき」

美園の手は大きく肉厚で、指も太い。ふいに美園と真幸の性生活を想像してしまい、佐和紀は真顔になる。自分の身体が、周平を恋しがって疼くのがわかった。

それがたまらなく憎らしい。

「頼みたいことがあるんや」

美園が切り出し、佐和紀よりも岡村が背筋を正した。

「大阪の繁華街でな、ぶらぶらしてる不良グループがおる。ヤクザが肩身狭いんを知ってるもんで、若いヤツらがケンカふっかけられたりしてなぁ。やりたい放題のヤツらや」

「半グレってヤツ？」

「それよりはかわいいな。自分たちでイベント打って、売り上げで遊んどる。そいつらが最近、内輪で揉めてなぁ。分裂寸前らしいわ」

「……どっかで聞いたような」

まるで高山組の内部事情だ。佐和紀が笑いをこらえて肩を揺らすと、美園はテーブルに肘をつき、自分の頬を支えた。佐和紀へしみじみとした視線を投げてくる。

「悪そうな顔をしてるときがベッピンやな。ええ顔する……」

「それで、不良たちをどうするんですか」

岡村が先を急がせる。美園は佐和紀を眺めたままで続きを話した。

「それや……。そいつらをな、うまいこと、まとめてもらいたい」

「まとめる？」

佐和紀が聞き返す。

「ヤクザの下っ端にケンカ売って、イキがってるヤツらや。片っ端からやり込めて、ぶっ潰しても、ええぞ」

ほくそ笑んだ美園のあくどさに、佐和紀はスッと背中を伸ばした。

「美園さん。そんな仕事……」

岡村が口を挟んだが、佐和紀は遮るように答えた。

「俺はいいよ。周平もアレだし、身体を慣らすにはもってこいだ」

「詳しいことは、下のもんから、横澤さんに報告させる。できれば、小さく残して、使えるようにするのが一番や。このご時世、表向きはこっちと繋がってへん組織はありがたい。金を作るにしても、機動力と使うとしてもや」

「じゃあ、そうする」

佐和紀はあっさりと安請け合いする。くちびるを閉ざした岡村は、据わりが悪そうに目を伏せた。


食事を終え、美園とはレストランで別れた。佐和紀と岡村は、ドライブスルーがついた郊外型のカフェへ寄る。大型チェーン店だが、内装はシックで落ちついている。平日の雨で客足が遠のいているのだろう。広い店内はまばらにしか埋まっていない。

「つまりは、試験のようなものじゃないですか」

不満を露わにした岡村は、トレイの上のストローを手に取った。佐和紀が頼んだマンゴー味のドリンクに差す。

「それに、話を持ってくるタイミングが最低です」

怒っている岡村からドリンクを受け取り、佐和紀は小首を傾げた。

「周平とケンカしてるから？」

「疎遠になるのを待っていたとしか思えない」

「あいつは過保護だからな」

美園が持ってきた腕試し案件の内容を聞けば、嫌味のひとつは言うだろう。

「こういうつもりで、こっちに来たけどね」

「俺は違います。もっと上等な仕事はあるんですよ。よりにもよって不良グループの制圧なんて……」

「仕方がないだろ。美園を無視して大阪へ入ったのは俺だ。木下とツルんでるのだって、本心ではどう思ってるか……」

美園が所属しているのは阪奈会で、木下が親しくしているのは真正会だ。同じ高山組系列でも、両者は敵対関係にある。

だから、周平の後ろ盾なく、身ひとつで来た佐和紀を引き取ることもできず持て余している状態だ。

「この試験に合格しなければ、俺は用なしってことだ」

強い口調で言って、ソファ席で身体を横向きにする。片膝を座面に乗せ、背もたれに肘をつく。

「美園が力試しをするって言うなら、されてやるしかない。俺の立場を、ヤクザ絡みじゃないってことで使いたいんだろ。いいじゃん」

「……佐和紀さんは、暴れられるのが、嬉しいだけじゃないですか」

「いまだって、同じようなもんだ。なにがなくても、俺は暴れてる。目的があるだけ、マシになるんじゃない？　……直登にも手伝わせる。あいつは俺から離れないし、用心棒にもちょうどいいだろ。ゴロツキを借りても、面倒が増えるだけだ」

人員を貸すと美園は言ったが、ヤクザと無関係に見せるつもりなら、金を嗅がされたチンピラ程度の男たちだろう。統率を取るのに苦労することは目に見えている。

「やはり、断りを入れておきます」

岡村の声が暗く沈み、佐和紀はテーブルの上のドリンクを引き寄せる。

外はまだ雨だ。暗雲が立ち込めた空は暗く、本降りが続いている。

「するなって言っただろ。……なに、暗い顔をしてんだよ」

高圧的に問い詰める。アイスコーヒーを前にした岡村は複雑な表情になった。

「俺がもう少し、しっかりしていれば、荷物を捨てられることはなかったし、大阪入りの段取りも手伝いができたと……思います」

「もう少し……？」

ふっと笑って、佐和紀は顔を背ける。視界の端で岡村の肩が揺れた。

「おまえはさ、なにをしてたんだろうな……」

佐和紀が大阪で軟禁生活に入り、髪を小汚くブリーチしている間のことだ。

黙り込む岡村を無視して、佐和紀は物憂いため息をつく。

周平から譲り受け、佐和紀の『右腕』同然になった岡村の忠誠は、執着に似た恋愛感情の裏返しだ。しかし、役に立つならと、佐和紀も周平も横恋慕を見逃してきた。

「……なにしてたの？　向こうでさぁ、俺の残したものも面倒見ないで、こっちにも来ないで。そんなに大変な準備があったか？」

考えられることは、社長を務めていたデートクラブの引き継ぎだ。しかし、それをしていても、周平の動向には気を回せただろう。朴訥そうに見えても、岡村は如才ない。だからこそ、一度は見限られたのだと佐和紀にも想像がつく。

「申し訳ありません」

テーブル越しに深々と頭を下げられ、冷たい視線を投げ返した。

小洒落《こじゃれ》たカフェで、仕立てのいい高級スーツを着た男が、金髪のチンピラ相手に頭を下げている。異様な風景に釘づけになっていた若い女と目が合い、佐和紀は静かに微笑んだ。

相手はパッと目をそらす。顔を引きつらせ、あたふたと席を立った。

「……あいつはバカだ」

周平への怒りを吐き捨てるように口にすると、岡村の顔が歪んだ。その表情の意味を問わず、佐和紀は軽く曲げた自分の指先を眺めた。

「俺が考えたことを、微塵《みじん》もわかってない。……なんだよ。言ってみろよ」

「いえ……」

「ここで怒鳴り散らすような真似をさせるな」

佐和紀の脅しに、岡村はため息をつきながら話し出す。

「佐和紀さんの気持ちと、あの人の気持ちは、別のものですよ。頭で理解できても、心が追いつかないことはある」

「だから、あいつはバカだって言ってんだろ」

「……あの人を不完全な男にしたのは、あなたです」

「うるさいよ。だから、なんだ。俺があいつを捨てたから、だから腹いせにぜんぶ捨てられても仕方がないって言うのかよ。そんなこと、許せない。だいたい、それなら、ずっと怒ってればいいだろ。わざわざ会いに来て、さんざんヤッたんだぞ！　一回じゃない！」

声を荒らげ、佐和紀はテーブルへ手のひらを叩きつけた。

「佐和紀さん！」

岡村が叫び、手を伸ばす。テーブルを投げ飛ばすつもりでいた佐和紀の手が押さえられた。肩で息を繰り返すと、岡村は静かに言った。

「……俺は全面的にあなたを支持します。怒りはごもっともです。悪いのは、あの人だ。あなたじゃない」

「さっき、あいつにも言い分があるって、そんなことを言った」

「それは言いますよ。あなたに置いていかれた人間の気持ちは、誰よりわかりますから。でも、それでも、俺はあなただけが正しいと思います」

「周平はバカだ」

「ええ。そうです。あなたが言う通りだ」

「俺のものだった……、ぜんぶ。俺の、俺の家に、置いてきたのに。……なんであいつは、普通の顔して俺に会いに来れるんだ」

当たり前のように抱き寄せ、濁流とさざなみが交互に混じり合うようなセックスをして去っていく。

「あなたの怒りも俺が引き受けます。もう二度と、迷ったりしませんから」

「おまえは、不幸だな」

同情の視線を向ける佐和紀に対し、岡村は不似合いなほど晴れ晴れしく笑う。

「じゃあ、幸せにしてください」

「ここで口説くな。俺は怒ってる」

「いっそ、スペアを持てばいいんじゃないですか。あちらがダメでも……」

「愛情にスペアはない。知ってるのに、言うな。周平のバカは、周平のバカだ。おまえは、おまえ」

「……好きです」

ふわりとした視線で見つめられ、佐和紀は肩をすくめた。

ひっそりとした告白は、どこをとっても本気しかない。夢も希望も、未来も、命も、岡村は余すことなく差し出してくる。

道に迷い、すぐに追えなかった男の償いであり、決意の表れだ。

「だから、口説くな、って。そういや、星花が言ってたよ。美園と道元は、枕営業《マクラ》以外なら、なんでも持ちかけてくるだろうってさ。……断れる立場にねぇよな。この件を、俺がどう受け取って、どう収めるか。腕試しをするのは妥当だよ。あいつらが本当に欲しかったのは、『岩下の後ろ盾』だったわけだから。美園は大雑把に見えて、やることが細かい」

だから、先代に譲られて組長の座に就いたのだ。

「佐和紀さん。『看板』は元から期待されていません。あの人の肩書きは大きすぎるんです。だから、美園さんも道元も、本当に、あなた自身に期待しています。あまり卑屈なことを考えないでください。物の見方がズレます」

「……って、道元が言ってた？」

「美園からも聞いています」

苦笑した岡村がうなずく。佐和紀は眼鏡を押し上げた。

「でも、俺がペーペーのチンピラだってことは、事実なんだよなぁ。おまえが言う通り、卑屈にならないで考えればさ、今回のことは俺だから持ってきたんだろう。俺を試したいなら、期待に応《こた》えたい」

「もしも、試しているだけだったら……」

「まぁ、上手くやって、惚れさせるだけだよな」

あごを反らし、軽やかに、ふふんと笑う。岡村は眩しそうに目を細めた。

「これ以上、愛されないでください」

自分だけでじゅうぶんだと言いたげな言葉を、佐和紀はあっさりと聞き流した。

「この商売は、愛されてナンボってやつだ。真幸には悪いけど、美園の命《タマ》も俺のモンにしとかねぇと」

関西には利用できる地盤がない。どんな暴れ方をするにも、信頼の置ける味方は必要だ。

「周平のバカには、しばらく連絡を取るな。変に手を回されたら迷惑だ。美園と道元に対しても、あいつが噛んでこないことをはっきりさせておきたい。もし、連絡があっても、適当にごまかしとけ」

指示を出した佐和紀は、岡村がぽかんとしていることに気づいて眉をひそめた。

「……よーこざわ、さん。しっかりして？　俺の家財道具は戻ってこない。あきらめきれないけど、こんなことで心を乱されたくもない。あのバカの思うツボだ」

「わかりました」

姿勢を正し、岡村は深くうなずいた。まっすぐ見つめてくる目には、岡村の持つ執着と横澤の持つ余裕が入り混じる。

「きっちり働けば、きっちり褒めてやるから。……そうだろ？」

「……あなたの荷物は、俺が、買い揃えます。同じものを」

生真面目な口調は、横浜にいたときと少しも変わらず、佐和紀の心をしっとり温める。

自分は確かに、あの場所で成長した。そこには残してきた仲間がいて、いつか戻りたいのも、あの場所だ。

三井と知世。岡崎《おかざき》と京子。ユウキと能見《のうみ》。そして、古巣のこおろぎ組。

たいせつなものは、まだ多く残されている。

「それは、いい。しなくていい。おまえは役に立たなかったけど、元へ戻すなら、捨てたヤツの仕事だ。……美園からの情報が来たら、おまえの方でひと通り、洗い直しておいて。……周平のツレだ。油断ならねぇ……」

自分のくちびるを指でなぞり、首を振って髪を揺らす。

信頼関係においては、自分よりも周平との繋がりが強い。だから、ふたりが通じていると考えて動く必要がある。周平が邪魔をしてくることはないとしても、手心を加えられた出来レースに乗せられるのはおもしろくない。

「返事は？」

まばたきさえ忘れている岡村に気づき、睨み据える。

岡村はおおげさな言葉で答える。しかし、顔はいたって真剣だ。

「仰せの通りに」

佐和紀は目を伏せて、薄く笑う。

失ったものを取り戻すのは性分ではない。だから、あきらめるしかないこともわかっている。そして、もっとも重要な現実は、いつか戻りたいあの場所に、逃げ帰ることはできないということだ。

退路を断つ周平の冷酷さは憎らしい。けれど、育てられてきた舎弟たち同様に厳しくされている事実は、佐和紀の反骨精神を刺激する。

雨の降る景色に目を向け、佐和紀は愛した男の横顔を思い出す。

眼鏡越しの醒《さ》めた顔つき。ニヒルな口元。そして孤独な背中。

また怒りを思い出し、ぐっと景色を睨みつける。

待っていれば会いに来てくれる生活も、もう終わりなのだと自覚した。

＊＊＊

ひと雨が過ぎると、季節はまた一歩、夏に近づく。

夜の街をふらつくのが楽しく思えてくる頃だ。バイトあがりの直登を連れて歩きながら、佐和紀は周囲の様子に目を配る。

美園が組長を務める石橋組から派遣された構成員は、二日後に横澤へ面会を求めてきた。渡された書類は、星花から紹介された関西在住の情報屋を使い、岡村が精査している。しばらくケンカを控えるように言われている佐和紀は、不良グループの出没するエリアの土地勘を得ている最中だ。なにをするにも、馴染みのない街は扱いづらい。

直登はなにも知らず、言われるままについてくる。ときどき飲み屋に入り、軽く酒を引っかけた。

「……なんだか、ピリピリしてるね。サーシャ」

立ち飲み屋から出てすぐに、心配そうな声で言われる。なにも考えていないように見える直登は、佐和紀に対してだけ勘がいい。

「ここのところ不機嫌だと思ってたけど。それとも違う感じがする」

佐和紀が振り向くと、猫背の直登は子どもっぽく首を傾げた。

さっぱりとしたアクの少ない顔だ。不細工ではないが、美形でもない。背筋を伸ばして格好をつければ見栄えがするのに、まるで頓着《とんちゃく》がない。

昔の自分を見ているようで、いつも笑えてくる。兄貴分として面倒を見てくれた岡崎の気持ちを想像しながら、直登の背中を撫でて姿勢を直した。

「おまえ、これでよくパーティーの黒服が務まるよな」

「誰も俺のことなんて見てないよ」

直登はもじもじしながら背筋を伸ばす。頭を撫でてやりたくなるような素直さに、佐和紀の胸は痛んだ。

再会が違う形だったなら、三井と知世に挟まれ、それなりのトリオになれたのではないかと考えてしまう。特に三井は、面倒見のいい男だ。叫び散らしながら、あれこれと世話を焼くに違いない。

湧いてくる妄想を即座に打ち消し、浮かんできた三井を脳裏から追い出す。

直登が素直なのは、佐和紀とふたりだけでいるからだ。横浜の誰が混じっても拒否反応を示すだろう。妄想は解決策にならない。

「あああ！」

いきなり大きな声が聞こえ、直登が機敏に動いた。すらりとした長身に守られ、佐和紀はひょいと身体越しに顔を出す。

「はな、はな……っ。花牡丹のッ、サーシャッ、ちゃん……ッ！」

駆け寄ってきたのは若い女の子だ。野良猫のような機敏さを直登が片手に受け止めた。

「助けて！　早く！」

見ず知らずの女だが、頬を真っ赤に腫《は》らしている。指の形がわかるほどだから、かなり強烈な平手打ちだ。

「友達がヤバイの！　お願い！　お礼ならするから！」

「お巡りでも呼べば？」

必死に訴える女の子を、直登が押し返した。身長差のある直登からそれた視線が、佐和紀へとすがってくる。

「どっかで会った？」

直登の手を摑んで引く。そうしないと、女の子を突き飛ばしかねない。

通りを行き交う酔客たちは、ニヤつきながら遠巻きに過ぎる。繁華街らしい反応だ。

「マンションで会った！　名前は忘れたけど、すごい軽い男と一緒に住んでるやろ？」

木下が連れ込んだ女の子のひとりなのだろう。とっかえひっかえに数が多すぎて、まるで覚えがない。

「ねぇ、お願い……っ！」

走ってきた方向をしきりと気にしながら、女の子が詰め寄ってくる。

「警察なんて呼べへん……ッ。『紅蓮隊』の揉めごとなんやもん」

「サーシャ、行こう。関わらない方がいいよ」

直登に腕を引かれたが、手を重ねて止める。

佐和紀が探っているグループの名前も『紅蓮隊』だ。同じ集団で間違いないだろう。

「ねぇ、早く……っ！　連れていかれちゃうんだってば！」

ついに女が泣き出した。佐和紀から遠ざけようと肩を押す直登に食ってかかり、胸やら腕やらをボカボカ殴る。

「助けに行く」

女の子の髪を鷲掴《わしづか》みにした直登の手首を押さえ、離せと命じる代わりに宣言した。手首に力を入れると、直登が拳を開く。

涙を拭った女の子は髪を乱したままで走り、佐和紀たちもあとを追う。何度も振り返りながら案内され、すぐ近くの路地に入った。向こう側へ抜けると、表通りと打って変わって通行人の少ない裏通りへ出る。

若い男たちの怒声が聞こえ、繰り広げられる乱闘が目に飛び込んできた。警察が駆けつけるのも時間の問題と思える派手さだ。

目をこらしたが、連れていかれそうな女の子の姿はなかった。しかし、佐和紀たちを案内した女の子は仲間を見つける。

名前を叫ぶと、道路の端でうずくまっていた人影が動く。

確かに女の子だ。激しく揉み合った形跡が、乱れた衣服に見て取れる。

「直登。抱えて持ってこい」

佐和紀は乱闘の様子を見据えたままで命じる。返事もなく、直登が走り出した。

言われた通りに女を確保したのはいいが、抱え方に問題がある。

横抱きでも縦抱きでもなく、肩に担ぐようにして『持って』きた。短いスカートは完全にまくれ上がり、小さな下着が丸見えになっている。

いろいろと教育が必要だが、いまは言わない。担がれた女も気にするどころじゃないだろう。建物の陰に放り出されると、友達の胸にすがりついた。ストッキングが破れ、両膝頭から血が出ている。

「……りっちゃんが、来てくれてん……っ。でも、ヤバいよ」

抱き合って座り込むふたりへ近づき、佐和紀はしゃがんだ。

「ぜんぶ、紅蓮隊のメンバー？」

乱闘を気にかけながら聞くと、助けられた女の子が首を振った。

「りっちゃんが、混じってんねん……ッ」

「『りっちゃん』って、どの子？」

殴り合う男たちは十人ほどだが、女の姿は見えなかった。

「あ！　りっちゃん！」

女の子たちが同時に叫んで、身を乗り出す。集団から弾き出されて駆け寄ってきたのは、ルーズなジーンズを穿いた若い男だ。

「無事か！　もう警察も来るやろ。おまえらは帰れ。これ、タクシー代」

…て、ポケット…出した札を握らせる。

…ついたら、連絡入れて」

「ふたりで一緒…一緒に行こ！」

「りっちゃんは…求めた女の子が、必死の形相で『りっちゃん』の袖を摑んだ。

…ねてる。助けないと」

佐和紀か？」

佐和紀が話に入ると、若い男は驚いたように目を丸くした。佐和紀の全身にさっと視線を巡らせ、集団を指差した。

「あそこで袋叩きになってるヤツ。この子らを連れて帰らせるつもりが……」

「おまえらは言われた通りにしろ」

言葉の途中で、佐和紀は女の子たちへ声をかけた。

「すぐに連れてくる」

若い男に視線を戻し、直登を呼ぶ。

「直登、どれか、わかっただろ？　俺が蹴散らすから、おまえは」

「抱えて、持ってくる」

「そうだな」

佐和紀はうなずいた。今度は男だ。俵抱きでも問題ない。

「えっ……。あ……」

若い男が戸惑いの声を上げたが、佐和紀は気にせず、駆け出した。集団へ飛び込む。

ケンカを控えろと言った岡村の声は頭の隅へ押しやった。

やり合っているのは、二組のグループだ。抜け出そうとする相手を交互に連れ戻しては、揉み合いになっている。

その中央で取り囲まれているのが、佐和紀たちが救出する目標だ。うずくまり、散々に蹴られている。佐和紀は取り囲む男たちを蹴散らし、みぞおちへ一撃を決めていく。格闘技を習得していない連中は、子どもの相手をするよりも楽だ。たやすく急所へ入り、一発で沈む。

うずくまる男を軽々と担ぐ直登を横目に見ながら、佐和紀はまだ集団を抜けなかった。うめきながら転がる男たちを飛び越え、目につく男を片っ端からとっ捕まえて沈める。逃げようとした最後のひとりも、襟首を掴んで戻し、みぞおちを打って引き倒す。それ痛めつ[illegible]収束だ。足元に転がる男たちを眺め回した佐和紀は、花柄のアロハを軽く引っ張[illegible]戻った。

「す[illegible]いした様子[illegible]た男と女の子ふたりはすでに逃げている。『りっちゃん』と呼ばれた[illegible]ていた。

「あとはお巡りの仕事だ。行くぞ」

直登に声をかけて、来た道を戻る。

「あ、待って。お礼に一杯、奢らせて」

「……は？」

気色ばんだ佐和紀は、すぐにニヤリと笑った。

男からの言葉をナンパだと思ってしまう自分の『慣れ』が可笑《おか》しくなる。

佐和紀を追ってきた男は、二十代前半に見え、乱闘に飛び込んだのが信じられないぐらいの童顔だった。頰のラインが柔らかく、子どもっぽいのでも幼いのでもない育ちの良さが滲み出ている。

服装は、黒のスキニーパンツに、センスのいいチェックのシャツ。中に着ている白いTシャツは、乱闘騒ぎに参加したせいで汚れていた。

「名前は？　りっちゃん？」

歩きながら尋ねると、隣に並んだ男は笑顔を見せた。

「律哉《りつや》だよ。女の子たちは『りっちゃん』って呼ぶけど。……ねぇ、花牡丹のサーシャ？もしかして？」

尋ねてくる口調に図々しさはない。カラッとした人懐っこさは、顔つきに似合っていて屈託がない。

サーシャの噂を知っているのなら、夜の街に詳しい遊び人だ。それなりの常識と距離感を心得ていると見て、佐和紀は誘いに乗ることにした。

「どこか、いい店を教えてよ。カクテルのうまいところが、手持ちにないな」

「ちょっと歩くけどオススメのカフェバーがある。チンピラは来ないから雰囲気いいよ。否定しないってことは、間違いじゃないんだよな。サーシャって呼んでもいい？　困ることがある？」

「関わらないのが身のためだけど」

そっけなく答え、良いとも悪いとも言わない。直登は黙って付き従っていたが、ちらりと視線を向けるたび、律哉の横顔を睨んでいた。

気にしない律哉が不思議なぐらいだ。

繁華街を離れて五分ほど歩き、人通りのまばらな路地へ入り、さらに進む。

騒がしく雑然とした繁華街と違い、オシャレなカフェやレストランが点在しているエリアだ。どぎつい看板も、時代がかった電飾もない。柔らかなオレンジ色のライティングが地面をぼんやりと照らしている。

やがて一軒のカフェに入り、応対に出てきた店員と律哉が気安く挨拶《あいさつ》を交わす。

案内を受けて二階へとあがる。一階よりも落ち着いた雰囲気のフロアには、バーカウンターとアンティーク調のソファ席があり、ほどよく客が入っている。

空いていた窓際の席に座ると、店員がメニューを持ってきた。ろくに見ないまま、三人とも『とりあえずの生ビール』を頼んだ。

「カクテルなんじゃないの？」

律哉が笑う。『カクテルのうまいところ』をリクエストしていた佐和紀は、窓際で煙草を取り出した。

「二杯目にもらう。……禁煙？」

「二階はＯＫ」

答えた律哉が灰皿を頼むと、生ビールと一緒に届けられた。

「とばっちりを食らった、俺のツレに……」

ビールを掲げた律哉が乾杯の音頭を取り、佐和紀は笑ってグラスへ口をつけた。

「ずいぶん、ボロボロになってたみたいだけど」

「骨は折れてなさそうだし、打ち身程度だろ。運動神経がないから、捻挫《ねんざ》してるかもな。まぁ、気にしなくていいよ。どんくさいのが悪い」

「きっかけは、なに？」

佐和紀の問いに、律哉は両肩をひょいとすくめる。

「女の子を取り合っただけだ」

「恋の鞘《さや》あてで、あんな乱闘になるのか？　……なるか。あれが噂の『紅蓮隊』なんだろ？　本家の愚連隊が化けて出そうな弱さだったな」

「あのチームは、いま、内部で揉めてんの。半グレと違って犯罪に手を染めないし、まとまってれば、それなりに楽しくやれると思うんだけど。欲が、出るんだろうなぁ」

訳知り顔で答える律哉は、やはり繁華街の事情に通じているらしい。育ちのいい顔は見せかけだ。

「りっちゃんは、どっち寄り？」

「俺は部外者。あの女の子たちの友達だよ」

一杯目のビールを飲み干し、佐和紀と律哉は次の一杯を注文した。佐和紀がジントニックで、律哉がモスコミュールだ。

なんでも炭酸割りのチューハイモドキに仕上げてしまう居酒屋の安酒と違い、丁寧に作られたカクテルには、佐和紀が求めていた香りと味があった。

「あぁ、うまい……」

思わずつぶやいてしまい、同時にため息がこぼれ落ちる。

一緒に暮らしていた頃、周平がたまに作ってくれたジントニックを思い出す。

混ぜる酒の分量は教えてもらったが、周平のお手製が好きだった。なにより、作っている周平の腰に腕を回して広い背中にぺったりと貼りつく、あの時間がよかったからだ。

できたと言われても離れずにいると、そっとほどかれた指先がくちびるへと運ばれる。

振り向いた周平に抱き寄せられて交わすキスは優しく、そのあとに飲む酒をいっそう特別なものに変えた。

それもまた、捨ててしまった暮らしの一部だ。佐和紀は物憂くうつむいた。

「噂通りだ。……雰囲気あるなぁ。どこから来たの？　東京？」

「横須賀」

嘘をついて、隣に座る直登を見た。おとなしく座っているが、顔には退屈だと書いてある。佐和紀はジントニックを飲み干し、席を立った。

「もう帰っちゃうのか」

「一杯の約束が二杯になったな」

金を出そうとすると、律哉に止められる。

「いいよ。出しておくから。今度、一杯分を奢ってよ」

小さな財布から抜いたカードを差し出した。名刺だ。肩書きはなく、下の名前と連絡先だけが書いてある。受け取り、煙草の箱に押し込んだ。

「気が向いたらな」

「来週にでも連絡してよ。大阪のこと、教えるから」

屈託のない口調で返される。そのまま送り出され、直登を連れた佐和紀はカフェバーをあとにした。

土地勘のないエリアだ。来た道を戻り、見覚えのある通りまで出る。

「……さっきの男、知ってるよ」

半歩遅れている直登に言われ、人通りのない路地の出口付近で立ち止まった。

「どこで会った？」

「ボーイのバイトしてるとき。……裏カジノ。最初はわからなかったけど、何度か見たことがある。着物を着て、サイコロで遊んでた」

「サイコロ？　……壺振《つぼふ》りか。そういや、俺も見たことがあるな」

佐和紀が大阪の裏カジノへ行ったのは一度だけだ。

二年前、大滝組若頭の嫁・京子に付き合って参加した。そこで美園と道元に初めて会い、直登も佐和紀を見つけたのだ。

記憶は薄れているが、確かに会場の別室では、壺振りによる半丁賭博《とばく》が開かれていた。

「『お嬢』ってあだ名で呼ばれてる。家がヤクザだって。前に、トモが言ってた」

「よく覚えてたな」

うなだれた直登の首筋に、手のひらを押し当てる。しかし、褒められても喜ぶ気配がない。佐和紀は身を屈め、顔を覗き込んだ。

「もう会って欲しくないか？」

「俺が嫌だって言っても、こっそり会うつもりだろ」

拗ねた口調で言われ、佐和紀はかすかな苦笑を浮かべた。

「おまえが悪い人間だと思うなら考え直すよ。……ナオ、熱がある？　ちょっと熱いな」

首筋から離した手で額に触れる。首筋で感じたほど熱くもなく、頬も平熱だ。身体だけが熱を持っている。

「……さっきの乱闘で、男を担ぐときに、ちょっと暴れた」

「スイッチは入らなかったんだな」

暴力に対する、高揚と恐怖のスイッチだ。

「持ってこいって、サーシャに言われてたから」

直登はうつむき、ぼそぼそと話した。佐和紀の命令を最優先したのだ。

木下の取ってくる仕事でも、明確な命令があれば直登が行きすぎることはない。歯止めが利かなくなったのは、佐和紀を見つけた直後だ。それから、横澤が現れるまでの短期間。佐和紀の貞操を狙うチンピラたちに過剰反応を示していた。

「偉かったな」

顔を覗きながら、両手を伸ばした。首の後ろへ回して、うなじの髪をかき乱す。

ようやく直登の表情が柔らかくなったが、ほっとしたのもつかの間だ。路地に騒がしい声が入ってくる。

「おー。なにしてんねん！」

「ここらは、ハッテン場ちゃうぞ」

ゲイのカップルだと勘違いされ、ゲラゲラ笑いながら、からかわれる。佐和紀は直登を押しのけ、背後にさがらせた。

守ったのは、直登ではなく、絡んできた男たちの身の安全だ。佐和紀がバカにされたら、直登は瞬間沸騰湯沸かし器なみに早くキレる。

「ごきげんだね」

酔って自制心をなくしていそうな男たちを、佐和紀はぐるりと見回す。適当な会話でやり過ごそうと思ったが、集団の後ろによく知った男を見つけて気が削《そ》がれる。

酔ってへらへらした木下が、男たちの肩を押しのけて前へ出てきた。

「あぁ、おまえらか。いま、帰り？　ちょうどいいや。俺、ここで帰る」

「えー。つまらん……」

引き止めようと伸びてくる手を払いのけ、木下はふらふらと歩き出す。酔いどれた足取りは怪しく、身体は左右によろける。

舌打ちを響かせた男たちが別方向へ去り、信号を渡ろうとしていた木下は、歩道のささいな段差にさえつまずき、ごろっと転がった。直登が助けに走る。

「飲みすぎにもほどがある」

佐和紀が笑いながら追いつくと、直登に抱えられた木下は顔をしかめた。

「うるせぇよ。さっきまでは平気だったんだよ。それより、もう一軒行くか」

声をはずませた木下がくるりと踵を返し、直登が慌てて腰を掴む。

佐和紀も、胸の前に腕を伸ばして引き止めた。

「トモちゃん。もうダメだろ。吐くよ」

からかいながら、信号を渡る。

「吐いてナンボだろ」

木下はめんどくさそうに両手を振り回す。

「家に帰っても、酒はある」

「つまらないこと言うなよ。女の子のいる店に行こうぜ。最近、気に入ってる子がいる。胸デカの……」

「行かない」

直登はつれなく答えた。ぷいっと顔を背けたが、木下を突き放したりはしない。

「じゃあ、フーゾクは？　行かねぇの？　……実は抜いてやったりしてんの？」

木下からストレートに聞かれた佐和紀は、あきれ半分にため息をつく。

「冗談も、そこまでいくと笑えない。わかってんだろ」

「横澤さんに操立てしてるとか？」

「俺がもっと稼げる仕事をすれば……、サーシャは」

直登が苦々しげに口を開く。佐和紀はぴしゃりと言った。

「それは違うだろ。人を殴るのは仕事じゃない。バイトだってもうじゅうぶんにしてる」

「サーシャはなぁ、ナオ」

よたつく木下が、直登に寄りかかる。

「男が、好きなんだよ。好きなこととして金をもらってんだから、いいんだ」

勝手な言い分だった。ふたりの稼いだ金を独り占めにして遊び歩いている本人だから無責任極まりない。

しかし、佐和紀は否定しなかった。

周平との仲を強制的なものだと思い込んでいる直登が横澤との関係は受け入れているのは、『色事師だった周平に仕込まれた佐和紀の身体は、男とのセックスがなければつらくなる』と木下が言いくるめたからだ。

「……まぁ、そういうことになるかな」

「サーシャは、あの男が好きなの？」

直登がどんよりと沈んだ顔になる。その肩を、木下がどんっと叩いた。

「好きじゃねぇだろ。仕事だ、仕事。それにな、おまえじゃダメだぞ。大滝組の色事師に仕込まれてるんだからな！　おまえみたいなノーテクの男で満足できるわけねーから！」

「だから、その言い方……」

佐和紀が口を挟もうとしたが、木下の勢いは止められない。無人の路地で声はどんどん大きくなる。

「横澤はめちゃくちゃスゴいって噂だよ。淫乱な身体を満足させてるんだから、お礼を言っていいぐらいだ」

「……ナオに変なことを吹き込むなって！　この、酔っ払い！」

佐和紀が耳を引っ張ると、木下はくちびるを尖らせて振り向く。

「言わなきゃ、わかんねーだろ。ナオには」

「言葉を選べよ。おまえが妙な言い方をするから、俺がとんでもない目に遭ったと思い込んでるんだろうが」

「『あの女』につきまとわれてるような男だよ、サーシャ」

直登の声が沈み、地を這うように低くなる。佐和紀は表情を硬くした。

桜河会会長の妻だった由紀子のことだ。人の不幸を娯楽にしている悪魔のような女狐は、まだ若かった周平を色恋に絡めて堕《お》とし、自分の借金と引き換えに売った。二度と消えない入れ墨は由紀子が残した残酷な爪痕だ。

木下と直登は、由紀子がターゲットを痛めつけるときの実行犯として雇われていた時期があり、女狐の非道さをよく知っている。

「つきまとってないだろ」

想像するだけで寒気がして、佐和紀は眉をひそめながら言い返す。直登はゆっくりと首を左右に振り、木下があとを継ぐ。

「北関東の件だって、壱羽組《いちばぐみ》を選んだのは、次男坊がサーシャの下にいるってわかってたからだ。あの女のやり方はいつだって同じなんだから。家族や恋人を痛めつけていく。うまく逃げたのは、桜河会の若頭補佐ぐらいだろ。あのまま飼い殺されると思ったけどさ」

「……そういう女の片棒を担ぐなよ」

「金払いが、いい」

木下の表情に翳《かげ》りが差し込み、関わってきたことの後ろ暗さが想像できる。佐和紀は、直登の表情も確かめた。

由紀子を思い出している直登の顔は陰鬱で、ぞくっと震えがくるほど薄ら寒い。

直登の精神的なバランスが崩れたのは、由紀子の手先として動く間に溜まった鬱屈のせいに思えた。残酷さに慣れているように見えていても、直登の心の中は幼児期の記憶で傷ついているのだ。トラウマをえぐられ続ければ平常ではいられない。

なにも知らない木下が不用意に直登を追い込み、陰惨な行為による痛みは、佐和紀に再会して堰《せき》を切った。

「内容ぐらい選べよ……」

木下を責めることはせず、佐和紀は鬱々とした気分でくちびるを歪めた。気に病む素振りもない木下はけだるげに息を吐く。

「犯すのも犯されるのも一緒だろ。俺と直登は、やられるぐらいならやるほうがマシだった。それだけだ」

木下は直登からも離れてひとりで立つ。足元はふらついていたが、酔いどれの雰囲気が消えた鋭い声をかけられる。

「サーシャ。俺に金を渡すのが嫌なら、そう言えよ」

「嫌に決まってるけど……」

強くは出られない。生き方の定まらない木下もまた、扱いづらい弟のようだ。

「いいよ、別に。……金ぐらい」

直登に対してするように木下の頬へ手を伸ばす。ふいっと逃げたかと思うと、佐和紀の肩に腕を回してくる。

「それはそうとさー。ほとんど使っちゃって、ないんだよなぁ……。そろそろ、お手当もらってきて。オニイチャン」

「……どういう金の使い方だよ。さっきのやつらにも奢ったんだろ」

「あるヤツが出せばいいじゃん」

軽く言ってのける木下には友人がいない。ツレと呼んでいるのも、知り合い程度の男たちだ。お互いを信用している雰囲気はなく、実入りのいい『仕事』の情報を交換する関係に過ぎない。

退廃的な生活を繰り返す木下が信用しているのは、自分の言うことを聞く直登だけだが、その直登も佐和紀が絡んだときは木下を二の次にするようになった。

いまも佐和紀の肩に回った木下の手を剝がし、ふたりの間にぐいぐいと割り込んでくる。

「犬かよ！」

と叫んだ木下が笑う。

「向こう側に回ればいいだろ、向こうに！ 右と左で、半分こじゃねぇのかよ！」

「嫌だ」

むすっとした声で直登が答える。

「なーんだ、それ！ 子どもみたいなことを言ってんじゃねぇぞ」

「……トモはサーシャを好きなの？」

「だいたい、当たり前みたいにトモとか呼んでんじゃねーわ！ いつからだよ！ 木下さん、デショ！」

「おまえ、俺を狙ってんの？ 無理だよ」

直登越しに顔をしかめてみせると、それよりもっと顔をくしゃくしゃにした木下は地団駄を踏む。

「ふざけんな！ いくら顔がエロくてもな、男とやるぐらいなら、女に袋かぶせてやるっつーの！　バーカバーカ」

最低発言は木下の専売特許だ。これまでは気にしていなかった直登も、佐和紀と過ごすようになって少しずつ愚かさを理解するようになってきた。

ふたりで顔を見合わせ、首を傾げながら木下を置き去りにしてスタスタと歩き出す。

「あぁいう人間になるなよ。女ってのは、大事に扱って当然だ」

「……覚えた」

「えらい。今度、俺が持ってこいって言ったらな、パンツが見えない抱え方にしろ。女は大事な相手にしか、パンツを見せない」

「そうなの？　じゃあ、あんなひらひらしたものを穿かなきゃいいのに」

「かわいいからいいんだよ」

「かわいいの、あれ」

「ひらひらしてるのも、ピタッとしてるのも、悪くない。俺は好きだ」

「……わかった。パンツが見えないように運べばいいんだね」

「そうだ。ほんと、おまえはえらいよ」

佐和紀がうなじを撫でると、直登は頬をほころばせて喜ぶ。

置いていかれた木下が、無視に耐えかねて、泣き真似しながら追いついた。どすんと直登の背中にぶつかり、肩に摑まってよじ登る。

嫌がらない直登は、当然のように木下を背負い直した。

「どっちがお兄ちゃんなんだよ」

年齢は木下が二歳年上だ。

「うっせーよ」

佐和紀にからかわれた木下の腕が、直登の肩から垂れ下がる。

ごく普通の家庭で、ごく普通に育ったと、酔った木下は身の上話をした。仕事ばかりで存在感のない父親も、そんな夫への恨み言ばかり繰り返す母親も、佐和紀には想像がつかない。しかし、それが『普通』だと木下は言った。

そして、そんな普通が永遠に続くと思ったとき、すべてが嫌になったと顔をしかめた。大学進学と同時に家を出て、適当に遊びながら卒業したあと、家族に連絡を入れていないと言う。

「ナオには、アニキなんていらねぇんだよ。家族なんて、つまんねぇだろ」

直登の肩に頬を預けた木下の目が据わる。佐和紀は肩をすくめ、なにも答えない。

誰の心にも鬱屈があり、それはたいてい言葉が足らずに表現できない。

さびしいと、ただそれだけを口にするためにも、そこに至るまでの言葉の積み重ねは必要になる。さびしさはひと通りではないからだ。

暗い夜の道を、三人は黙って歩いた。

やがて木下が鼻歌を歌い出し、直登にも移る。

木下と直登のいびつな依存関係は、いつも、こんな瞬間にだけ小さくまたたく。次の瞬間には絶望に変わってしまうはかなさを飲み込んで、佐和紀はふたりと一緒に歩いた。

＊＊＊

スイートルームのリビングで、目の前に出された紅茶の香りを吸い込み、ちらりと視線を向ける。斜め前のソファに座っているのは七分袖のカットソーを着たカジュアルスタイルの岡村だ。

「しばらく様子を見るように、お願いしませんでしたか」

「……不可抗力だ。人助けだし」

紅茶のカップからあがる湯気を浴びながら、佐和紀は正直に答える。

仲間をぶちのめされた紅蓮隊のメンバーは、この二日間、至るところで『花牡丹のサーシャ』の所在を尋ねて回っている。報復するつもりでいることはあきらかだ。

「心配しているんです……。わかりますか」

前屈みで指先を組み合わせた岡村は、ため息を噛み殺す。

横澤ではなく岡村の雰囲気で、あきれたような態度を取られると妙に落ち着かない。

「よりにもよって、敵対する派閥から追われるなんて……。佐和紀さんらしいですけど」

なにか食べるかと問われ、佐和紀は素直にうなずく。岡村が持ってきたルームサービスのメニューから麻婆豆腐《マーボーどうふ》と炒飯《チャーハン》を選ぶ。

岡村は海老のマヨネーズ和《あ》えを追加してオーダーを入れた。

「律哉という青年のことも調べがつきました」

ソファへ戻り、紅茶のカップを摘まみあげた。仕草はエレガントな横澤テイストだ。すっかり身についている。佐和紀の視線に気づき、薄く笑う表情だけ変わらない。

「信貴《しぎ》律哉がフルネームです。高山組阪奈会の信貴組。ヤクザの長男坊です。信貴組自体が賭場《とば》の元締めをしていて、『壺振りお嬢』が、彼がもっと子どもだった頃、振り袖姿でサイコロを振った際のニックネームです。いまも、構成員からは『お嬢』と呼ばれているようですよ」

「『お嬢』か。確かにかわいい顔をしてたな。写真は見た？」

「実物を見に行きました。横澤を預かっている葛城組は、信貴組のシマ隣なんです」

「どうだった」

「どういう観点で答えたらいいんですか。横澤ですか。それとも、デートクラブ社長ですか？　どちらにしても、中の上ですね。二十四歳にしては若く見えますが、ユウキに比べてもトウが立ってます」

岡村の答えを聞きながら、佐和紀は肩をすくめた。

「ユウキは別格だろ」

同性相手のデートクラブで、男娼《だんしょう》ナンバーワンだった男だ。実年齢二十代半ばでも十代に見えた容姿は繊細で、こましゃくれた美少年そのものだった。

「彼とは連携を取って問題ありません。組の下っ端に被害が出ているので、紅蓮隊を警戒しているようです」

「あいつもヤクザなのか」

「跡取りと目されてはいますが、有能な若頭がいるようで、宙に浮いた存在ですね。そのあたりから、サーシャの正体も知られると思います。知られる分にはかまいませんが、広めないように口止めは必要です。俺の見立てでは、彼らも紅蓮隊を制圧するための仲間を探していると思います」

「りっちゃんはさ、気持ちのいい男だったよ」

佐和紀が笑顔を見せると、岡村は安心したように頬をゆるめた。

「そうですか。佐和紀さんの信頼に足る相手だといいですが」

「まぁ、様子を見ながら付き合ってみる」

あれこれと紅蓮隊についての報告を聞いているうちに、ルームサービスが届く。

テイクアウトのボックスに入っている料理を、ミニバーの内側に作られた簡易キッチンで岡村が盛りつけ直した。

ふたつ並んだ白い皿の上に、即席ランチプレートが作られる。

「上手いね」

隣に立った佐和紀が褒めると、岡村は素直に答えてはにかむ。

「ありがとうございます。……岩下さんのことは、聞かないんですか」

ひっそりとした声で問われ、佐和紀は顔を背けて口を閉ざす。しかし、気持ちが逆撫でされることはなかった。言葉が胸にすとんと届く。

奈良へ行ってから、もう十日が過ぎていた。

「連絡はないんだろ?」

「……佐和紀さんからも、していないんですね」

「周平は……さ。俺がいなくても平気だから。忙しくしていれば、忘れていられるんだ」

岡村から離れて、カウンターのイスに腰を預ける。

「わざとケンカをふっかけたワケじゃないですよね?」

「なんで、そんなことをするんだよ。成り行きだって言ってんだろ」

うつむいて顔を背ける。すると、視線の先に岡村の手が伸びた。顔を上げさせようとしない指先が、あごの下を通り抜けて向こう側の頬に触れる。

「いつでも慰めます……」

濡れた声で甘くささやかれ、近づいてくる身体に周平と同じ香りを感じる。スパイシーウッドに優しく絡む花の匂いを深く吸い込んだ。

そこには、佐和紀を狂おしくさせるシトラスの香りが足りず、同じような匂いをさせても、横澤は周平の代わりにさえなれない。それなのに、手を振り払えず、佐和紀は目を伏せた。周平ではない人肌でも、妙に心地よく感じられるのは、日増しに寂しさが募っている証拠だ。

「おまえがいるからいいと、思ってるのかな」

「連絡を取りましょうか」

「いらない」

佐和紀は首を振って、岡村の指から逃げた。

「やること、やらないとな……」

美園に頼まれた案件がいまは大事だ。

「ヤリたくなれば、向こうから来るだろ」

片頬を歪めて笑う表情は岡村に見せず、背を向ける。

周平と仲直りしたら、心のどこかで、一緒に暮らしていたときと変わらないフォローを望んでしまう。それはひとり立ちを阻む甘えだ。

「直登と木下に、情が移ったんですね」

ソファへ戻る去り際に、岡村の声を聞いた。佐和紀は足を止める。胸の奥がわずかにきしみ、おそるおそる振り向く。しかし、食事の支度に戻った岡村も背中を見せていた。

そうではないと即答できず、佐和紀はふたたび、踵を返した。

4

翌日の佐和紀は、生活感溢れる路地裏にいた。年季の入った喫茶店で、色あせた看板に『喫茶フラミンゴ』と書かれている。

直登の携帯電話を使って連絡を取った律哉に指定された場所は、以前、美園の愛人・真幸と訪れた店だ。名前を聞いてもわからなかったが、店の外観に見覚えがある、

奥へ細長い店内には、テーブル席が五つと、カウンター席が五つ。壁沿いに段ボールが積まれ、年代物の雑誌や雑貨が折り重なっている。

ところどころスプリングの死んだ座り心地の悪いソファ席に、音の大きなドアベル。窓の形から内装まで、すべてがくすんだ昭和のまま生き残っている店だった。

直登がミックスジュースを頼み、佐和紀は紅茶を選んだ。ひとりで切り盛りしているらしい男性店員は、取ったばかりの注文を三回も確認してきた。

メモを取る気がないのかと佐和紀が不審に思っていると、離れた席に座る角刈りのいかつい男が、それだけはやめておけとしわがれ声で言った。紅茶はひどく不味《まず》いらしい。

マスターと呼びかけられたのを聞き、店員だと思っていた男が店主だとわかった。

注文をミックスジュースふたつに変えると、いかつい男はにこりともせず、指で丸を作った。それきり、スポーツ新聞に没頭する。

律哉との約束まではまだ時間があった。直登が携帯電話で暇つぶしのゲームをやりはじめ、ますます退屈になった佐和紀は奥のカウンターへ近づく。

くすんだピンクの公衆電話が見えたからだ。

「……現役？」

ほとんど使った覚えのないダイヤル式を目の前に怯《ひる》んでいると、関西のイントネーションで話すマスターがカウンターの中を移動してくる。

「使えるよ。十分までなら五百円定額。どうする？　ちなみに、十円しか入らんよ」

答えたマスターは佐和紀の手から千円札を引き抜き、カウンターの裏から五百円玉を取り出した。佐和紀に渡し、ピンクの公衆電話の裏をいじる。

渡された五百円玉を投入口へ入れて、佐和紀は受話器を手に取った。周平の携帯電話番号をひとつひとつ回していく。

しかし、電話は繋がらなかった。二度、三度とかけ直し、四度目で向こうが圏外になる。

受話器を戻し、佐和紀はじっとうつむいた。

「繋がらんかったん？　五百円は返すから、千円に戻そうか。さっきの五百円……」

マスターに声をかけられ、佐和紀は受話器を戻した。三井にかけようと思った気持ちも萎《な》えて、手元の五百円と千円を交換する。

席に戻ると、携帯電話で遊んでいた直登が首を傾げた。

「誰に連絡するの？　使う？」

「……いや、いいよ」

答えた声が思った以上に沈んで響き、取り繕うこともできなかった。届いたミックスジュースのストローへくちびるを寄せる。

コール三回も待たせずに繋がると思っていた。

出られない理由をあれこれ考えたが、どれもが都合のいい想像に過ぎない。

佐和紀からの連絡はいつも公衆電話からだ。初めは警戒していた周平も、このごろは佐和紀しかいないと笑っていた。だから、言い争いのあとでも、痺れを切らしたふりで連絡を入れたなら、周平は待ちかねたようにコール三回で出るはずだった。

ふたりの関係なら、それが鉄板だ。

佐和紀がどれほど拗ねて家出をしたとしても、周平は日をまたがずに迎えに来てくれる。優しく機嫌を取り、俺が悪かったとささやいてくれた。

その周平が電話に出ない。考えてみれば、佐和紀が横浜を出る前も、大阪で再会してからも、こんなに長くケンカを続けたことはなかった。

甘いミックスジュースの味がわからなくなり、胃が重くなる。

「ねぇ、サーシャ」

携帯電話を伏せて置いた直登が、身を乗り出すように呼びかけてきた。

「横澤って男。あれは、横浜で一緒にいた人だろう」

感情を押し殺した声に、佐和紀は固まった。まったくの不意打ちだ。背中へ冷たいものが流れ落ちた気がして、震えそうになるのをこらえる。

「名前はわからないけど、スーツを着て控え目な感じの……」

「そうだよ。岡村だ。俺の……右腕……」

「やっぱりね」

息を吐き出した直登は、ミックスジュースをストローで混ぜた。

「大阪に来たのは、俺のためだけじゃないんだよね」

「自分のためだ。でも、そこにちゃんと、直登は入ってる」

「ヤクザなんて、どうして続けるの……」

直登の視線が揺れていく。答えを探しても、見つからないのだろう。

「ナオ。そんなことは俺にもわからないんだ。男をあげるなんて言って、利用されるだけかもしれない。でも、俺は、この世界が嫌いじゃない」

「あの男がいるから……？」

「違うよ」

迷いながらも、答えはすぐに出た。ヤクザでいることに、周平は関係ないからこそ、これまでとは違う関係にならなければと思っている。誰かの荷物にはなりたくない。

「ナオは、違う暮らしがしたいのか」

手のひらを上に向けた佐和紀は、乗ってきた直登の指を握りしめる。ひんやりと冷たく感じられて、かわいそうに思った。

「一緒にいよう、直登。大志への罪滅ぼしに言ってるわけじゃない。俺を信じて、そばにいればいい」

直登の兄・大志は、佐和紀のために命を落とした。身代わりになって暴行を受け、病院のベッドで管に繋がれて成長し、意識を取り戻すこともなく亡くなった。

暴行したのは、大志と直登の母親が付き合っていた外国籍の男だ。事件のあとは横須賀を離れ、直登の復讐心は母親へ向いた。

星花から出された報告書によると、実母を本気で殺害するつもりだったらしい。少年院に入り、その後は、あれこれと軽犯罪を繰り返している。

立ち直ったと周りが認識した頃に知り合ったのが木下だ。

「もうじき、俺の暮らしも変わる」

佐和紀は決意するように告げた。直登は不安そうに視線を揺らす。

「トモは、どうなる？」

「連れていけばいい。もう少し、金の使い方も覚えさせような」

その場しのぎの答えとわかっていながら微笑みかけると、猫背の直登がこくんとうなずいた。肩幅も広く、首もしっかりと太いのに、まるで叱られた小型犬のようだ。

情が移ったのではないかと聞いてきた岡村の言葉を思い出し、佐和紀は解釈に困った。確認しただけなのか。責めているのか。罪悪感を引きずっている佐和紀には後者としか思えない。

それでも、佐和紀の心は日常に傾く。

日々を共有しているのは、直登と木下だ。つれなく扱うには、ふたりとも頼りなくて、放っておけなかった。情が移っているのは事実だ。

周平が自分の舎弟たちに見せる寛容や導きを、直登にも与えてやりたいと心のどこかで淡く願う。木下にもそうしてやりたい。直登のためにもふたりはひとつだと思いたかった。

過去を乗り越え、自分の頭で考え、自分の足で歩くすがすがしさは、木立に風が吹き抜けるような心地よさを伴うと、佐和紀は知っている。

直登の表情が明るくなったのを確かめたところで、握っていた指を離した。灰皿を引き寄せ、テーブルの上に置いていた煙草の箱を手に取る。

昨日、岡村から渡された煙草は、いつもの『周平好み』ではなかった。佐和紀が受け取らないと考えて気を使ったのだ。たまには、と渡されたメンソールに火をつける。

一本吸い終わる頃、ドアベルの音が店内に響いた。入ってきたのは、半袖のパーカーを着た律哉だ。約束の時間よりも少し早い。

「あ、ごめん！　待たせた？」

陽気な笑顔で近づいてきて、直登の隣に無理やり座る。壁際に押しやられ、直登は不満そうに顔をしかめた。別の席へ逃げることもできないからだ。

柔らかそうな髪を揺らした律哉は、にこやかにブレンドコーヒーを頼む。それから佐和紀へ向かって話し出した。

「この前の件だけど、男の方は足首の捻挫。女の子も大丈夫だよ。お礼を言って欲しいって……」

「乱闘の原因が知りたいな、俺は」

「それはいいけど……。探し回られてるの、知ってる？」

花牡丹柄のアロハシャツを着ている佐和紀を見て、律哉はふふっと笑った。

「隠れる気、ゼロ？」

「一発必中の飛び道具でも持ち出されなきゃ、負ける気がしないから」

と言ったのは冗談だ。佐和紀の夏の普段着シャツは二枚しかなく、いつもの一枚が洗濯中なだけだが、律哉は疑いもせずに微笑んだ。

「……さすが。あいつら、自分たちでやってるイベント……、クラブを貸し切ってのパーティーイベントなんだけど、それの売り上げを巡って揉めてるんだよ。あの夜は、反発してる派閥が、相手の派閥の女を拉致《らち》しようとしたって話。ナンパだって言い張ってるけど、別の被害も出てるから」

「噂よりも手荒いな」

「最近、特にね。……詳しいなぁ。調べてる？」

「そっちこそ。『壺振りお嬢』だろ？　同じ、ふたつ名持ちだ。俺は腹の探り合いが好きじゃない。気になる相手なら、なおさら」

「……目元、すごいきれいだ」

いきなり言われ、話をそらされたと思ったが、律哉の顔は真剣だ。

「それで眼鏡をかけてんの？　雰囲気あっていいけど……ちょっとはずしてみせて」

「ヤだよ。バカ。……俺に酒を奢ったのにも、理由があるだろ」

「お世話になったお礼、じゃ、ダメ？」

「適度なチンピラに見えた？」

律哉もヤクザの端くれなら、まっさらなカタギとは距離を置くはずだ。

「それはさ、あんなに鮮やかに立ち回るのを見たら、敵には回したくないって思うだろ。紅蓮隊のヤツらは、シメとかなきゃならない相手だ。……カタギの顔してヤクザにちょっかいかけてるんだから。いい迷惑だよ。ただでさえ、ギチギチに締め上げられてるのに」

近年のヤクザは法律に囲い込まれていて、おいそれとケンカができない。

「相手はカタギだろ」

「あぁいうのを、カタギっていうかな。俺ね、イベンターやってるんだよね。あいつらは商売敵みたいなもんだけど、真面目にやってくれる分にはいい。客層も厚くなるし」

「なるほど……。それで、りっちゃんは賭場も持ってんの？」

佐和紀はなにげなく口にする。冗談めかした言葉に、律哉はさらっと笑った。一瞬の目配せで肯定され、それ以上は聞かない。

「俺はね、その筋の人に頼まれてんの」

と、佐和紀のほうから手の内を見せる。

「あいつらを、おとなしくさせなきゃならない。りっちゃんの他にも、騒がれて困る人間がいるってことだ」

「おとなしくさせるって、どうやって」

「まぁ、いろいろあるんだろうけど。ストレートに話し合いかな。誰の頭がかち割れても、俺は別に、全然いいんだけど」

「……話し合い？　するの？」

「うん。する」

「変わってるね」

律哉がふざけてのけぞり、佐和紀は苦笑を返した。

「いざというときに役に立つのは、度胸のあるカタギの坊ちゃんたちだ。取り込みたいんだよ。殴ったって、言うことは聞かないだろ。……俺は大阪に不慣れだから、事情を知っているツレが欲しい。一枚嚙む？」

佐和紀はあけすけに誘った。

「そんなに簡単に信用して……。俺に裏があったらどうすんの？」

「俺さ、顔のいいのが好きなんだよなぁ。人の顔には性格が出るだろ？」

軽い口調で言うと、律哉はがくっと片方の肩を落とした。

「なんだよ、それ。急に哲学だし。っていうか、そっちの方がきれいな顔なんだけど！」

「鏡を前に立てて歩けないんだから、俺の顔がどうでも、関係ない」

「変なの。……ひとつだけ確認しときたいんだけど、サーシャのバックは、阪奈会と真正会、どっち？　そこをしくじると、うちの若頭がメチャうるさい」

「阪奈会だ」

「……本当かなぁ。まぁ、いいか。……家は関係ないってことでいい？　迷惑のかからない範囲で嚙むよ。それで、なにをどうするって？」

小首を傾げた律哉の手元にコーヒーが届く。

焙煎《ばいせん》された豆の香りが立ちのぼり、佐和紀と律哉はほぼ同時に息を吸い込んだ。気づいた律哉が笑う。屈託なく見える目元には、佐和紀がよく知っている世界の昏《くら》さが確かにあった。

喫茶フラミンゴを出たあと、律哉の案内で新世界のあたりを遊び歩いた。もっとディープなところはまた今度と約束して夕方に別れる。

佐和紀と直登は電気街をブラブラ歩き、街外れで見つけたカレーうどんの専門店で夕食を取った。それから、『キタ』と呼ばれる大阪市の北側へ向かう。

「岡村に紹介しようか。別に、おまえがいてもいいんだよ」

まだうっすらと明るい空が、ビルの合間に見える。佐和紀の誘いに、直登はブルブルと震えるように首を振った。完全なる拒否だ。

「いい。いらない。……サーシャ、誰かとケンカするの」

「まぁ、そうなるかな」

「俺も、一緒だよね」

不安そうな目で問いかけられる。佐和紀は戸惑いながらうなずいた。

「俺が号令を出すまで、殴ったり蹴ったりせずにいられるか？」

「うん」

「やめろと言ったら、我慢して終わりにできるか？」

「うん、できる。サーシャの言うことだけ聞く」

「それなら一緒だ。おまえは、自分の力と心をコントロールできるようにしないとな」

答えながら、大人のずるさを感じた。直登の心につけ込んで利用するようなものだ。

直登はスタスタと歩き出し、少し離れた場所にあるガードレールへ腰を預けた。

どこか頼りない青年の姿だ。直登の扱いはひどく難しい。これから始まる案件を考えれば、連れ回す気苦労は億劫《おっくう》ですらあるが、家に閉じ込めておくのが楽かと言えばそうではない。ひとりにしたことで精神的に不安定になることも佐和紀の気がかりだ。

いまも、ぼんやりと所在なげに足元を見つめる姿が置いてけぼりの子どものようで佐和紀をせつなくさせる。

駆け寄ってやりたい衝動をこらえ、視線が合うのを待って手を振った。くるりと背中を向け、横澤が通う高級ラウンジ『ラ・メール』へ向かう。

クラブラウンジばかりが入ったビルの上階にある豪華な木製のドアを開け、機敏な仕草で現れた黒服に対して、横澤との待ち合わせだと告げる。

通されたのは、大きなフラワーアレンジメントとシャンデリアがラグジュアリーな店内を突っ切った先の個室だ。

ワインレッドの壁紙に、木張りの腰壁。紺地のビロードを貼ったソファと、つややかな飴色《あめいろ》のテーブルが置かれ、天井からは小さなシャンデリアが下がっている。広くはないが高級感溢れる内装だ。

酒とフードが届けられ、横澤を装っていた岡村が水割りのセットを引き寄せる。ボトルキープしているのはプレミアム焼酎で、もちろん佐和紀の趣味だ。

「どうでしたか。『壺振りお嬢』は」

「かわいい顔して、中身はカリカリのドヤクザ。でも、予定通り」

適度なスプリングのソファにもたれ、くちびるから煙草を遠ざける。

「あの子なら裏事情をよくわかってんじゃない？　どっちのこともわかってるから、話は早い感じだな」

ゆっくりと煙を吐き出し、隣に座る岡村から水割りを受け取る。

「素人さんをボコボコにするのは好きじゃないし、話し合いで終わらせたいけどね」

「そう願います」

薄く笑う岡村の横顔を眺め、佐和紀は小首を傾げた。

願うだけならタダだと心の中で思いながら、つまみの野菜スティックに指を伸ばす。キュウリを二本抜いてグラスに浸《つ》けた。

美園からの依頼は、不良グループの制圧だ。殲滅《せんめつ》しては意味がない。内部で起こっているいざこざを収めて、彼らの信頼を得た上で、機動力を保持しておく必要がある。駒として使うかどうかは、今後の情勢次第だ。

もしも紅蓮隊の内部で敵対している両陣営どちらとも話が通じなかった場合は、やはり腕力による殲滅大作戦が発動する。

「りっちゃん。『お嬢』のことだけど……。その、りっちゃんが言うには、リーダーは、話の通じそうなヤツだって」

「リーダーだけですか」

岡村が話を混ぜ返して笑う。

これまでヤクザと紅蓮隊の話し合いが持たれなかったのは、このリーダーがヤクザとつるむことを避けた結果だ。

紅蓮隊は、自分たちを『ヤクザ』でも『半グレ』でも『チンピラ』でもないと思っている。だから、ヤクザの押しつける『筋』を通そうなどとは考えない。

一昔前なら、ヤクザがイベント潰しに出張っただろうが、もうそんな時代ではなかった。ヤクザの本音としては、うまく棲《す》み分けて欲しいのだが、調子に乗った素人はケンカを売りたがる。面白半分の挑発行動に出ているのが、現在の状況だ。

「りっちゃんのところは、組のやつらが遊びに出たときにぶつかるぐらいのもんだって言ってた。シマは、あのあたりじゃないんだな」

「そうですね。小さな組が細かく管理しているエリアですが、上部組織の高山組からの通達が出ていて、カタギとの争いは厳禁です。みかじめを払う店も減っているので、これ以上の格好悪さを晒すぐらいなら、通達に従うふりでこらえるのが得策だと思っているんでしょう。カタギの不良グループは、数年しか続きませんから」

「なるほどね〜。やり返しても警察《サツ》に引っ張られるし……ってところか。紅蓮隊の連中も、ヤクザ相手には報復をしないらしいから、俺はまるっきり足元を見られてるね……」

佐和紀は、紅蓮隊の連中から見れば、チンピラ未満のゴロツキ枠だ。

「嬉しそうじゃないですか？」

薄い水割りを飲んだ岡村が肩をすくめた。

「だってさ。横浜では、向こうからケンカを売られることがなくなったじゃん。りっちゃんがな、目が合っただけで殴り合いになる場所を教えてくれた」

「……やめてください。いらないケンカは買わなくていいんです。……フラストレーションが溜まってるんですか」

言いにくそうにちらっと視線を向けられ、佐和紀は眉を跳ねあげた。

「んぁ？　性欲？」

「単なる欲求不満のことです。モヤモヤはするんですか」

隣に座った岡村が、困ったように眉をひそめる。わざと難しい顔をしているのだと、佐和紀にもわかった。

「なんなの……、おまえ。俺の性欲を管理するなよ。下心が、ちらちらしてんだよ」

冷たく言い放った佐和紀は、ぼんやりと宙を見つめる。喫茶店からかけた電話が通じなかったことを急に思い出して胸が塞ぐ。

「周平に電話したけど、向こうの電源を切られた」

佐和紀の話を聞き、岡村の表情が強張った。肩で大きく息をつく。

「……おまえも、繋がらないの？」

「直接の連絡は取っていません。でも、星花もシャットダウンされてるので。……三井に聞いてみたんですが、変わりはないと言われました」

「態度に出るヤツじゃないもんな。……怒ってるんだろうな」

それとも、あきれているのかもしれない。

自分から出ていったのに、荷物はそのまま保管しておいて欲しかったなんて、図々しいにもほどがある。

「なにか、あとを引くようなこと言ったんじゃないですか。あなたが考える以上に、あなたに惚れていることは大変なんですから。言葉には、気をつけてください」

岡村に言われ、佐和紀は目を見開いた。あ然とする。

「気をつけんの？　俺が？　言葉に気をつけなきゃいけないような関係だったら、別に続かなくたっていいよ」

思ってもいないことが口から出る。

「おまえだってそうだろ。ついてこいって言われないと来られないなら、そのまま向こうにいたってよかった」

「佐和紀さん……」

振り向いた岡村から視線を逃がして、そっぽを向く。

「なんで、惚れられてるこっちが気を使わなきゃならねーんだよ。頼んでねぇよ」

「……すみません。言葉が過ぎました」

岡村の手がすっと伸びる。顔を歪めながら身体をよじらせると、あっけなく引いていく。

佐和紀はいっそう苛立ち、座面に乗せた自分の足首を摑んだ。

「あいつが拗ねてるなら、放っておけばいい。俺は連絡を入れた。電話が繫がってれば、機嫌を取ったよ。決まってんだろ。……拒絶したのはあっちだ」

胃の奥がぐっと熱くなり、舌打ちを漏らす。

「横浜まで行って機嫌を取るなんてこと、俺にはできない」

それは岡村もわかっていることだろう。

逃げるように横浜を出たのに、行き違いが悲しくて戻っては格好がつかない。

「紅蓮隊の連中が俺を探しているうちが勝負だ。内部の情報に関しては、りっちゃんが頼りになりそうだから、下っ端は避けて、幹部と繫ぎを取る」

表情を引き締め、本題へ戻った。

紅蓮隊の内部対立の構図もまだ見えていない。

土地勘がない上に、情報源にも乏しいせいだ。そのあたりを含め、律哉を使いながら、探っていく必要がある。

承知した岡村がうなずいた。

「金の分配で揉めてるにしては、対立してる側のやり方が荒いと思います。女の取り合いは頻繁にあるようですが、主導権の取り合いを兼ねているのかもしれません」

「女にとっては、いい迷惑だな。ほんと、昔っから変わらねぇ……。不良っていっても、学校は行ってんだろ。なにを勉強してきたんだか……」

「しょせん、商売の教師ですよ」

岡村が皮肉げに笑う。佐和紀が口を開こうとしたところで、ドアがノックされた。岡村が身構え、佐和紀は気にせず視線を向ける。

中に入ってきたのは、やや細身の中年男だ。身体に合ったスーツをさりげなく着こなしている。佐和紀に見覚えはなかった。

「お楽しみのところ申し訳ありません。横澤先生がおいでと聞きましたので、ご挨拶に」

男はドアをしっかり閉め、直角に一礼した。きっちりと教育された仕草だ。

佐和紀の隣で、岡村が忍び笑いを漏らした。

「サーシャが一緒だと聞いて、見に来たんだろう。……サーシャ、こちらは葛城組の千早《ちはや》さんだ。俺が世話になってる」

横澤の仮面をつけた岡村が言うと、千早と紹介された男は物静かに頭を下げた。

「いえ、お世話になっているのはこちらです。千早と申します。どうぞお見知りおきを」

愛人のサーシャに対しても礼儀正しく挨拶をする。葛城組にとって、横澤が大事な客分である証拠だ。一瞬だけ絡んだ視線はあっさりとはずされる。値踏みするでもなく、いたって紳士的だ。厚い胸板がジャケットを押し上げ、苦み走った顔つきは四十を超えて見える。

ソファにも座らず、腰を屈めるようにして、横澤と一言二言、会話を交わした。そのままあっさりと退室する。

「……ずいぶんと、行儀のいいヤクザ屋さんだね」

わざとらしく寄り添った佐和紀は、岡村のジャケットから馴染みの香りを感じ取る。

なにも言わずにいると、くちびるがさびしかった。じんわりと痺れて、甘くささやきながら重なる瞬間を思い出す。

佐和紀は、心の中で、めいっぱいに周平を罵《のの》った。

つれなく拒絶することで、どんなにせつなくなるか。熟知しながらやっていると思うと、それもまた許せない。家財道具を捨てられた怒りに、さらなる怒りが上乗せされ、佐和紀はかすかに震えながら岡村の肩へくちびるを押し当てた。

「きみは……そうだね。身体を、動かすといいよ……」

横澤の口調で言った岡村は、みじろぎひとつせず、身体を緊張させていた。

＊＊＊

金髪をかきあげた佐和紀は、目の前の将棋盤を眺める。駒を取って、指す。パシッと小気味のいい音が鳴り、周りを取り囲むジイさんたちが唸《うな》る。そのうちのひとりが、佐和紀の前に座る仲間の肩を叩いた。

「しっかりせんかぃ。こんなキンキンの髪の兄ちゃんに負けて、どないすんねん」

「やかましいわ。だまっとれ！」

しわくちゃの顔に老人性のシミを散らした男が眉を吊り上げて怒る。仲間の手を振り払い、将棋盤をじっと睨みつけた。

通天閣《つうてんかく》から少し離れた場所にある将棋センターだ。回転寿司店や立ち飲み店が軒を連ねる商店街にあり、全面ガラス張りになっている。

律哉に教えてもらった店だが、紹介制で賭《か》け将棋ができる。直登を連れた佐和紀は三日通い、負けたり勝ったりを繰り返していた。ただし、賭け金が高いときは絶対に負けず、収支は必ずプラスで帰る。

　将棋センターの引き戸がガラッと開く音を聞き、佐和紀の視線の先にいる直登が顔を上げた。表情に険しさが滲む。

「ちょっと、ごめんやで」

　佐和紀のテーブルを囲んでいる年寄りの向こうから、ひょこひょこと顔を出したのは、場違いな若い男たちだ。サーシャを探し歩いていた紅蓮隊の一派だとすぐわかる。他には、思い当たる節がない。

「ジイさん、どいて」

「なんや！　ええとこやぞ！」

　怒鳴り返され、面食らった若い男たちが気色ばむ。

「知らんわ！　そこにいる男に用があんねん！　おい、あんた！『花牡丹のサーシャ』やろ！」

　テーブルを取り巻くジイさんたちがざわめいた。

「なんや、そんな粋な通り名があったんか。早く言わんかいな」

「言わないよ」

　佐和紀は笑って駒を手に取る。

「なにの用？」

駒を指してから、男たちへ視線を向けた。

眼鏡越しでも相手は佐和紀の顔に怯む。それも、周平のそばで覚えた技だった。

「お、おまえ、仲間をボコボコにしたやろ。落とし前、つけてもらう」

「落とし前……。さて、どういうの？」

標準語のイントネーションで静かに答え、盤へ視線を落とす。

「この勝負が終わるまで、待ってろ」

佐和紀が言うと、周りのジイさんたちも勢いづいた。

「そうや、そうや。待ってろ」

「邪魔したら、このあたり、歩けんようになんぞ！」

「若いヤツ、脅しなや。兄ちゃんら、冷《れい》コー飲まんか」

さまざまな声が飛び交う中、佐和紀の前に座る老人がうなだれた。

「あぁ、あかん。ワシの千日手や……」

つぶやきを聞き、佐和紀は自分の膝に手を置く。

「ご指導ありがとうございました」

深く頭を下げ、席を立った。アイスコーヒーの誘いを断った若い男たちが、ギラギラした目つきで待っている。その後ろにいる直登が携帯電話をポケットに片づけて立つ。

「それで？　きみたちは、腕に覚えがあるの？」

佐和紀は、わざとらしい東京弁で話しかけた。自分がされても苛立つ話し方だ。若い男たちも眉を吊り上げる。

「ええから来いや！」

おもむろに腕を掴まれ、佐和紀はよろめいた。とっさに直登の動きを指で制する。

「警察、呼ぶか」

ジイさんたちに心配されたが、男の手をほどきながら、にこやかに答えた。

「外で話をつけるからいいよ。場所を変えよう。警察沙汰《ざた》は困るだろう」

おとなしく将棋センターを出て、路地の裏手へ入る。ケンカをするにはスペースが狭い。大人ひとり、両手を広げるのがようやくの幅だ。

立地を確認していた佐和紀は、あっという間に壁へと追い込まれた。男たちは十人ほどに増えている。サーシャを見つけたと連絡を受けて集まったのだろう。

輪の外にいる直登はまだ暴れていなかった。佐和紀に近づけまいと立ちはだかった男と睨み合っているだけだ。

「あんまり派手にやらんといてくれや、『花牡丹のサーシャ』さん」

からかうように伸びてきた男の手が、佐和紀の前髪を掴もうとする。

しかし、指一本触れさせるつもりはなかった。

逆に手首を掴み返し、強く引き寄せる。同時にみぞおちを膝で蹴り上げた。

「直登ッ、やれ！」

号令一発。直登がパンと弾けた。目の前に立つ男を殴り、佐和紀を取り囲んだ輪を崩していく。佐和紀も同時に動き、内側から攻撃を仕掛けた。鈍い音に短い悲鳴が重なり、古いビル壁に反射して響く。

乱闘騒ぎのときよりはケンカ慣れしている連中だったが、多勢に力を借りて動いている。佐和紀と直登にとっては、まるで手応えがない。

「ケンカのやり方も知らねぇのか……ッ」

最後に残った相手はまだマシだが、スタミナは足りない。ほんの少し遊んでやってから、佐和紀は回し蹴りを食らわせた。遠心力を利用して、こめかみへ踵をぶち当てる。

襲撃がいつあるともわからず、この頃は雪駄をやめて、スニーカーを履いていた。その踵が勢いよくヒットして、男がもんどり打って倒れる。

「やっべ……。おおーい。大丈夫かー」

仰向けに倒れた男のそばにしゃがみ、血が出ているところはないかと確認する。

「サーシャ。……殺しちゃった？」

ひと通り沈めた直登が額の汗を拭いながら近づいてくる。冗談にならないことを言われ、きつく睨みつけた。

「これぐらいで死なないだろ。どんだけ弱いんだ……」

「そうだよね」

反対側にしゃがんだ直登が、倒れている男の襟元を掴み、ガクガクと揺さぶる。

「やめんか！　痛いやろ！」

気を失っているはずの男が間髪入れずに叫ぶ。戦意を喪失して、気絶のふりをしていただけだ。

「こいつが一番、偉そう……」

胸元から手を離した直登は、相手の首を鷲掴んだ。

喉仏を手のひらで圧迫する。驚きと苦しさでうめく男を見下ろした直登の顔からは、いつもの素直なあどけなさが消えていた。見違えるほどの迫力は、いっぱしの男の顔だ。

佐和紀は汗で濡れた前髪をかきあげた。

喉を絞められて苦しむ男の目を覗き込む。

「じゃあ、お兄さん。トップに挨拶させてもらいましょうか」

しっとりと微笑む佐和紀を見た男は、ますます怯え、泣き出す子どものようにぎゅっと目を閉じた。

男を立ち上がらせた直登は、逃げないように腰裏のベルトを掴んで歩かせる。

そういうことは経験豊富だ。木下の手伝いは、押し入り、連行、そして鉄拳《てっけん》制裁。恐喝も含まれているに違いない。借金返済が滞る人間に対して闇金や街金がおこなう『追い込み』の一部だ。

「ここや」

弱々しい声で言った男が足を止める。大通りから一本内側に入り、年季の入った雑居ビルが建ち並んでいる一画。赤茶色のタイルが張られたビルの一階に飲食店が入っていた。

窓の下には寄せ植えのプランターが並び、端の割れた古い看板が店先に置いてある。

「なんて読むの……」

おもわず聞いてしまう。『COFEE&SNACK』の文字が弧を描く下に『屯愚里』と書いてある

「どんぐり……」

「へー、これで『どんぐり』って読ませる！　シャレてるね」

佐和紀が興奮した声で言うと、直登が目を丸くした。

「え？　本気で？　え？」

「どうしてだよ……」

佐和紀はじっとり見つめ返した。ふたりの真ん中に挟まれた男が戸惑い、とばっちりに殴られはしないかと怯えた目になる。直登が言った。

「これ、シャレてる？　変だよ……。そうだろ？」

「よくない？」

見据えながら、佐和紀も同意を求めた。

板挟みになった男は頰を引きつらせるばかりだ。どちらにつくべきか迷っている態度に、佐和紀は苛立った。

「もう、いい。さっさと中に入れよ」

男の肩を押して、ドアを開けさせる。古い店にありがちなドアベルが鳴り響いた。

小さな店だ。喫茶店というより場末のスナックで、カウンターの中にある壁には酒瓶が並んでいる。フロアにはくすんだ赤色のソファと白いテーブルが並んでいて、奥の席にごそっと男たちが固まっていた。他に客はいない。

いっせいに振り向く威圧感に、佐和紀はほくそ笑んだ。

一般客ならあとずさりして出ていくだろうが、あいにく『一般』とはほど遠い。ざわっと店内が騒がしくなった。

数人が駆け寄り、仲間を確保して戻る。残ったひとりが肩をそびやかしながら、佐和紀の前に立った。くちゃくちゃとガムを嚙む。

「他の連中はどうした？」

奥のソファ席から声が聞こえ、ガムを嚙んでいる男の肩越しに口を開く。

「体力がないから、置いてきた。たいしたケガはしてないよ」

店内がまたざわめき、くわえ煙草の男が出てくる。短く刈り込んだヘアスタイルが爽やかだが、眉は細く整えられ、目つきに隙がない。

年の頃は二十代半ば。佐和紀より、少し若い。責任感のある目をしていて利発そうだ。もっと軽いノリの男が出てくると思っていた佐和紀は、意表を突かれた。

「あんたが、サーシャ？」

「そう呼ばれてるけどね」

彼らが見つけやすいようにと、今日も牡丹柄のシャツを着ている。袖はまくり上げていた。

「落とし前をつけろって言われたから、足を運んだ。……水ぐらい出ないの？」

佐和紀の言葉に、奥に集まった男たちが喚きはじめる。くわえ煙草の男が肘先を上げると、不本意そうにぼやきながらも静まった。

間違いなく、彼が紅蓮隊のリーダーだ。

「煙草は？」

胸ポケットに入れたパッケージを取り出し、勧めてくる。

「もらうよ。あっちの席に座ってもいい？」

差し出された一本を受け取り、入り口付近の席を選んで座る。直登は、佐和紀の後ろの席で横向きに腰かけた。真後ろの陣取りだ。

「……うちのメンバーがあんたに痛めつけられたって話なんだけど」

リーダーの男が言う。苦笑しているのは、直登が睨んでいるからだろう。

差し出されたライターで火をもらい、佐和紀は肩越しに直登を見た。額をこつんと叩いて、睨むのをやめさせる。

「女の子に無茶をしたのは、おまえらだろう。俺は人助けをしただけだ。お兄さん、名前は？　紅蓮隊のトップ？　隊長っていうの？　総長？」

「どこの暴走族……。普通に、リーダーや。大和田瞬《おおわだしゅん》」

「じゃあ、紅蓮隊なんて名前、つけなければいいのに」

佐和紀の言葉に、大和田は首をひねった。

「なんで？」

「え？　愚連隊と同じだから……。まさか、知らないとか」

「なにそれ、同じ名前？　知らへん」

不思議そうな顔をされ、佐和紀はくちびるを引き結ぶ。

「……ゼロネレーションキャップ……」

「サーシャ、惜しい。ジェネレーションギャップ」

背後に座る直登がくすくすと笑い出す。佐和紀はひょいと肩をすくめた。

「それそれ。知らないなら、いいや。……あんたたち『ケンカ稼業』じゃないって聞いてるけど、俺に仕返ししてどうすんの？」

「やられたらやり返す」

「じゃあ、ヤクザにもやり返されるね、そのうち」

佐和紀の言葉に、大和田の眉がピクリと動く。

「……あんた、ヤクザじゃないやろ」

「せっかくだから、腹を割って話そうか」

煙を吐き出し、小首を傾げてみせる。水はいつまで経っても出てこず、店員がいるのかどうかも怪しいぐらいだ。

大和田がたじろぎ、深いため息をついた。

「なにがせっかくなんか、ぜんぜん、わからん」

「面倒ごとを避けて仕事をしたいなら、ケツ持ちは意識した方がいい」

「……ヤクザとツルむんは、断る。あいつら、金だけ持っていくやろ。先輩がえらい目に遭ったん、見てるから」

「なるほど。……無抵抗な下っ端を挑発するのも、先輩の教え……？」

からかうように言って、灰皿の上で煙草を叩く。ぽろりと灰が落ち、佐和紀はまた吸い口をくちびるへ運んだ。

「うまいやり方とは言えないな。あんまり大人をからかうものじゃないんだよ。……クラブイベントだっけ？　そこにゴロツキを放り込まれたら、警察に目をつけられるよ」

「……あんた、ほんまに、なにモンやねん。なにが目的で……」

大和田の眉にしわが刻まれ、目にぐっと力がこもる。佐和紀はしらっと受け流した。

「ヤクザのお偉いさんが、あんたらに目をつけてる。そろそろ大ケガするぞ」

押し黙った大和田は、ほんのわずかに動揺して見えた。ヤクザをからかっている自覚があるのだ。

「下の管理がうまくいかないなら、手を貸す」

「そんな、うまいこと言うて……」

大和田の表情が厳しくなり、佐和紀はギリギリと睨みつけられる。

店の奥へ目をやると、紅蓮隊のメンバーの半分がこちらの様子をうかがい、もう半分はこそこそしながら別の話題で楽しげに盛り上がっているのが見えた。

佐和紀は眉をひそめる。ヤクザ社会ではありえない『ゆるさ』だ。

それが居心地の良さを生み、同時に統制を取りにくくする。

「女の子たちがさ、迷惑するだろう。取り合いしてんの？　俺が助けた子もケガをした。

……困るな、そういうのは」

「あんた、そっちか」

大和田がなにを差して言っているのか、わからない。あいまいにうなずくと、勝手に納得された。

「ここのところ、急にメンバーが増えて……。無茶なことをするヤツもいるんや」

「無茶って、あれか」

「そう。風俗の店舗替え。引き抜けば、スカウト料がもらえる。片手間にやってるヤツがいて……、俺も困ってる」

佐和紀は乱闘騒ぎのことを言ったつもりだったが、大和田は違うことを言い出した。『そっち』というのも風俗スカウト関係のことだったのだろう。

「メンバーが増えるってさ……、名簿は？」

佐和紀が聞くと、大和田は肩をすくめた。

「ないよ、そんなもん。幹部はみんなツレやし、声をかけて集まった連中とイベントを打ってるだけ。紅蓮隊ってのも、元々はイベント主催のチーム名や」

だから、不良グループでありながら、ケンカのやり方も知らない。

ヤンキーでもチンピラでもなく、遊び人に毛が生えたような集団の中に、『イキりたがり』がまぎれているだけだ。

「……内部で敵対してるってのも、古参と新規のやり合いって感じ？」

大和田の口がなめらかになってきたので、佐和紀はなおも砕けた調子で話を振る。

「いや……、幹部のひとり。遊ぶ金が足りないんやろな。飲み屋で知り合った男に、やたら金払いのいいヤツがおって、あれこれ教えてもらってるって……。誘われて断ったヤツもおる」

「なんで、断るの」

「……やり方が、荒っぽいから……って、あんた、めちゃくちゃ話すのうまいな。警官《ポリ》と話してるみたいや。……え？　それはちゃうやんな？」

「こんなキンキンの髪はいないだろ……」

「そうやな。……うちとしても、あんまり半グレみたいに見られるんは困る」

「クラブイベントだかなんだか知らないけど、子どもの遊びじゃないなら、内部統制はしっかり取ったほうがいい」

佐和紀の勢いに呑まれた大和田は素直にうなずいた。外見は体育会系ヤンキーだが、根は真面目なのだろう。

三井の地元の後輩を思い出し、佐和紀は急に懐かしくなった。

普段は周平の舎弟として面倒を見られている三井も、地元へ帰れば先輩風を吹かし、偉そうにしている。後輩たちから向けられる視線はいつだって、素直な尊敬と憧憬《しょうけい》に溢れていた。少しばかりグレてヤンチャでも、属するコミュニティのルールを守る若者たちだ。

「……この前の乱闘で、ケガをした人間がいるなら、今日のヤツもだけど、謝るから言ってくれ。ナオ、連絡先、交換して。……いいよな？」

大和田本人にも確認する。

「ええよ。……謝る必要はないけど」

佐和紀のひととなりを信用し、繋がりを持ってもいいと判断したのだろう。

携帯電話を取り出した大和田がちらりと上目遣いに視線を向けてくる。

「あのさ……。ヤクザに目ぇ、つけられたら、どうなんの？」

不安を隠した小声で問われ、佐和紀はうっすらと笑みを浮かべた。

彼らの知っている『世間』はその程度だ。ヤクザを相手にする本当の面倒を知らない。

「そのときは、俺みたいに、どこの誰か、わからないのが来るんだよ。引き際が肝心ってのは、こういうことだ」

短くなった煙草をくちびるに挟んで、ソファへもたれる。

佐和紀がしどけなく紫煙をくゆらせている間に、直登と大和田は連絡先を交換した。


律哉を呼び出してダーツバーへ行き、報告がてら、ビールをたらふく飲む。

上機嫌になった佐和紀は、止める直登を押しのけて、テキーラのショットを酌み交わした。律哉も楽しげだ。

「いや、本当に、信じられない。一緒に行けばよかった！」

大和田との話を蒸し返して興奮している。

「正直さ。俺も、ツレに頼んだりしたんだよ。繋ぎを取りたくて。でも、ガードが堅くって、なかなかリーダーには会えないんだよ」

酔った律哉に飛びつかれ、ダーツを投げる瞬間の佐和紀はぐらついた。ハイチェアに座っている直登が、いかにも迷惑そうに顔を歪めるのが視界に入り、佐和紀が投げたダーツは、的まで届かずに床へ落ちる。

それだけのことが可笑しくて、律哉と一緒に笑い転げてしまう。もう立派な酔っ払いだ。

「今度のパーティーの招待券もらってるから。りっちゃん、一緒に行こう」

「行く、行く～。ナオも来るんだろ？」

律哉からなれなれしく呼びかけられ、直登はぷいっと顔を背けた。

「連れていくよ」

代わりに答えた佐和紀は、背中から首にぶら下がる律哉の髪へと指を潜らせた。外側は整髪料で固まっているが、内側はふわふわと柔らかい。

「サーシャ。テキーラ、もう一杯やろう。は～、気分いいわ～」

肩を抱き寄せられ、ぶつかり合いながらカウンターへ取りつく。ふたりの前にショットグラスが置かれ、バーテンダーがテキーラのボトルを取り出す。しかし、グラスが満たされることはなかった。

「ご機嫌のところ悪いんですが、もう飲みすぎです。チェイサーをふたつ」

ふたりの間に割って入った男が、ショットグラスを押し戻す。

「呼ばれて来たら、なんですか。こんなに酔って……」

ブラックスーツに、さっぱりと撫であげた髪。顔つきは若々しく、目元が凜々しい。

はっきりと、男前の美形だ。

「はいはい。わかってます。いまのは一杯目のテキーラ」

説教された律哉が、さらっと嘘をつく。

「そんなはずがないでしょう」

男はあっさりかわし、出されたチェイサーのグラスを手に取り、律哉へ押しつける。中身はトマトジュースだ。

「わかったよ、飲むから……。あ、そっちにいるのが、花牡丹のサーシャだ。葛城組が客分として預かってる横澤の愛人」

男の胸元を押しのけた律哉は、佐和紀を紹介し、チェイサーを飲み干した。

一瞬、ハッと息を呑んだ男は、すぐに表情を隠す。酔った律哉は気づかずに言った。

「こっちは、うちの若頭。堀田《ほった》。堀田諒二《りょうじ》。顔だけなら、桜河会の道元にも負けないから、覚えてやって」

「……どうも」

さらりと出されたヤクザの名前に、知り合いだとは言えずに口ごもる。どんなヤツだと問いただすのも白々しい気がして、そのままスルーした。

「うちの坊《ボン》がお世話になっているようで、ありがとうございます」

両膝に手を当て、堀田はヤクザらしく頭を下げた。

「いや、俺は、迷惑をかけてるだけかも」

佐和紀は戸惑うふりで言葉を濁し、横澤の愛人らしく、男好きの色気を振りまく。

「あ〜……エロ……ッ」

反応するのは、カウンターにもたれた律哉だ。

「やばいな〜。うちのが食われちゃうな〜」

ゲラゲラ笑いながら水を飲み干し、堀田が迷惑そうに眉をひそめても知らんふりで佐和紀の腕を引く。

「もういっちょ、ダーツやろ！」

坊だのお嬢だのと呼ばれ、すくすくと育ってきたのだろう。いまもまさに過保護な手つきで、堀田に止められる。

「無理ですよ。目がすっかり据わっているじゃないですか。今日は帰りますよ」

「まだ、話があるんだよ。紅蓮隊の件。リーダーの連絡先が手に入った。な？　すごいだろ？　サーシャがやったんだ」

「すごいですね。すごいと思います。帰りましょう」

まるで子どもをあやすように強引だ。年の離れたふたりは兄弟にも見える。

「じゃあ、サーシャとナオも連れて帰る。……うちで話をしよう。ついでに泊まっていくといい。明日、送らせるから」

「ご迷惑ですよ、坊」

「俺はもう決めた。な、サーシャ？」

屈託なくにこりと笑われ、思わずうなずいてしまう。

堀田だけでなく直登までもが首を左右に振っていたが目に入らない。

酔った佐和紀の脳裏に浮かんだのは、かわいい顔をしたユウキだ。

いつもキャンキャン吠《ほ》えて口うるさいが、笑顔はとびきりかわいい。数少ない佐和紀の友人だ。

ユウキと律哉を重ね、佐和紀の中の男がうずうずと使命感を覚える。かわいらしい相手のかわいらしいわがままは、聞いてやって当然だ。

「よーかった！」

律哉は喜んで飛び跳ね、酔いが回るからと心配した堀田をあたふたさせる。佐和紀はひっそりと笑って眺めた。

懐かしさがせつなさに変わり、人知れず、ため息をついた。

＊＊＊

目が覚めて、見知らぬ天井が目に入った瞬間に飛び起きた。

泥酔して騒いだことを思い出したが、頭はすっきりと軽い。

枕元に水差しの載ったトレイを見つけ、並べて置かれたグラスへ注ぐ。飲みながらあたりをぐるりと見渡した。

寝ていたのはベッドの横に敷かれた布団だ。まずテレビがあり、そして本棚とクローゼット。眼鏡が見つからず、目をこらす。

ひとり暮らしの部屋のようだが、キッチンは別室らしい。眼鏡を探して立ち上がると、見覚えのないビッグシルエットのTシャツを着ていた。足は剝き出しだが、立ち上がると、尻まですっぽりと隠れる。着ていた服は見当たらず、仕方なくドアへ向かう。

部屋を出ると、リビングではなく廊下が左右に伸びていた。左側に階段が見える。一軒家だと認識したのと同時に、律哉のことを思い出した。

ひたひたと廊下を行き、階段を下りる。直登を探さなければならないが、その前にトイレにも行きたくなる。けれど、間取りの見当がつかない。

大きな邸宅だ。おそらく律哉の父親である、信貴組組長宅だろう。

とんでもないところに入り込んでしまったと思っているうちに、扉が開いて人が出てくる。スキンヘッドの、見るからにいかつい男だった。

声をかけようとした瞬間、向こうが気づいて飛びあがり、べたんと壁に貼りつく。佐和紀も驚いた。

視野の悪い裸眼を細め、髪をかきあげる。すると、また大きな音が響いた。別の場所で、やはりいかにもヤクザな風体の男が壁に貼りついている。

「あああああ、どないしよっ」

「お嬢の浮気や……ッ！」

くちぐちに勘違いを叫び、佐和紀が訂正する間もなく、男たちはあたふたと動き回った。

「うるさいわよ！　なんやの、朝から！」

扉がふたたび開き、今度は若い女が顔を出した。低いポニーテールに結んだリボンの先端が、頭の向こうからぴょんと飛び出している。

「あぁ、姐《あね》さん！　お嬢の浮気ですわ……」

「こんなん、連れ込んで……どないしよ」

壁に貼りついていた男たちが、大慌てで若い女に寄りつく。

「え？　なんで？」

姐さんと呼ばれた女が目を見開いた。驚きの表情は眼鏡なしの佐和紀にもわかる。

「あー。これはしかたない。……諒二さんはもう来てるの？　とりあえず、りっちゃんの部屋に隠して」

いそいそと振り向く男たちに対し、佐和紀は両手のひらを見せた。

「浮気じゃないです……。単なるツレです。律哉に誘われて、泊まっただけ」

「もしかして、昨日の酒盛りの？　ごめんなさい。知らなかった」

男たちの首根っこを引き戻し、女はせり出した腹を手のひらで撫でながら言った。

「これなもんだから、夜が早くって……」

「律哉の、お姉さん……」

「お母さん。義理のね。お腹はふたりめ」

つまり、信貴組組長の後妻だ。想像以上に若い。

「それで『姐さん』か。……俺の眼鏡、知らないかな。赤いフレームの」

「知ってる。脱ぎ捨てた服と一緒になってたから、拾っておいたんよ。服は洗ってあるから、すぐに出すわ。バーで、お酒をこぼしたんでしょ？」

姐さんが入っていった扉の向こうはダイニングだ。キッチンも見える。

棚から取ってきた眼鏡を渡された。

「きれいな足やね。うちの男どもには目の毒やわ。着替える前に、お風呂に入りはる？

あんたら、用意してきて」

命令された男たちが、くるりと背を向ける。

「上の子が見当たらんのよ」

姐さんの言葉に、佐和紀はドキッとする。

「あぁ、心配せんといて。遊ぶ場所は決まってるから」

「俺にもツレがいたんですが、背の高い……」

「そうなん？　私は見てないけど。客間で寝たんやろうか」

話しながら、家の奥へと向かう。

古い建物だが、純和風ではない。ごく普通の一戸建てだ。バブルの頃に建てられたのだろう。しつらえのところどころが時代遅れだ。

「あら……」

廊下の途中の襖《ふすま》を開けようとした姐さんが、口元に手を当てた。ちょいちょいと手招きされて、屈んでいる上から部屋を覗き込む。

大きな座卓が据えられた和室の縁側で、二歳ぐらいの子どもと直登が向かい合っているのが見えた。ふたりはなにかを積み上げている。

「あれね。ガムシロ。アイスコーヒーに入れるガムシロップ」

積み木の代わりにして遊んでいるのだ。

ふたりは交互に積み重ね、どちらかが崩すと、また初めから積み上げる。

やがて直登が気づいて振り向き、佐和紀を見ると安心したように微笑んだ。

「なにやってんの、映子《えいこ》……」

廊下からも声が聞こえ、酒が抜けきっていない顔の律哉が現れる。佐和紀に向かって手をあげる仕草も緩慢だ。

「サーシャ……。朝から、足が、エロい」

「まずは、『おはよう』でしょ」

映子と呼ばれた姐さんが笑う。

「ねぇ、見て。お客さんとター坊がかわいいの。根気強いわ。いつからやってるんやろ」

手招きで誘われ、部屋を覗き込んだ律哉も笑顔になる。

「俺は二回で飽きるけど……」

「なんか、ええ風景やわ。写真撮っておこう」

ワンピースのポケットから携帯電話を取り出し、写真を撮る。その隣で律哉が言った。

「サーシャ。風呂の準備ができたらしいから、入ってきたら？　さっぱりしたらボクシングジム行こう。昨日、言ってたやろ。覚えてるか？」

「覚えてない……。けど、行く」

「行こう、行こう。……ていうか、下も渡したと思ったけどな」

あどけない童顔にポツポツと生えたヒゲをさすりながら、律哉はおもむろにしゃがんだ。まじまじと、佐和紀の足を眺め出し、映子に蹴られて転がる。

「あ、パンツ」

「男のパンツ見て、嬉しいか？」

わざと裾を持ちあげてみせると、律哉を蹴飛ばしたばかりの映子も身体を傾げて見ようとする。素直な性格だ。

「見るなよ」

笑う律哉がワンピースの裾を引っ張る。映子は布地を乱暴に奪い返してあごを反らした。

「ええもん見せてもらったわ。安産になりそう。……お風呂、こっち。どうぞ」

律哉を廊下の床に転がしたまま案内される。

風呂場の造りは広い。しかし、しっかりと生活感がある。子供用のイスや、オモチャが干されているのも微笑ましい。

簡単な説明を受け、ひとりにされる。佐和紀はぼんやりと服を脱ぎ、眼鏡をかけたまま湯に入った。

身体を沈めると、酔いの残りが溶けていく。

壁には窓があり、浴室内に広がる朝の光が爽やかだ。思い切り腕を突き上げ、背中を伸ばした。しばらく浸かり、髪と身体を洗って脱衣所へ出る。すると、服がひと揃えと真新しい下着が置いてあった。まだパッケージに入っている新品だ。

シャツにはアイロンがかかり、ズボンもシワひとつない。

着替えた佐和紀は、ドライヤーで軽く髪を乾かした。手ぐしで後ろへ流し、眼鏡をかけ直す。

廊下へ出ると、男が待っていた。順番待ちでないことはすぐにわかる。

相手はノーネクタイのワイシャツに、黒のスラックス。

道元に引けを取らないと紹介された顔だちは、酔いが醒めても整って見えた。道元ほど都会的ではないが、泥臭い中にも存在感がある。

「堀田、さん……」

呼びかけると、押し戻された。脱衣所のドアを閉め、そのまま鍵をかけられる。

「うちの坊だと知って、近づいたのか」

洗面台の前に追い込まれ、逃げ場がなくなる。佐和紀は肩をすくめた。

「噂は聞いたよ。『壺振りのお嬢』だっけ……。あんたは、そう呼ばないんだな」

「……大滝組の男嫁だよな」

いきなり切り込まれ、佐和紀は微笑んだ。驚くこともない。相手はヤクザの幹部だ。

東の情勢に興味があれば、金庫番と名高い渉外担当の若頭補佐を研究していても不思議はない。

「もう別れたんだけど、それは噂になってない？」

首を傾げて、柔らかく答える。堀田は惑わされずに硬い表情を浮かべた。

「岩下の話は、ネットに流れにくい」

「それでよく、俺の顔を知ってたね」

「横浜へ行ったときに見た。どういうつもりで、坊に近づいたんだ。ことによっては、付き合いをやめてもらう」

「ずいぶんと過保護だね。俺が色目を使うとでも思ってんの？」

佐和紀が髪をかきあげると、堀田はますます厳しい表情になった。

「岩下のそばにいたんだろう。男ひとりの愛人では、満足できないんじゃないのか」

元色事師の周平は、どこに行ってもテクニシャンで絶倫のお墨つきだ。嫁の佐和紀も、もれなく淫乱・好き者の称号がつく。

「ひとりにしておくのが、横澤との契約だけど……。りっちゃんとセフレにでもなったら困るってこと？　はっきり言わなきゃ、俺にはわかんないんだけど」

堀田を斜めに見て、わざと意味ありげに笑ってみせる。横澤の正体には気づいていないらしい。

「うちの大事な跡取りだ。淫乱のオモチャにされるのは困る」

「淫乱……。そこまではいってないと思うけどな。りっちゃんは、男もイケんの？　それは意外かも。どっち？　下？　上？」

「ふざけるな」

ぎりっと睨まれ、佐和紀はくちびるの端を曲げて笑った。

「そっか。あんたは、りっちゃんがかわいいのか」

恋愛感情を持っているから、近づいて欲しくないのだ。淡い嫉妬《しっと》に気づいた佐和紀は、堀田に向かって一歩踏み込んだ。胸で迫るように距離を縮める。

「教えてくれない？　同棲《どうせい》してる相手がなにも言わずに飛び出したら荷物はどうする？」

「は？　……出ていったなら、捨てるだろ」

怯んだ堀田は、謎かけをいぶかしがりながらも答えてくれる。佐和紀はなおも問いただした。

「自分が惚れていても？」

「いきなり、なんだよ。……帰ってくる可能性があるなら、そのままにしておくけど……。っていうか、出ていく理由があるだろう。……誰の話だよ。あんたの話？」

「うん」

「素直だな……」

拍子抜けしたように笑い、佐和紀を押しのけた堀田は胸の前で腕を組む。

「つまり、あんたは、大滝組若頭補佐のスーパーテクニシャンを捨てて逃げてきたってことか。絶倫が嫌で？」

「それはないけど……。関係がおかしくなりそうってこと、あるだろ」

「そもそも、男嫁ってのが、うらやましい……じゃなくて」

「……えー。それって、相手はやっぱり、りっちゃん？」

ニヤニヤして覗き込むと、堀田は不機嫌にぎろりと目を剝いた。

「いまの発言は忘れろ。気の迷いだ。それで、あんたは岩下になにも言わないで、家を出たってことだな。つまりは」

「頭いいね」

「それはどうも。それじゃあ、最低なのは、あんただな。好き合っての結婚じゃないって聞いてたけど、情はあったんだろ？　五年も続いてたし、仲がよかったんだよな。……相談もしなかったのか？」

「しなかった」

「それはダメだ」

堀田はあきれたように首を振った。

「結婚してなくても、ある程度のパートナーになれば、事前の相談はするものだ」

「できないことだってあるだろ。相手のことを考えるし。自分のやりたいこととか、放っておけない問題とか」

佐和紀は、ここぞとばかりにたたみかける。こんなことを相談できる相手は他にいない。岡村は論外だし、美園も、道元もダメだ。

「結局、自分のことばっかりだな」

厳しい口調で言った堀田が続ける。

「口出しされたくなかっただけにしか聞こえない。荷物を捨てた相手を悪者にしたいのかもしれないけど、難しいだろうな。……俺でも捨てるよ。なにを見ても、自分への裏切りを思い知らされるようなものだ」

「裏切りじゃない」

「あんたにとってはそうでも、十人中九人はそうだって言う。ちなみに、残るひとりはあんただ」

はっきりと答える堀田の言葉は刃《やいば》のようだ。ざくざくと切りつけられ、佐和紀はたじろいだ。少しは気づかってくれ、と言いたくなる。しかし、言えなかった。

脱衣所のドアを叩く音がして、サーシャを呼ぶ律哉の声がしたからだ。

堀田は慌てることもなくドアを開けた。

「……なんで、おまえがいんの？　鍵なんかかけて、やらしい」

顔を覗かせた律哉が不満げに眉をひそめた。

「そちらこそ、他人の愛人を追い回して、どうするつもりですか」

「誤解だって言ってんだろ。新しいツレの顔が、ハチャメチャにきれいだっただけだ。あと、ケツと足の形がいい」

顔がかわいくても、律哉はまるっきり男だ。

「……律哉さん。ちょっと、話があります」

「いや、俺もサーシャに用事が」

「あとにしてください。すみませんが、ふたりにしてもらえますか」

真剣な顔で退室を促され、佐和紀は戸惑った。

「いいの、これ」

いかにも説教が始まりそうな雰囲気を感じて声をかけたが、律哉は助けを求めてこない。そのまま追い出され、佐和紀は後ろ髪を引かれた。

もう少し第三者の意見が聞きたかったからだ。せめて、佐和紀のしたことも個人の自由だと言われて終わりたかった。わがままで身勝手でも、それが現状の率直な願いだ。

行き場もなく途方に暮れて、とぼとぼと廊下を進む。

荷物ぐらいで騒ぐことが幼いのだろうかと考え、佐和紀は閉じられている客間の襖に手を添えた。失ったものを思えば怒りは募るのに、いつだって周平への気持ちのほうが大きい。好きだから、許せなく思う。

鬱々としながら襖の隙間を覗くと、直登はまだ、小さな子どもを相手にガムシロップのポーションを積んでいた。子どもよりも直登が夢中になっているようだ。

佐和紀が覗いていることにも気づかず、大きな身体を屈めて前のめりになっている。途中で子どもに邪魔されても、怒ることはなく、またひとつずつ積み直す。

その仕草に、佐和紀は見入った。

積み直しても、前回よりも高くなるわけではない。立ち上がった子どもの手がぶつかり、また傾いで倒れる。

直登は顔を上げ、よたよたと歩き出す子どもを気遣わしげに見た。離れていきそうな腕にそっと触れ、掴むことはせずに声をかける。子どもは楽しそうに笑った。くるりと方向転換して、散らばるガムシロップを突っ切って、一直線に直登へ近づく。大人に囲まれているせいか、人懐っこい子どもだ。

甘くとろけるような幼児の声が和室に響く。

言葉は聞き取れなかったが、直登に背中を向けた子どもはそのましゃがみ込んだ。丸い尻が、直登のあぐらの中にこっぽりとはまる。

そのとき、直登が笑った。声に出さず、肩が揺れる。

桟にもたれていた佐和紀は、ハッとして身体を起こした。

子どもをあやすでもなく、邪魔にするわけでもなく、直登はまたポーションを積む。

しかし、笑顔はこぼれ続ける。

「ずいぶん懐いたな」

静かな声に振り向くと、佐和紀を脱衣所から追い出した堀田がそばにいた。律哉の姿はない。佐和紀は襖を開けたままで向き直った。

「りっちゃんにフラれた？」

笑いかけながら、堀田の首筋に赤いアザを見つける。虫刺されにしては大きな鬱血《うっけつ》だ。

「あんたを淫乱呼ばわりするな、って叱られた。横澤って男、石橋組の美園と会ってるだろう。要するに、あんたは、岩下と切れてない。そういう認識でいいんだよな」

読み筋は当たっているが、横澤が岩下の元舎弟だとは気づいていない。ただのカバン持ちに過ぎなかった岡村は、デートクラブを継いだのも一瞬のことで、名前も顔も知られていない存在だ。

「横澤はどこから来た男だ。……大滝組なのか」

「俺の『右腕』だ」

律哉と付き合うなら、この男もセットだと踏み、佐和紀は正直に答える。

「右腕？」

不思議そうに首を傾げる堀田は、佐和紀をマジマジと見た。

「愛人風情がどういう意味だ。なんの右腕だよ。どうせ、エロい……」

言われて、思い切り足を踏みつける。叫び声をこらえた堀田の眉が吊りあがり、襟を掴まれそうになって肘で払う。

反対の手で平手打ちにしたのは、揉み合った勢いだ。

ぎろりと睨まれ、ほんの少しだけ後悔する。しかし堀田の態度も悪い。

「横浜じゃ、『狂犬』って呼ばれてたもんで……。見境ないから、気をつけて」

「言うのが遅い」

「それは、ごめん。信貴組は、葛城組とシマを争ってるんだっけ。横澤が来てから、あっちに金が流れてる感じ？　もうじき潮目が変わると思うよ。紅蓮隊の件が片づけば、ね」

「あんた、本当は何者だ」

堀田は混乱した顔で佐和紀を見据えてくる。どれほどマジマジと見たところで、答えが出るものでもない。そう思いながら、佐和紀は微笑みを返した。

「……愛人稼業の、淫乱な男？」

「そんなことやってるから荷物を捨てられるんだ。自業自得だ」

「話はついたはずだったんだ。……これでも、俺ね、身持ちは堅い」

「あんた相手じゃ、男の方が我慢できないだろ。横澤は右腕って言った？　岩下直属の指示……、あんた、岩下の名代か」

両肩を強く摑まれ、堀田に向かって目を細めた。周平の名前を出され、胸が痛む。

「離して。……俺は、誰の代わりでもない。『花牡丹のサーシャ』だよ。あんな男は、捨てたんだから」

言った先からまぶたが小刻みに震え、ぎゅっと目を閉じた。堀田の手を引き剝がして、両手で身体を押しのける。

「荷物を捨てられたってのは、たとえ話か？」

気づかうように言われ、背を向けた肩越しに堀田を睨む。

「ちげぇよ。俺の着物も、羽織も、珊瑚の羽織ひもも捨てやがったから！」

佐和紀は声を荒らげた。退路を断たれたのだ。出ていくのならと離婚届を押しつけられたように、逃げ帰る場所さえ奪われた。

佐和紀はもう、周平のものではない。関係性は約束されず、ただ、月に数度だけ情をかわす仲だ。誰にも肌を許さないでくれと佐和紀は頼んだが、周平がその気になれば、どんなことでもできる。女を抱くことも、新しい嫁をもらうことも。

そして、それをそっくり佐和紀に隠し続けることも、周平はできる。

「……泣かなくてもいいだろ」

驚いた堀田が息を詰める。自分の涙を止められず、佐和紀は肩で大きく息を繰り返した。扱いに困っているのが雰囲気でわかったが、その場を去ることもできない。ひとりになればもっとせつない。だから、背中を向けて壁にもたれた。

その先から律哉が現れる。佐和紀が泣いていることに気づいたが、驚きもせずに腕を伸ばしてくる。小さな子どもにするように肩を貸され、佐和紀はおとなしく顔を伏せた。

「おーい、諒二。なにやってんの。美人を泣かすなんて、百年早い。……話はついたか」

律哉の声はいつになく厳しい。いつもの屈託のなさが消え、堀田よりも上位に立つ。

「……いえ、まだ」

「泣かすのに忙しいんじゃ、仕方ないよな」

律哉の言葉には意地の悪いトゲがあった。

「サーシャ。紅蓮隊の件は、横澤から頼まれたの？　それとも、葛城組？」

佐和紀の背中をポンポンと叩いてあやす。

「美園ですよ。可能性が高いのは」

答えたのは、堀田だ。佐和紀は顔を上げる。律哉から離れて眼鏡をはずし、頬と目元を拭いながら答えた。

「肯定も否定もしない。美園の考えは聞いたことがない。おそらくは地ならしだ」

眼鏡を顔に戻すと、堀田と律哉は微妙な雰囲気で視線を交わし合った。

「……思ったより、深いところへ食い込んでるんだな」

堀田が意外そうに眉をひそめた。

「あんたと一緒にいる、木下って男。あいつは真正会のチンピラじゃないのか？　三次団体のヤクザとつるんで、最近は頻繁に裏カジノへ顔を出してる。気前よく支払ってる金の出所を知らないか」

「あぁ……」

佐和紀は小さくつぶやいて壁にもたれた。

「俺の花代だよ。横澤からもらってるお手当。ぜんぶ持っていくから」

「ぜんぶ？　脅されてんの」

律哉が眉をひそめる。佐和紀は首を左右に振った。

直登を守るためだ。金を渡していれば、危ない仕事を持ち込まれずに済む。

そして、三人の関係を保つために、飲む・打つ・買うの娯楽三原則を維持させている。

直登が、木下のことも好きでいるからだ。引き剝がしたり、ないがしろに扱ったりすれば、ようやく穏やかになった精神のバランスが崩れるかもしれない。

それが怖くて、佐和紀はまだ木下に対する対処法を選べないままだ。

「事情があるんでしょう」

堀田が大人の一言で話を終わらせた。佐和紀は細く開いたままになっている襖から客間を覗く。幼児をあぐらの中に入れた直登が、ぼんやりしながら揺れているのが見える。

直登はようやく『まとも』になった。

金の使い方も、女の扱い方もおぼつかないが、佐和紀の言葉をよく聞き、解釈のズレを起こすことは減った。元々、知能に問題はない。佐和紀の言い間違いをさらりと直すことができるぐらいだ。

これから、善悪の区別と、金の絡まない愛情を教えて、いつかは独り立ちさせなければならない。

その『いつか』が少しでも早ければいいと思う佐和紀の心は、直登に読まれているかもしれなかった。周平のもとへ帰りたいと願う気持ちは、直登から目をそらすことと同意義だ。けれど、佐和紀も、周平なしでどうやって生きていくのかを、真剣に考えたことがなかった。

横浜を出ると決めたときでさえ、帰る場所としての離れがあると思ってきたぐらいだ。いまも帰ろうと思えば、組屋敷には岡崎たちが住んでいるし、こおろぎ組の組長の家もある。ただ、そこに周平はいない。あの男の分厚い胸と逞しい腕だけが、佐和紀が望む本当の居場所だ。

いつでも待っていて、そして迎えに来てくれる。あきれるふりをしながら、みっともないほどの懇願を隠し、結婚指輪の見える左手を差し出して佐和紀の名前を呼ぶ。それが周平だと信じてきた。しかし、そういうことさえも否定して飛び出したのだと、いまの佐和紀にはわかっている。

堀田が言う通りだ。佐和紀の残した家財道具は、見るたびに裏切りを感じさせるだろう。佐和紀はあの離れに、着物や帯や宝飾品と同じく、唯一無二と思って大事にしてきた周平を押し込めておこうとした。

誰にだって心があるのに。

どうして、周平にはないと思ったのか。

問われたら、きっと、愛情を理由にしてしまう。

けれど、愛はそんなふうに使っていいものではない。

客間を覗いた佐和紀は、浅く息を吸い込む。縁側近くの直登が振り向いた。

まっすぐに澄んだ瞳に見つめられ、笑い返してやろうと思うのにできない。佐和紀はくちびるを閉じる。

脳裏に浮かんでいるのは周平だ。

いますぐに会いたい。

けれど、謝る言葉も持たず、しがみつくだけで許されようとする自分がいる。

周平は抱き止めてくれるかもしれない。強がりの素振りも見せず、佐和紀がすることならと、うなずいてしまう。

そして佐和紀は、相手のためと嘘を繰り返して、自分勝手なセックスを求める。受け入れ、与えているふりで、周平を浪費していく。

想像するだけで胸が塞ぎ、胃の奥が煮えるように痛む。

佐和紀は動けなかった。目の前にいる直登の無垢《むく》な瞳に見据えられ、にわかに混乱した。

激しい後悔に襲われ、片手の拳を握りしめる。

周平以上にたいせつなものがあっただろうか。

それは、直登だっただろうか。

知世が傷つき、美園たちに呼ばれ、取り戻した過去の記憶に惑わされ、横浜から出れば、すべての苦悩から逃げられると思った、あのとき。周平との関係が快楽を貪《むさぼ》るだけの性交になってしまうと恐れたのも、これ以上、自分が溺《おぼ》れたくなかっただけだ。

たぶん、きっと、おそらくは。

はっきりしない繰り言を並べ立て、佐和紀はうっすらと笑う。

このままでは周平を失うかもしれない。そう、初めて実感した。

5

ものごとを広い視野で捉《とら》えることが苦手だ。

これまでの人生の、どの瞬間にも余裕がなかった。自分を生かし続けることだけに精いっぱいで、恋も知らず、優しさにすがることもできず、女装ホステスで食いつないでいるときにこおろぎ組の松浦と出会ってヤクザの道へ踏み込んだ。

構成員や客分に誘われ、サウナや飲み屋へ連れていかれたり、ストリップ劇場を奢《おご》られたりする一方で、松浦の妻・聡子《さとこ》からは手に職をつけるように勧められた。

あれこれと試してはみたがうまくいかず、そのうちに聡子が亡くなり、こおろぎ組はゆるやかに衰退した。出入りしていた客分が去り、構成員が減り、最後には岡崎たち数人も松浦組長を見限るように消えた。

佐和紀だけが残ったのは、松浦を中心とした暮らしを手放せなかったからだ。

岡崎たちが夜這《よば》いをかけてきたことも意固地に拍車をかけた。

あの夜、一番初めにコトを済ませようとしたのは岡崎だ。こおろぎ組の構成員の中で、誰《だれ》よりも信用のできる男だったが、驚きはなかった。

酔えば抱き寄せられ、強引にキスをされたこともあった。嫌がれば退《ひ》いたし、そうでなければ佐和紀が殴りつけて押しのける。そんなときもおおらかに笑っていた岡崎が、夜這いのときは笑っていなかった。

だから、あの夜のことを、佐和紀はいまでも裏切りだと思っている。

それも視野の狭さゆえだ。他人の感情を推測しようとせず、短絡的な直感だけを頼りにした。周平に初めてキスされたときも同じだ。心を乱されながら、佐和紀はどこかであのときを思い出していた。周平のくちびるの感触に岡崎が重なったわけではない。

からかいのキスと、本気の夜這い。そのどちらにも反発心を抱いたが、無知すぎてそれに対する感情の原因にまでは行き当たらなかった。

いまになれば、ほんのわずかに感じた自分の戸惑いに、淡い情動が混じっていたとわかる。愛してしまうかもしれない恐怖は岡崎には一度も感じなかった気持ちの揺れだ。だから、松浦との関係を揶揄《やゆ》されて、あんなにも腹が立った。

周平を拒んだ佐和紀は寝室を飛び出し、雪をかぶった椿《つばき》の根元で途方に暮れた。

薄着で追ってきた周平は、自暴自棄なことを口走った佐和紀の頬《ほお》を二回叩《たた》いた。本気で殴られたのは、あとにも先にもあれきりだ。横浜から逃げたときも平手打ちにされたが、力の加減はまったく違っていた。愛し合う前と後。感情の違いが手のひらにも出るのだと、佐和紀はつくづくと感じる。

そんな周平が、離婚届をどんな気持ちでポケットへ入れていたのだろうかと思う。いまになって、ようやく、そんなことを考える。それも視野の狭さだ。

「佐和紀さん……。大丈夫ですか」

岡村に声をかけられ、肩が大きく揺れる。寝落ちしそうになっていたらしく、焼酎《しょうちゅう》のグラスが支えられていた。

「寝不足ですか」

グラスを受け取った岡村に聞かれ、ラウンジ『ラ・メール』の小さな個室のソファにもたれていた佐和紀は首をひねった。自分のシャツの胸元を軽く引っ張る。ダークグリーンで描かれたボタニカル柄だ。

「……いや、昼過ぎまで、寝てたんだけど」

律哉の家に泊まったのは二日前。昨日の夜は木下のマンションで寝て、明け方までひとりだった。直登のバイトが遅番だったからだ。

それが反対に眠りを浅くしたかもしれない。他人のぬくもりがない夜は味気ない。

こおろぎ組に入った頃から結婚して横浜を離れるまでを次から次へと思い出し、周平との記憶をたどればたどるほど身体《からだ》が疼《うず》いた。

一方的に開発されたのではなく、佐和紀の肉体は、お互いが求め合った結果の成熟だ。周平はテクニシャンだが、快感を押しつけられたことはない。佐和紀の好みのやり方で、ほんの少し、そのときどきのスパイスを加えて愛される。

焦《じ》らされたり、強引だったり、優しかったり、意地悪だったり。

身体を重ねるたび、その瞬間の相手を見つめているから、一度だって似たようなヤックスはしなかった。触れるたびに新鮮で、なのに、触れるたびに安心した。

「体調を崩したんじゃないですか？」

岡村に顔を覗《のぞ》き込まれ、ふいっと顔を背ける。いつもの香水に鼻先をくすぐられ、混じらないシトラスを探してしまう。

昨日から、寝ても覚めても周平のことばかり考え、触れたくて、触れて欲しくて、身も心も揉《も》みくちゃに乱れていく感覚がする。

「そんなこと言ってられないだろ」

本心を隠した佐和紀はため息をついた。

紅蓮隊のリーダーとの面通しは叶《かな》ったが、協力体制を組めたとは言えない。内部のいざこざも、まだこれからの着手だ。

周平のことで心を乱している場合ではないが、後回しにできることでもなかった。だから、頭の中から周平が消えない。

すっぱり忘れようとするたびに、周平が同じことをしたらと考えて気持ちがすくむ。忘れて欲しくない相手を忘れるなんて、できるはずがない。

「木下を捕まえて問い詰めたらどうですか。紅蓮隊のリーダーの話では、問題を起こすメンバーは、金払いのいい外部の人間から『稼ぎ方』を教わっているんでしょう。木下じゃないですか」

「正直に言うような男じゃない」

答えた端《はな》からため息がこぼれ、佐和紀は眉《まゆ》をひそめた。

信貴組の若頭・堀田の話からしても、噛《か》んでいるのは木下だろう。真正会の三次組織のヤクザとツルみ、裏カジノで大金を溶かす一方、紅蓮隊のメンバーとも関《かか》わっている。

「俺の方で裏を取りましょうか。俺や佐和紀さんの正体が真正会に知られた場合、こちらの動きを探られることになるかもしれません。先手を打っておかないと」

岡村に万事任せるとも言えず、佐和紀は苛立《いらだ》ちを覚えた。

命令を出す立場にいるのに、大枠の青図さえ作れない。

もしも木下が真正会にどっぷり取り込まれていた場合、直登が泣いて嫌がっても引き剝《は》がさなければならない。考えると気が重く、心のどこかで他に方法があると思ってしまう。

こうして岡村と会い、相談すべきことはたくさんあるのに、佐和紀からの報告だけで終わってしまうのも問題だ。話が一向に進まない。

しかし、岡村は辛抱強く待っていた。

周平の下にいただけでなく、佐和紀のために『右腕』として差し出された男だ。こういった場合の段取りも完璧《かんぺき》にこなせるはずだが、なにごとにもおとなしく従っている。

「佐和紀さん。迷っていることがあるなら、相談してください。どんな望みであっても、あなたの満足のいくようにしますから」

「来るのが遅れた分の、埋め合わせ？　わかってるよ」

そっけなく言ったが、岡村の表情は変わらなかった。

「なにかの埋め合わせじゃありません。俺を使うことを覚えてもらわないと……。あなたをふたりに分けることはできませんが、俺が代わりに動くことはできるんです。うまく使ってください」

「……おまえを？」

答えた口調に色気が出てしまい、佐和紀は自嘲《じちょう》の笑みを浮かべながらうつむく。

浅い眠りの中、幾度となく味わった周平の裸体を思い出した。新幹線に飛び乗れば、会いに行ける。離れにはいなくても、秘密基地のマンションで待っていればいい。そこがダメなら、もういっそ大滝組の事務所だ。

会う方法はいくらでもある。ただ、優しくしてもらえる確証がないだけの話だ。

「俺が、会いに行ってきましょうか」

声をひそめた岡村は鬱屈《うっくつ》を察している。

「行ってどうすんの？　おまえが代わりに抱かれてくるのか？　無理だろ。おまえじゃなくて、俺が無理だ。……いつまで、あいつは俺のモノだろうな」

驚く顔を視界の端に見て、佐和紀はすくりと立ち上がる。

「トイレ」

「佐和紀さん……っ。あの人は、あなた以外の、誰のことも抱きません」

「……わかってる」

答える声がかすれ、佐和紀はくちびるを引き結ぶ。

「でも……、言われなきゃわからないってことも、俺は知っている」

憂さ晴らしのセックスが必要なほど追い詰めている自覚が、佐和紀にもある。身体を重ねなくても挿入しなくても、もしかしたら、心の安らぎを別の存在に求めるかもしれない。ほんの瞬間のことだとしても、周平はもう、誰かに心を預けることができる。

佐和紀が、そうできるようにしたからだ。

ひとりで生きなくていいと、古傷に寄り添ってきた。

「信じてないんですか」

岡村が立ち上がり、佐和紀の腕を引く。

「……そうじゃない。……いま、俺につけ込んだら、ぶっ殺すからな」

「しません」

岡村の手が、するりとはずれた。

「嘘《うそ》つき」

うつむく横顔に嫌味混じりの言葉を投げて、佐和紀はＶＩＰルームを出る。

トイレに向かうと、背にしたフロアからピアノの生演奏が聞こえた。さんざめく声の響きも優雅でつくづく客筋のいい店だ。

こぼれ落ちそうになるため息をぐっとこらえると、涙も一緒にこらえている気持ちになり、胸の奥がつんと痛む。

愛し合っていれば、離れても平気だと思った。ケンカでさえ、いつものように収束すると侮っていたのだ。

奈良のホテルで言い合いになったとき、最後は黙った周平を思い出す。

言いたいことの半分も口にしない男は『取り返しがつかない』ことをよく知っている。

おまえは不器用が過ぎると笑った岡崎の面影が脳裏をよぎり、いっそう泣きたくなった。

記憶の中の岡崎は若く、裏切る前の兄貴分の顔をしている。

まぶたの裏も熱くなり、宙を睨《にら》み据えてトイレへ入った。

豪華な内装に、大きなガラスを備えた洗面台と個室が四つ。どれも白い重厚なドアだ。

そのひとつに入った佐和紀は、さっさと用を済ませた。

本当なら、いまは、周平が支えてくれる場面だ。

そばにいなくても、愛されていると思うだけで佐和紀の両足はしっかりと土を踏み、紅蓮隊のことも、スピーディーに対処できるはずだった。なのに、重心のどっしりと定まる感覚が遠く消えかけて、ふらふらと頼りなく心が揺れる。

手を洗い、ペーパータオルで水気を拭《ぬぐ》い、鏡に映る自分を見つめてため息を飲み込んだ。弱りきっている自分を持て余しながら、直登の顔を思い出す。それから木下。そして、紅蓮隊のことを考えた。

優先順位は佐和紀が決めることだ。それさえできれば、岡村が動く。なのに、心は落ち着かず、迷うばかりだ。

周平と離れることで、ふたりの関係が美しく保たれると信じた自分を見つめ、金色にブリーチされた髪に触れる。周平は、悪くないと笑ったが、似合うとも言わなかった。なにもかもが安っぽくうらぶれて、周平の隣にも立てないありさまだ。

自分がしたいようにしたい。けれど、嫌われたくもない。

わがままとわかっていながら切望する佐和紀は、ため息をこらえたまま入り口のドアに手を伸ばす。予想外に外から押され、ピアノの音が大きく聞こえた。

慌ててあとずさり、道を空ける。佐和紀は相手を見て固まった。驚きを通り越し、開いた口が閉じられない。

そこにいるのは、周平だった。

髪を撫《な》であげた顔には、黒縁の眼鏡《めがね》。三つ揃《ぞろ》えはネイビーブルーにピンストライプで、仕立てのいいジャケットを厚い胸板で着こなしている。

幻を見たような気分になった佐和紀は思わずよろめいたが、身体を支える腕は伸びてこない。周平が入ってきて、ドアが音もなく閉まる。

「ずいぶん、場違いな客だな」

蔑《さげす》むような冷たい声を投げられ、佐和紀は動揺した。久しぶりに会えた喜びが味気なく萎《な》えて、心の奥が音を立てるようにさざ波立つ。

「知るか。どけよ。……電話、出なかっただろ」

周平のそっけなさに反発して、チンピラの口調が出る。

佐和紀が言うと、周平は後ろ手にトイレの鍵《かぎ》をかけた。カチャリと乾いた音が鳴る。

それから、佐和紀の質問には答えないまま大股《おおまた》に近づいてきた。伸ばされた腕を払いのけて逃げようとしたが、背中を向けた途端に、反対側の腕を摑《つか》まれる。

ひねり上げられた勢いで身体が引っ張られ、洗面台に片手をつく。

反撃はできる。しかし、相手は周平だ。そう思うと、身体は動かなかった。

会いたかったから、動けない。

「どんな声で、出ればいいんだ……」

低い声に耳朶《じだ》をなぶられ、後ろ手に拘束されたままの佐和紀はこらえきれずに背中を反らした。周平の体温が近づいてくる。

「こんなことが、前にもあったな。おまえは美女に化けていて……」

話しながら、周平の片手が身体の前に回る。赤い差し色の目立つ派手なシャツが引っ張り出され、まさぐるように性急な動きで指が忍び込んでくる。

肌を直接なぞられ、身体を硬くした佐和紀は息を呑《の》む。

「あのときも事後報告だった。……でも、俺の気持ちを考えろ、とは言わない」

腹筋を撫であげる手に抱き寄せられ、首筋に息がかかる。周平の眼鏡が耳に触れて離れていく。やはり周平は怒っている。そう思うと、佐和紀の心は不安に耐えられなくなり、身体は不本意に硬直する。それでも、声を振り絞った。

「電話を……したッ……だろ……ッ」

佐和紀がうつむくと、腕を摑んでいた手がはずれ、あご下を支えられた。顔を上げるように促された佐和紀は、鏡の中の周平と目が合う。

身体がまたビクッと跳ねて、たまらずに身をよじる。周平が、ぴったりと腰を押し当ててきた。もうすでに存在感のあるものが、尾てい骨のあたりでごりっと動く。

「あっ……」

性的な存在に声が出た瞬間、シャツの中の指に乳首を捕らえられた。

「ん、ふっ……ぅ」

ゾクッと痺《しび》れて、しどけない媚態《びたい》で息を乱す。抵抗もせずに背中を預ける。

「あっ……、あっ……」

周平の指づかいはいやらしく、興奮が煽《あお》られて甘い声がこぼれる。佐和紀の股間《こかん》は、尻《しり》に押しつけられている周平同様に固くなり、ボトムに収まるのがつらいほどの大きさになっていた。

「周平っ……やっ……ぁ……っ」

先走りがじわっと溢《あふ》れ、濡《ぬ》れた感触に気づいた佐和紀は、周平の手をシャツの上から押さえた。背後から押されるたび、高めに作られた洗面台へ下半身が当たり、こすりつけているような動きになってしまう。そんなことにも快感が募るせつなさに耐えきれず、鏡の中をすがるように見た。周平の視線は返らない。

佐和紀の首筋をキスでなぞりあげ、耳朶を噛む。

「……うっ」

息が詰まり、涙が滲《にじ》んでくる。待ち望んだ体温は、他の誰も代わりになれないものだ。確かに周平がそばにいて、抱きしめられている。

その事実だけで胸は疼き、喘《あえ》ぎが喉《のど》で渦を巻く。甘くささやいてくれなくても、なぞる指先の熱で、かつてのふたりがよみがえってきて、甘酸っぱい愛情に揺さぶられる。

「や、だ……っ。い、く……っ」

耐えきれずにパンツの前立てをゆるめようとすると、周平がいっそう寄り添ってきた。

片手で佐和紀の両手を集め、身体を抱きながら押さえられる。かと思うと、尾てい骨あたりで硬いものが動いた。まるでセックスするように腰を振っているのだ。

「……やっ、だ……」

身をよじると、押さえられた両手に指が絡む。

「わからないな。なにが、嫌なんだ。……ここは、もうコリコリだ」

片方の乳首が、親指と人差し指に挟まれる。指の腹をこすりあわせるような動きでいじられ、ざわざわと落ち着かない快感が生まれていく。

「んっ……っ、あ、ぁ……ッ」

執拗《しつよう》に責められて喘ぎ、周平の手にすがる。けれど、指を絡めようとすると逃げられてしまう。

「……乳首だけでイケるだろう」

そう言われ、佐和紀はぶるぶるとかぶりを振る。

拒んでも逃げ切れるはずはなかった。夢に見るほど待ち焦がれた周平の身体だ。

「はっ……」

火照《ほて》った両胸の尖《とが》りが、人差し指で円を描くように撫でられる。

「俺に、ここをいじられて、どれほど、気持ちよくなってきた。自分でするときも、俺を思い出すだろう」

意地の悪い男の声は淫靡《いんび》だ。耳元から流れ込み、佐和紀は内側から快楽にまみれていく。ボトムの前をゆるめるのも忘れて洗面器のふちに摑まり、前へ倒れる。また周平の股間が押し当たった。

「あっ……ぁ……っ」

快感の勘所を押さえられ、佐和紀は震えながら喘いだ。幾度となく股間が跳ね、熱が募る。膨らみはボトムに押さえつけられ、後ろから迫る周平の動きに合わせてこすれた。

淡い刺激だが、しこり立った乳首をいじられる快感と合わされば、歯止めが利かない。

「いや、だ……っ。汚れる……っ」

「もう、いやらしいシミが滲んでるじゃないか」

言葉で責められ、佐和紀はまた首を振る。鏡の中でも金色の髪が揺れ、後ろに立つ周平の顔がちらちらと見える。

全身が過敏になって、股間が脈を打つ。達してしまうのも時間の問題だ。

奥歯を嚙んでも、こらえられないことは知っている。

周平の愛撫《あいぶ》に馴染《なじ》んだ身体だ。逞《たくま》しい昂《たか》ぶりを押しつけられた尻も快感を求めて疼くようになると、佐和紀の視界は揺れはじめた。

「あっ……っ、あ……。周平っ、もう……ッ。場所、変えて……ッ」

身をよじらせ、ちゃんと抱いてくれとねだる。しかし、無駄だ。

周平はこのまま終わらせるつもりでいる。耳元へ息が吹きかかり、首筋のあちこちにくちびるが押し当たった。

自分の意志とは裏腹に、頂点へ押し上げられ、息が乱れていく。このまま登り詰める快感はイヤというほど知っている。だからこそ、佐和紀は必死になって、シャツの上から周平の手を押さえた。

このままイキたくないと、ほぐされることを待ち望んでいる後ろが疼き出す。

頭の中では、もう周平に挿《い》れられていた。ローションをまとった硬い昂ぶりが押し込まれ、内側から広げられながら出し入れを繰り返される。

「あっ、あっ……」

息をするだけで記憶に翻弄《ほんろう》される場所が締まり、自分のくちびるに手の甲を押し当てた。周平を食《は》むことなく、こすれ合うだけの内壁に快感を得てしまう自分がせつない。

「んー、んんっ……」

手の甲をくちびるに押し当て、下腹を波立たせながら抵抗しようと試みる。下着の中で出すなんて嫌だと首を振っても、身体はすっかりと過去に舞い戻り、愛されて満たされた日々の快感が生まれていく。

きゅっ、きゅっと乳首をこねられ、佐和紀は跳ねるように股間を洗面台のふちにこすりつけた。肩がブルッと震え、抱き寄せられる。

「う、うぅ……んっ」

目の前でチカチカと光が瞬き、ひとり遊びでは手に入らない快楽が弾《はじ》けていく。熱い体液が布地の内側に溢れ、佐和紀はぶるっと震えた。

「……あっ」

粗相をしたように濡れていくのを感じ、佐和紀はすぐにでも下着を脱ぎたかった。しかし、周平の手が腰骨を摑んでくる。

「ああっ、あっ！」

まるでバックから出し入れをするように腰を打ちつけられる。突き出すようにした尻の間に、昂ぶりがぶつかっては離れた。

「……んっ、んんっ」

激しい動きに息が乱され、佐和紀は上半身を伏せた。周平が入っている瞬間を思い出して身悶《みもだ》え、くちびるを噛んで感じ入る。身体以上に心が痺れ、快感が溢れ出す。

膝《ひざ》が震え、太ももが痺れた。

「あぁッ、やだ……っ」

小さく叫んで訴えたのは、大きな波が来たからだ。卑猥《ひわい》な腰づかいに翻弄されて目を閉じる。拳《こぶし》を強く握りしめ、洗面台に押し当てた。ドライオーガズムの衝撃に、止めた息がこぼれ、身体が波を打つ。

脳の中にある幻の快感は、実際のそれとは違う気持ちよさだ。

「あ、あぁ。あ、あっ……」

細く吐き出す息が媚態になり、佐和紀はしどけなくうなだれる。

止まらない喘ぎを漏らし、肩で激しく呼吸を繰り返した。

やがて顔を上げる余裕が生まれ、鏡の中を見た佐和紀は驚いた。いつのまにか、周平が自分自身を処理していたからだ。

衣服も佐和紀のことも汚していない。なにごともなかったようにペーパータオルで手を拭《ふ》き、スラックスのファスナーを上げる背中が見える。

両手をついて動けずにいる佐和紀の隣に並んだかと思うと、しらっとした態度で手を洗い出す。

「おまッ……」

佐和紀はうめくように声を出す。しかし、周平は振り向きもしなかった。

石けんを使って指の間まできれいに洗い、改めてペーパータオルで手を拭った。

「『かわいがること』と『甘やかすこと』を混同するな。大人の責任を持て」

静かな声が冷淡に響き、佐和紀は押し黙った。

「それができもせずに、他人の人生を背負えると思うな」

鏡に映る男は、佐和紀のよく知った色男だ。冷徹で容赦がなく、それゆえに冴《さ》え渡るほど艶《なま》めかしい。けれど、遠い存在だ。手を伸ばせば触れられるのに、他人のように振る舞われて心が凍える。

鍵のかかったドアノブが空回りしていることに気づきながらも、周平だけを見つめる。するとノックが続いた。佐和紀を探しに来た岡村の声がする。佐和紀は顔を伏せた。

周平がスッと動き、激しく叩かれていたドアが勢いよく開いて、岡村が飛び込んでくる。

「彼は具合が悪いようだ。替えの下着を用意してもらうといい」

他人行儀な周平の言葉が聞こえる。

出ていく背中を止める声はなく、乾いた音を立ててドアが閉まった。佐和紀は顔を背け、洗面台からふらりと離れる。

「替えをもらってきます」

佐和紀が個室に入って鍵をかけると、岡村の出ていく気配がした。わずかに大きく聞こえたピアノの音が遠ざかる。

壁に背中を預け、佐和紀は呆然《ぼうぜん》と目の前を見つめた。なにも考えられず、浅い息を繰り返す。もてあそばれ、無理やりに奪われたも同然だとわかっているのに、怒りよりも身体の火照りが酷《ひど》い。自分の指先を首筋に這わせ、周平のくちびるを思い出した。

ひとつひとつを思い出すと、そのどれもが冷たく感じられる。しかし佐和紀は、記憶に残るかつての愛情とすげ替え、まるで愛されてでもいるような心地になった。なろうとしたのだ。

息を吸い込むと、涙が溢れる。

くちびるに触れてもくれなかった。

すれ違いを手に取るように理解しているから、涙が流れていく。責めるべきではなかったと思った。家財道具を失ったぐらいで、周平の気持ちを否定するべきじゃなかった。なにも言えずに耐える男だから、いまも、こんなふうにしか佐和紀に近づかない。

優しくされたら、佐和紀は揺らぐ。木下や直登に向けるべき想いが、すべて周平のものになってしまう。だから、周平は、線を引く。

いまはもう、夫婦のセックスをしないと宣言しているようだ。

佐和紀は声を押し殺して泣き、固めた拳でドアを叩いた。

戻ってきて欲しいと心の中で叫ぶ。

ちゃんと抱いて欲しい。全身をくまなく愛して、おまえには力があると肯定して欲しい。

そうであれば、なにもかもが信じられる。

そうでなければ、自分のこともなにも信じられない。

周平の存在を否定してまで直登を立ち直らせることに、なにの意味があるのだろう。

すべてを捨てて、自分を試して、それでなにが得られるのだろう。

冷たく冴えていた横顔を思い出し、涙の溜《た》まった眼鏡をはずす。

周平のすることが理解できないわけではない。なにもかも、ちゃんとわかる。線を引きながら、せめてもの愛情を確かめようと、あんな行為に走るのが周平だ。そして誰よりも深く傷つく。

佐和紀のためであり、周平自身のためでもある。知っている。知っているから、寂しさも我慢も、隠した憤りも想像ができる。

なのに、想いを伝える言葉が浮かんでこない。おまえだけの俺だと、言えないからだ。

胸が詰まり、佐和紀は天井を見上げる。心が苦しくて、息がうまくできなかった。

＊＊＊

替えの下着を持ってきた岡村と一言も話さず、重だるい身体でマンションに帰り着く。佐和紀はその日のうちに発熱した。

布団に入ってきた直登が体温の高さに気づき、遊び歩いている木下を呼び戻したのは翌日だ。薬を買ってきた木下は、ぐったりと眠る佐和紀を部屋の入り口から覗き、風邪《かぜ》をもらいたくないと出ていったきり、姿を見せない。

そして、その日のうちに横澤を演じる岡村が訪ねてきた。

木下からの連絡を受けたのだろう。玄関のチャイムが鳴るのを、佐和紀は熱に浮かされながら聞く。居留守を使った直登が対応に出ず、岡村は差し入れだけを残して帰った。

廊下を歩く革靴の足音が遠ざかり、佐和紀は溢れる涙を直登に隠れて拭う。周平の足音とは違うとわかっているのに、まるでそうであるかのように錯覚した。

寄る辺のない心細さに、佐和紀は浅い息を繰り返し、発熱のつらさもあってなにひとつ前向きに考えられなくなる。

そんな佐和紀を察している岡村からの差し入れは、スーパーの大きな袋ふたつにめいっぱい詰め込まれていた。

湯煎《ゆせん》にかけるだけのレトルトパックのお粥《かゆ》と梅干し。魚の蒲焼きと肉のしぐれ煮の缶詰。シロップ漬けの桃とスポーツドリンク。

氷枕《こおりまくら》と風邪薬に加え、最新式の体温計が入れてあるのも心遣いだ。直登のためのカップラーメンもあった。

しかも、直登に向けて、手書きの看病の心得まで添えられている。おかげで、佐和紀の気持ちは楽になった。心得に書かれた通りに直登が動いてくれるから、頼む手間が省ける。

下がっては上がる高熱をやり過ごす佐和紀は、浅い夢と現実のあいだを行き来した。

眠れば周平が夢に出てくる。目が覚めたあとの虚無感はひどく、眠るのが怖くなった。

会いたいけれど、夢に見たくない。見たくないのに考えてしまう。

寛容な優しさに守られてきた日々を思い出し、佐和紀は布団を這い出た。

身体はまだ重く、息もけだるい。弱々しいまばたきをして、ゆっくりと立ち上がった。隣に布団を敷きたがった直登は、木下の部屋で寝起きしている。だから、リビングにも姿はなく、明かりも消えていた。

廊下の照明を背に、閉じたカーテンへ近づく。隙間《すきま》から差し込む日差しがなく、夜かと思いながら向こうを覗いた。空に垂れ込めた黒い雲から、雨が落ちている。

ベランダの柵《さく》で雨粒が跳ね、床に置いたゴムのサンダルもびしょ濡れだ。

キスをしてもらえなかったぐらいで泣くなんてどうかしていると、そのときになって思う。不安が現実のものになるようで、胸がまた痛む。愛想が尽きたのなら、あの夜の行為は最後の『確認』、もしくは『仕返し』だ。

そんなことを考えるのも嫌で首を左右に振る。カーテンを握りしめて、窓に額を押し当てた。雨で濡れたガラスはひんやりと冷たい。

拠《よ》りどころのなさがくちびるを震わせて、佐和紀は身を引く。

「どうしたの。なにか、食べる？」

肩に手のひらが乗り、掃き出し窓から引き剝がされた。直登に連れられ、ソファに座った佐和紀はシロップ漬けの桃を頼む。

直登はすぐにキッチンへ入り、桃を皿に出して戻ってくる。

初めから食べやすい大きさにカットされている桃を、一緒に渡されたフォークで刺す。

ふたつ食べたところで、熱を測られる。

体温は微熱まで下がっていたが、だるさが抜けていない。

「ちゃんとしてあげられないのに、俺しかいなくて、ごめん……」

床に座った直登は、背中を向けていた。かすかに揺れている。

「してくれてただろ。助かったよ」

佐和紀が声をかけても、振り向こうとしない。

「……嬉《うれ》しかったよ。心配してくれて。もう、感染《うつ》らないから、こっちおいで」

ソファをポンポン叩くと、大きな身体はのっそりと動いた。座面には上がらず、やはり足元へ座る。膝に頭を寄せてくる姿は、まるで大きな犬のようだ。

「りっちゃんから、連絡があったよ、サーシャ。熱が下がったら、遊びに行こう、って」

「……おまえは、チビと遊ばせてもらうか？」

からかうつもりで声をかけると、直登は不思議そうに見上げてきた。

「どうして？」

「楽しそうにしてたから」

「してないよ」

「……笑ってただろ」

「いつもだって、笑ってるよ」

不思議そうな直登に向かい、佐和紀は微笑《ほほえ》みを浮かべた。

「そっか、笑ってるよな」

傷つけないように肯定する。直登はまた佐和紀の膝に頬を押し当てた。

「……今夜は、バイトがある……。あの男のところ、……行く？」

振り向かず、直登は続けた。

「……あの男は、信用してもいい」

「横澤か……」

「連絡するよ。向こうなら、ベッドの寝心地もいいだろうし……。俺も、安心だから」

ぼそぼそと話す声は言い訳めいている。それでも、横澤を受け入れる気になったのは、進歩だ。

佐和紀の足に寄り添う直登が、小さくうずくまる子どものように見え、頭に手のひらを置いた。看病の不安から解放された直登が、細い息を吐く。

「あの男に渡したら、もう戻ってこないみたいで……。追い返しちゃった」

「心配しなくても、俺は戻ってくるよ」

答えながら、帰る場所はないと思う。家財道具を失った佐和紀が戻れる場所は、周平の腕の中しかない。

しかし、それすらも危うい状況だ。機嫌を取ろうにも佐和紀はここを離れられず、あんなことをする周平を突っぱねることもできなかった。

撫で回されて感じる指先の巧みさは、そっくりそのまま相性の良さだ。熱烈に肌を合わせた記憶があるから、想像だけでウェットにもドライにも達することができる。

周平に乳首をいじられ、首筋をねぶられ、臀部《でんぶ》に逞しさを押し当てられ、佐和紀の本能は舞い上がっていた。まるで飢えた獣だ。

いやらしいことよりも話がしたいと、そんな理性のある訴えは思いつきもしなかった。

鏡に映った周平の顔が思い出せず、佐和紀は目を伏せる。

周平の眼差《まなざ》しは、声は、息づかいは、佐和紀を心底から求めていただろうか。

それとも、終わっていくなにかを、冷徹に確認しただけなのか。

ぶるっと震えた身体を片手で抱きしめ、佐和紀はくちびるを噛んだ。

＊＊＊

「病み上がりですから、飲みすぎないでください」

ホテルを出るときから同じセリフを繰り返してきた岡村は、いまもまた口にする。

聞く耳を持たずに無視をした佐和紀は、シートベルトをはずした。ロックのかかっていないドアを開けて、外へ出る。

横澤のスイートルームへ移って二日後。佐和紀は、美園を呼び出した。

「送ってもらうから。帰っていいよ」

身を屈《かが》めて車内を覗く。高級生地のスーツを着た岡村は、ますます不満げな顔になる。あと数日は自分のそばで休ませていたかったのだろう。

「お待ちしています」

と返してくる言葉は『岡村』だが、押しの強さは『横澤』だ。当然と言わんばかりに落ち着いている。鼻で笑った佐和紀は助手席のドアを閉めた。

川沿いに建つ高級ホテルの車寄せから中へ入り、スタッフを呼び止めてメインバーの場所を聞く。

シックなドレスシャツに合わせ、スラックスもブラックだ。眼鏡はボルドーカラーのセルフレーム。金髪は全体を軽く巻いてある。

時間に間に合うようにデパートへ寄り、服を新調したついでに覗いた家電売り場で、カーラーのデモンストレーションをしていた女性店員が巻いてくれた。

せっかく全身をオールブラックで決めたのに、髪が揺れるたびに人目が集まる。巻いていてもいなくても、金髪が目立つせいだ。

颯爽《さっそう》とロビーを横切り、エスカレーターで二階へ上がる。

平熱に戻った身体は軽いが、心の鬱屈は溜まったままだ。周平のことを考えないでいる選択肢はなく、思い出しては悲しくなり、振り切ろうとして自己嫌悪に陥る。

自分の行動を後悔しないことが、自己弁護に完結するようで迷うばかりだ。

佐和紀の誘いに応じた美園から指定されたメインバーは、高級ホテルにふさわしい重厚な空間だった。『まともな格好で来い』と注文をつけられたのも納得だ。

中へ入った佐和紀は、飴色《あめいろ》のカウンターに美園を見つける。

手元にビールのグラスを置いて、常連らしい気安さでバーテンダーと談笑していた。近づく佐和紀にバーテンダーが気づき、美園も振り向いた。

頬杖《ほおづえ》をついた肘《ひじ》が、カウンターからずるっと滑る。佐和紀は挨拶《あいさつ》もせず、美園の肩に手を伸ばした。

「『おめかし』して来いって、言うから」

眼鏡越しに目を細めると、美園は笑いをこらえてハイチェアを下りた。

「言うたんは俺やけど……。なんや、まぁ、……あれやな。ようぅ、お似合いで」

言われながら、当たり前のように手を借り、ハイチェアに腰かけた。一番壁際の席だ。

バーテンダーにビールを頼み、改めて隣に座り直した美園を見る。

「ここしばらく、寝込んでたんだ」

「疲れも溜まるやろ。……嫌になったか」

手元のビールを飲み干し、おかわりを頼む。

「リーダーとは、繋《つな》ぎが取れたんやろ」

「まあ、一応ね。今度、イベントに参加してくる。でも、俺から報告することはないよ。……まだ」

紅蓮隊の分裂は、単なる仲間割れだ。一方に木下の影があることは言い出せない。駒《こま》として扱う決断ができていないからだ。

「じゃあ、今日はなんの話や」

届いたビールのグラスを掴み、美園は乾杯の代わりに軽く持ちあげて口をつける。佐和紀は、そのくちびるをじっと見つめた。

視線に気づいた美園が、太い眉を跳ねあげる。男くさい仕草だ。

「あいつか」

「そう、あいつ……」

佐和紀は見つめたまま、うなずく。

「現れたと思ったら、やりたい放題で……。話にならなかった」

渉外の仕事の一環で大阪へ来ていたと、あとで岡村から聞いた。

「それは、あれやろ。させたったんやろ」

含みのある笑いを向けられ、佐和紀は眼鏡越しに目を細めた。

「おまえのところと一緒にするな。……好き勝手にしてんの？　嫌われるよ」

「俺に噛みつくな。あいつが相手なら、無理やりでも気持ちええんちゃうんか」

笑って口にした美園が、ほんのわずかに顔をしかめる。

佐和紀はどうでもいいふりでビールを飲み、話を変えた。

「……敵対しているメンバーの後ろにスジ者がいるかも……って話が聞こえたから、様子を見るつもり」

「真正会だろうな。あそこは若いのを抱き込むのがうまい」

木下もそのひとりだと佐和紀は思った。おそらく、手先となっているのだろう。

「わかってて、俺に振ったんだろ。だいたいさ、いまさら、力試しとか……必要あるの？」

ゆるくカールした髪を片耳にかけ、佐和紀はぼやいた。美園は肩をすくめて笑い出す。

「おっそいのぉ。もっと早う、文句つけてこんかい。言われたことを言われたようにやっとったら、ろくなことにならんのやで。……ハマにいた頃と違《ちご》うて看板もない。要は自分の身ぃひとつ腕ひとつ。ない知恵絞ってますなんてな、顔に書いて動いたら、痛い目、見るで。まぁ、ここいらで気づいたなら安心や。岩下なしでも、おまえは使える」

偉そうに評価されても嫌な気はしなかった。美園はヤクザ者として、佐和紀よりもずっと大きい。構成員を抱え、彼らがシノぐための看板を一身に背負っている。

石橋組のような下部組織は、結成してからの歴史も浅く、組長の顔がモノを言う。『石橋組の美園』ではなく『美園の石橋組』として評価されるのだ。

そこは周平とも、岡崎とも違う。彼らには由緒正しい看板があり、屋敷の奥でドンと構える大滝組長がいる。

「大事な預かりモンや。自分でケガしてくるならまだしも、俺のせいで大ケガしたら、あとが怖い」

「その心配……ないかもよ……」

自分で言っておきながら、背筋が冷える。飲み干したグラスの底を覗き、佐和紀はため息をつく。

弱々しい声は美園まで届かず、佐和紀の言葉は聞き流された。

「悪ガキの相手は、引き続き頼むで。好きなようにやればええ。あとの始末は、どうとでもつけたるわ」

笑う美園の口調は軽い。あきらかに安請け合いな雰囲気を流し目で睨んだ。

すると、背中に美園の手が伸びてくる。佐和紀の身体ではなく、ハイチェアーの腰当てを掴む。

「よろしく頼む、ってな。……言われとる」

こっそりとささやかれたが、佐和紀は喜べなかった。

その言葉を言ったのは周平だろう。しかし、いつの周平なのか、わからない。

人間は変わっていく生き物だ。年を重ねて、成長したり、老化したり、良くなったり悪くなったり。熱くなって冷めることもある。

好きになって、嫌いになることも、人間の心の摂理だ。時間がかかることもあれば、あっという間の手のひら返しもありうる。

「真幸とは何年続いてる？」

佐和紀はぼそりとつぶやいて、美園の肩に手を置いた。

自分とは真反対の、分厚い身体だ。どんな匂《にお》いがするのかと、それをわずかに考えた。

「……十年ぐらいやな。数えたこと、ないわ」

美園がバーテンダーを呼んで、ウィスキーの水割りを頼む。

佐和紀はジントニックにした。

「俺とあいつは一生、すれ違って生きるんや。たまに会えたら、それでええ」

「嫌いになったこと、ある？」

「なんべんでも、ある。あいつのめんどくさいとこは、誰にも負けへん。……勝手に出ていく。大ケガをする。他の男と寝るし、女も抱く。こっちがたまにやったら、仕事でもなんでも許さへんでババ怒りや」

「……そうなの？　我慢してる感じに見えた」

「あれは感じだけや。自分では我慢してるつもりなんやろ。そやけど、口は利かんようになるし、メシも食わんし、モノを壊すし……。謝っても無視や。かなわんで」

「想像と違う」

佐和紀のつぶやきに、美園はにやりと笑った。

「そら、そうや。あいつはアレで、この世の中を渡っとんのやからな」

自慢げな声に、真幸への想いが見える。手を焼いても、美園は彼を愛しているのだ。冷めても、嫌いになっても、たとえ、顔を見たくなくなっても。

ふたりはまた顔を合わせ、そして愛情を確かめるためだけではなく抱き合う。

「いつもな、ひゅーっと飛び出していくんや。もう帰ってこんかもしれんと思う。それでも、ええんや。あいつが死んでもうたとしても、俺は夢枕に立つんを待つだけや」

届いたウィスキーのグラスを片手で持った美園は、氷を指先で押さえながら飲む。苦み走った横顔は、この瞬間、真幸を思い出している。

「あいつぐらいや。俺をこんなに待たせて、追いかけさせるんは……。向こうはちっとも追いかけん。これが『星回り』っちゅうヤツやろな」

美園はふっと笑い、頬をゆるめた。自分の言うことを惚気《のろけ》だと自覚した顔は、いつも以上に男らしく、性的にも魅力がある。

佐和紀はゲイではないが、男くささと貫禄《かんろく》のある男に弱い。憧《あこが》れに似た感情が湧《わ》き起こるからだ。しかし、それを周平に感じたことはなかった。

むせかえるような色気にあてられても、すっきりとした精悍《せいかん》な横顔や洗練された立ち姿に見惚《みと》れても、好感を持つだけで憧れたことはない。

「話したかったら、なんでも言うていけや。酔った上での話や。明日には忘れてる」

「そんなこと言って、筒抜けだろ。金でももらってんの？」

背筋をスッと伸ばした佐和紀は、ジントニックのライムを指で押して沈めた。グラスをあおる。

「俺……、あいつの機嫌を取るのがうまくない……。たぶん、まだ怒ってる」

ぼそぼそつぶやくように言うと、美園が白目を剝《む》いた。

「あれは、正直、めちゃくちゃ難しい男やで」

ふざけた態度に吹き出した佐和紀は、逞しい肩を叩いて押し返す。さっと伸びてきた手に指を摑まれた。

「人を殴るわりにはきれいな手や」

そう言いながら、拳を握ったときに突き出る骨を撫でられる。第三関節だ。

「……岩下の気持ちも、よぅわからんな。行きたい言われて素直に出して。いまになって、さびしくてたまらんのかもな。……言わんヤツや。ほどほどに付きおうたりぃや」

「……妻の務め？　もう、別れたんだけど……？」

首を傾《かし》げると、あきれ顔で睨まれた。

「おまえはなぁ、自分がおらんときの亭主を見てみたらええんや。寂しさが滲み出て、わびしいもんやぞ。それがえぇ言うて、コンビニの明かりに群がる虫みたいに、女がようけ吸い寄せられとる。そのどれにも手をつけんと、思い出をアテに酒を飲むような男や、あいつは。色男が二倍……五倍増しやな。近づいただけで女が濡れる」

「……ふぅん」

興味のないふりで答えて、グラスを空ける。美園に煙草《たばこ》をもらって、差し向けられたオイルライターで火をつけた。

美園は、自分の煙草にも火をつけ、ライターのフタを閉める。

「女を抱くようなことがあったら、どないする？」

真剣と冗談のはざかいで質問が投げられ、佐和紀はゆっくりと煙を吐き出した。

「……どうしようかな」

正直な答えだ。嫌だけれど、仕方がない。頭ではわかっていても、考えるとはらわたが煮えてくる。

「あいつは、おまえのもんか？」

「……うん」

不自然な間を置いて、佐和紀は煙を浅くふかした。

「『たぶん』って感じやな。もっと縛ってええんちゃうかと思うけどなぁ」

「浮気するなって？」

「俺にも、真幸のことを考えたら、他のヤツ相手には勃《た》たん日がある。今度、会《お》うたときに、えらい怒られるやろって、思うんや。あいつがかわいそうやからやない。怒られてシヨゲる自分を想像すると、えらいかわいそうなんや」

美園の言葉を聞き、佐和紀は燃えていく煙草に向かって、うっすらと目を細めた。

「俺は周平が怒るのが怖い。どうしたらいいか、わからなくなる」

「惚《ほ》れてるからやろ。男はみんな、そんなもんや。自分の惚れた女には、泣かれるよりも怒られるんが、一番こたえる。……岩下に母性を求めてるんかもしれんな。……母性」

自分で言っておいて、美園はまた笑う。今夜は笑い上戸だ。

冗談で塗り固められたどうでもいい会話が、なによりありがたい。冷えていた心が温められて、ほんの少し、本当の息が吸えたような気になった。

岡村に念を押されたことなどすっかり忘れ、ウィスキーの杯を重ねた佐和紀は酔っ払った。まっすぐ歩いているつもりで足がふらつく。

ロビーを抜けて、エントランスまで送ってもらったが、迎えの車はまだ到着していない。梅雨《つゆ》を控えた夜空には夏の気配があり、佐和紀は肩で息をついた。

「しんどいか」

心配そうに尋ねられる。病み上がりの身体で飲みすぎたことは事実だ。

視点の定まらない目でぼんやりと眺めていた美園の肩に、いつのまにか指で触れていた。スーツの縫製を確かめる。そっと指を払われて、佐和紀は酔った目を向けた。

「そういうんをするのは、やめとけ。尻軽やと思われたら、あとが面倒やぞ」

「俺が、ボコボコにしちゃうから？」

「いや……。ちゃうけど、まぁ、それでもええ」

苦み走った顔に笑みを浮かべ、困ったように片方の肩を引き上げる。佐和紀は酔いに任せて、なにげなく言った。

「ちょっと、抱きしめてみて」

向かい合う位置に立ち、スーツの胸へ両手を当てる。肩へとなぞり上げた。

「ぎゅって、して」

背の高い美園の首に腕を巻きつけると、踵《かかと》が少しだけ浮く。

「なんや、わからんけど……」

ぼやきながら、美園が腕を動かした。佐和紀の身体に手が回る。腰と背中を抱き寄せられ、片腕をゆるめると、頬に男の肩の厚みを感じた。

酔って吸い込む肌の匂いは、馴染みのない銘柄の煙草の匂いだ。ほんのわずかに漂う香水は、レザーの渋みがある。

「……違う」

肩にしがみついて、佐和紀はつぶやく。

憧れに似た感情を持てる相手であれば、性的に興奮できるのだろうかと思ったのだ。

しかし、抱き寄せられても、匂いを嗅《か》いでも、まるでその気にはならなかった。

「俺は、いけるけどな」

美園は唸《うな》るように言い、佐和紀の腰回りからほんのわずかに手のひらを下ろす。ヒップの瀬戸際を触られ、佐和紀は身体を離した。

しかし、逃げ切れずに尻を摑まれる。暴れ損ねた佐和紀はあごを引いて睨んだ。

「浮気心も、たいがいにしとけよ。……真幸が泣く」

「どっちが誘ったんや。泣いてくれるんやったらなぁ。根性入れて、浮気もするで」

「バカだな。真幸だって泣いてんだよ。あんたは、怒られるのばっかり怖がりすぎ……」

言葉が途切れたのは、美園の視線が車寄せに流れたからだ。

音もなく入ってきた車のドアが開き、岡村が出てくる。

「……その役目は、俺でもいいのでは」

大股に近づいてきたかと思うと、佐和紀の腰へ回った美園の手を乱暴に引き剝がした。

本来なら愛人である横澤の役目だ。間違いない。

「めんどくさそうなのを、そばに置いてるな」

岡村の態度に怒りもせず、美園は肩を揺らして笑う。

呼んだタクシーが到着し、早々にその場を離れた。去り際は颯爽としていて、見送った佐和紀の隣で岡村が舌打ちする。聞こえてしまった佐和紀は肩越しに視線を向けた。

「カッコの悪いことをするんじゃないよ」

深夜の車寄せにふたりきりだ。舌打ちしながら眼鏡をはずし、岡村を叱《しか》る。目の前の胸ポケットに眼鏡を預け、軽やかな夏生地のスーツに触れた。

ほんの少し、野暮ったさを残しているのが似合う男だ。周平のように匂い立ちはしないが、雨のあとで強く香る花のような静けさがある。

美園にしたように、胸に手を押し当ててなぞる。肉は薄いが、引き締まった身体だ。佐和紀には固すぎると感じられたが、そのまま首に腕を絡めた。

「みっともないから、強く抱くな」

抱きすくめようとする岡村に釘《くぎ》を刺す。ここぞと思うから、ゆとりがない。美園に嫉妬《しっと》したのだろう。横澤の仮面もはずれ、欲を隠しきれない岡村が佐和紀の身体を抱き寄せる。

周平と同じ煙草と、香水。スパイシーウッドに紛れた甘い花の香りを吸い込み、佐和紀は記憶の中に周平をたどる。

あんな身勝手ないたずらをされても、身体を放置されても、佐和紀はやはり周平だけが

好きだ。傷つけたことは、深く悔やんでいる。きっと一生、後悔し続けるに違いない。

「違うんだよな……」

身体を離して、岡村の胸ポケットから眼鏡を取り出してかけ直す。

「飲みすぎましたね、佐和紀さん」

怒るに怒れない男が、眉尻を下げてうなだれる。

「ごめん、許して」

岡村のうなじを指で撫でながら、佐和紀は小首を傾げた。

周平に頭を下げさせたことはある。思い出した佐和紀はあとずさった。岡村から離れて、車へ向かう。

俺が悪かった。帰ってきてくれ。

そう言って頭を下げた周平は、あの瞬間、佐和紀だけの『男』になった。

そして、他の誰にもさらけ出せない弱さを、周平もまた、佐和紀だけに見せるようになったのだ。守ってやらなければならない相手は直登だけではなかったと、車に触れた瞬間に気づいた。驚いた岡村が駆け寄ってくる。

周平は怒っている。

怒っているから、佐和紀の身体をもてあそんで消えた。そんなことをしても許されると知っているのだ。怒っていても当然の関係だと、周平は思っている。

事実だ。どう感じてもいい。

怒っても許されるし、無理強いも見逃される。

夫婦の愛だけを頼りに、すべてを捨て、ふたりが変わらずにいるための苦労を周平だけに背負わせた。手に手をとって話し合えばよかったと、いまはわかる。

しかし、あのときは、考えられなかった。すべては視野の狭さと精神的な幼さゆえだ。ひとりで暴走する佐和紀を、周平は孤独に見守り、怖《お》じ気《け》づくことのないように、家財道具を捨てて退路を断った。怒りやさまざまな感情があっただろう。荷物を捨て去ることで溜飲《りゅういん》を下げ、気持ちの整理をつけたとも考えられる。

それができなければ、周平は会いには来なかった。残された家財道具のひとつとして、周平さえも離れの中だ。横浜で待ち続け、ふたりは別々に、互いの生活だけをこなして月日を過ごしたに違いない。

その虚《むな》しさは、佐和紀にも理解できる。美園と真幸のようにはなれないし、なろうと思ってもいない。

互いを傷つけて長い年月を過ごすことができないふたりだ。離れていても、自己中心的に生きても、いま一瞬、新しい気持ちで愛し続けている。

「会いたいな……」

佐和紀は泣き笑いで岡村を見た。

呼び出してもらうこともできない。周平にそのつもりがなければ会えないからだ。佐和紀が横浜に戻らない限りは、周平次第の逢瀬《おうせ》だ。それがいまの、暗黙のルールだろう。

だから、あきらめて車に乗った。

今日よりも明日、いまよりもっと愛している。その想いを持て余して戸惑う周平が、あの夜の行為のすべてだ。もてあそぶように振る舞っても、指先には愛情が灯《とも》っていた。

いま触れ合えば里心がつく。そうならないようにと、周平に気を使わせている。それはやはり、周平だけのものにはなれない佐和紀のせいだ。

だから、自分からは会いにはいけない。いまは、できない。自立の道筋が決まらなければ、合わせる顔がなかった。

6

　それから数日は、以前と同じように街をフラついて過ごした。律哉に紹介してもらったボクシングジムで汗を流したり、直登を連れて律哉と遊んだり、大和田からの誘いにも応じる。

　焦らずじっくりと、ひとつひとつを積み重ねていく行為は、佐和紀のもっとも苦手とするところだ。もっとスピード感を持ちたかったが、まだ手元にカードが集まっていない。

　その自覚があるうちは動けないと知っている。

　いつから理解できるようになったのかはわからないが、横浜にいる頃は、岡村だけでなく、渡米した石垣《いしがき》や三井が動く方法を教えてくれた。聞く耳を持たずに暴走した後始末も彼らの仕事で、いまでも岡村はそのためにいる。

「よー、サーシャ。お手当、ちょーだい」

　声をかけられ、マンションのベランダで振り向く。

　煙草を吸っていた佐和紀の前に立っているのは木下だ。蛍光色のパイピングが派手なポロシャツを着ている。にやにやした笑い方が下品だ。

「またすぐに遊びに行くの？　おまえ、最近はどこに泊まってるんだ」

「女のとこ」

悪びれずに軽口で返してくる木下を横目で見て、灰皿代わりのペットボトルへ煙草を捨てる。木下のそばをすり抜け、米びつから封筒を取って戻った。

「サーシャ。信貴組のボンボンとつるんでるって本当？」

中身を確かめた木下が、封筒を尻ポケットに突っ込みながら聞いてくる。

「律哉のことか」

「あー、本当なんだ。あそこはカジノパーティーにも嚙んでるから、ヘタを打たないようにしてくれよ？　面倒が起こると、ナオに仕事が回ってこない」

「信貴組がやってるんじゃないのか」

「ちげぇよ。あそこは豆粒みたいに小さい組だからな。あんな大きなカジノはやれない」

「ふぅん……」

なにも知らないふりで相づちを打ち、佐和紀はソファに腰かけた。背もたれへ腕を伸ばして木下を見る。

律哉とは今夜も会うことになっている。大和田と引き合わせるつもりだ。敵対関係にあると思われているイベンターのふたりだが、引き合わせる第三者がいなかっただけだ。

「トモ。たまには飲みに行こう」

佐和紀が誘うと、木下の視線は不自然に逃げた。

「なんで、いまさら。あんたと飲んでもおもしろくねぇよ。金にもならないし」

「おまえが遊び歩いている相手だって、金を運んでこないだろ」

「えー？　まぁ、そっか」

「もう金はいいだろ」

「なんでだよ。あればあるほどいいに決まってる」

そう言いながら、木下はしきりと尻ポケットの封筒を撫でていた。次第に浮き足立った雰囲気になり、身体を揺らす。

「その金、パチスロで溶かすつもりか」

「ちげぇよ。んなことに使うか」

苛立った木下の声に、薄い微笑みを向ける。確かに、パチスロなんかでは溶かさないだろう。木下がハマっているのは、もっと大きな金額が動く遊びだ。ハイリスクハイリターンの裏カジノ。出入りしていることは噂《うわさ》に聞いている。

勝てば大きいが、負ければ火だるまになる。すでに火がつきはじめているのではないかと心配になったが、聞いても答えるはずがない。

ギャンブルに溺《おぼ》れる人間を、佐和紀はたくさん見てきた。女も男も、年寄りも若者も関係ない。金の無駄だと頭ではわかっていても、義務に駆られるようにしてのめり込むのがギャンブル中毒だ。

「トモ、その金で収まる範囲にしておけよ」

「はぁ？　余計なお世話だろ。それより、もっと稼いできて。サーシャなら、横澤みたいなヤツを何人か相手にできるだろ」

とんでもないことを言われ、佐和紀はあきれ顔になった。

「トモ……」

「まさか、横澤に惚れたわけじゃないだろ。……男相手に惚れたのなんだの、俺には理解できない。横澤といたければ、金を巻き上げてこい。足りないときはさ、ナオをまた働かせるだけだ」

「それはしない約束だ！」

佐和紀は床を蹴《け》って立ち上がる。完全な脅しだ。

「横澤にオプションをつけさせろよ。連泊代とか、変態セックスだとか、あるだろ」

「ねぇよ」

間髪入れずに答えて、睨み返す。木下はおもしろくなさそうに肩をそびやかした。

「ちょっと態度がデカくねぇか」

「勘違いするなよ、トモ。俺はおまえのために、ここへ来たわけじゃない」

「まさか、ナオにもケツを貸してやってんの？」

にやっと笑ったかと思うと、木下は飛びすさった。佐和紀を警戒して、そそくさと玄関へ急ぐ。

「トモ！　待てよ！」

「待ちませ〜ん」

さっさと靴を履き、飛び出していく。佐和紀は裸足《はだし》のままで外へ出た。

木下は振り返りもせず、すぐにエレベーターホールへ吸い込まれた。

あっけに取られ、佐和紀はポカンと口を開く。しばらく立ち尽くしていると、エレベーターホールから直登が出てくる。今日のバイトは早番だ。

「トモに会った」

佐和紀が裸足だと気づくと慌ててドアを開けた。

「あいつを見送ってただけだ」

「裸足で？　変なの。ちゃんと靴ぐらい、履かないと」

こまっしゃくれた小言だ。佐和紀に意見して、直登はどこか嬉しそうにしている。

「ごめん、ごめん」

謝りながら部屋に入り、洗面台でタオルを絞った。直登がやってきて、タオルが取りあげられる。そのましゃがみ、佐和紀の足の裏を拭きはじめた。

「サーシャ。なにを考えてるの」

洗面台に摑まって、促されるままに片足を上げる。直登が続けて言った。

「トモのことじゃない？　……悪いことをしてるんだろ」

「どうして、そう思うんだ」

「紅蓮隊のリーダーと話をしてた」

「あぁ、そうか……」

律哉や大和田と会うときはたいがい、直登も同席しているのだ。詳しい話はわからなくても察しがつくのだろう。

「ナオはどう思う。悪いことをしてると思うか」

佐和紀の質問に、直登はこくんとうなずいた。

「……前からだ。人を殴ったり、追い詰めたり。そういうことを俺にさせてきたし。サーシャの知り合いも傷つけた」

「……知世のことか」

佐和紀の両足を拭いた直登は、足元にしゃがんだままでうなだれた。

「おまえだけがやったことじゃない。それに、あいつを逃がしてくれたんだろう」

「それは……」

直登が口ごもる。なにがあったのか、全体像は見えない。けれど、直登が自分のおこないの善悪に疑問を抱きはじめたのなら進歩だ。

「もしもトモが悪いことをしているなら、助けてやらないとダメだと思わないか」

「思う。助けたい」

答える直登の声は純粋だ。おそらく、木下がしていることの半分も理解できていないだろう。佐和紀の言い間違えを直すぐらいの知識があるのに、善悪の判断や自分の気持ちにはあいまいな答えしか出せない。

「ナオは、トモのことが好きか？」

「……サーシャは、トモのこと、どうなの？　好き？」

「放っておけない気はする」

質問返しに対して、佐和紀は煮え切らない答えを口にした。

佐和紀の脳裏に、情が移ったのじゃないかと怪しんでいた岡村の後ろ姿が浮かぶ。

かわいいと思えるのは、いまでも三井や石垣だ。岡村も含めて、愛着がある。

しかし、直登と木下のことも、目を離さずにいられない。ふたりとも、肝心なところが欠けていて、自滅しかねない危うさがある。

「俺はね、サーシャ……。トモと一緒にいていいのか、ちょっとわからない」

直登は脱衣所の床に座り、両足を抱えた。

「ひとりぼっちだった俺に、トモは親切にしてくれた。常識なんて持ってなかった俺に付き合って、いろんなことを教えてくれた。だから、トモの言う通りにして、ふたりが暮らすための金を稼いだ。でも……」

視線に呼ばれ、佐和紀も狭い空間に腰を下ろした。片膝を抱き寄せる。

続きを促すと、直登は顔をくしゃくしゃにしてうつむいた。

「サーシャの稼いでくる金で遊ぶのは、違うと思う。……あの男と付き合って金をもらうってことは、身体を売ってるってことだ。それは、前と変わってないってことだ」

ゆっくりと顔を上げた直登は涙ぐんでいた。なにを思い浮かべているのか、佐和紀にはわかる。

直登の兄は、自分の身体を犠牲にすることで家族を守っていた。金のためであり、母親の気持ちと兄弟の居場所を守るためでもあった。直登の心に深々と刻まれたトラウマだ。

佐和紀はひっそりと息を吸い込み、直登へ声をかけた。

「横澤とはしてない」

そう言うと、直登の目から涙が溢れた。

「サーシャが言うなら、信じるけど。でも、トモはしてると思ってる。サーシャが誰とでもヤると思ってる」

「しないよ」

「せっかく、あのヤクザから助けたのに。こんなのは、違う」

「おまえだって、横澤の愛人になることは反対しなかっただろ」

「だって！　……したいんだと思ってた。トモの言う通りだって思ってた。でも、横澤は、横浜にいたヤクザのひとりで、サーシャの味方だ。……トモは誤解をしてる。サーシャは男なら誰でもいいわけじゃないだろ？　俺とかトモのために、そういうことをさせるなんてイヤだ。でも……、トモはいつか、横澤の金だけじゃ足りなくなる。ひとりが出してくれる金額なんて限られてるだろ。俺にもそれぐらいわかる」

「何人も客を取るようなことはしない」

「……俺を守るためでも、しないで」

直登の手が、震えながら伸びてくる。腕を掴まれ、佐和紀はもう片方の手で直登の手を押さえた。

「わかってる。しない」

「サーシャには、本当に好きな相手とだけ、して欲しい。そのためになら、俺はなんでもする」

涙に濡れた目にまっすぐ見つめられ、佐和紀はうまく表情が作れなくなった。

それは周平だ。なのに、言っても伝わらない。

直登が想定しているのは、男であっても、女であっても、カタギの身ぎれいな人間だ。

由紀子のような女に執着されている周平は、絶対に許されない。

けれど、佐和紀には周平しかいない。

「なにもしなくていい。直登。おまえが俺を守る必要はない。……俺が守ってやるから」

手を伸ばして、直登の髪に触れる。優しく撫でて、耳のふちをなぞった。

「俺だって、好きな相手としかしたくない。ナオもいつか、そういう相手に巡り会える」

「……俺は、いい」

直登は首を振った。

「好きになるってわからない。セックスも、好きじゃない。気持ちよくないし、こわいし、疲れるだけだ。人を殴りすぎなかったら、女とやらなくても大丈夫だってわかったから。もう、セックスはしたくない」

怯《おび》えた顔でうつむき、自分の手で両耳を塞《ふさ》いだ。いままで見てきた悲惨な光景がよみがえるのだろう。

兄のこと、母のこと。加担した暴力行為や、由紀子の望んだ残虐のすべて。

心を殺し続けてきた直登の恐れるものだ。

「したくないことは、しなくていい」

直登の両手を耳から引き剝がし、涙で濡れた顔を覗き込む。指先で頬を拭ってやり、それでは足りずに手のひらを使う。

頼りない眼差しをした直登は、消え入りそうな声で言った。

「……トモと、サーシャと。三人で暮らせたら、って思ったんだ。でも、サーシャが来てから、いままでのことが……、普通じゃないんだって、そう思って。ここに毎晩違う女が寝泊まりしてて、バイトで疲れて帰ってきても、ヤらなくちゃいけなくて。生活って、そういうものだと思ってた……」

「違うな、それは」

「うん。もう知ってる。でも、本当の普通なんて、俺にはわからない」

「……わからないことが理解できただけ、おまえは成長したんだ」

両手で直登の頬を包み、決して幼いとはいえない顔を見つめる。子どもの頃の面影は思い出せない。どんな性格だったか、それさえ不確かだ。

別れ際に、泣いてすがる小さな子を押しのけた記憶だけがよみがえる。自分が助かるために、佐和紀は身ひとつで逃げ出した。

「直登。……俺は、もう見捨てないから。あのときの償いのために、ここにいる」

ひとりで生きていけるようにしてやると言いかけて、やめる。別れを予感させる言葉は口にできない。

「普通の幸せがわかるようになろうな」

「……しあわせ？」

直登の顔が恐怖に歪《ゆが》む。心のうちが読めず、佐和紀は戸惑った。

それでも、自分にすがってくる瞳《ひとみ》の奥を覗き込む。

「いいものだよ。自分が幸せになるのも、人を幸せにするのも。胸の奥があったかくなる。イライラしないし、なにかをぶっ壊したくもならない」

「そんなこと、本当にあるかな」

「あるのか、ないのか。それを確かめよう。一緒に、いるから……」

口にした瞬間に涙が込みあげ、佐和紀は顔を隠すようにして直登を抱き寄せた。重たい男の身体は動かず、覆いかぶさるような格好になる。

こんなときにも、佐和紀に押し寄せてくるのは周平との思い出だ。

結婚したあとのプロポーズで、周平は『家族になりたい』と言った。俺のモノになれとも、俺のモノだとも言わず。『一緒になってくれ』と懇願して、大きなダイヤモンドを贈ってくれたのだ。波音の響く、熱海の夜だった。

普通ではなく巡り会ったふたりを、周平は我慢強く『普通』にしようとしていたのだ。奪うことも押しつけることもできるのにしなかった。

ありふれた愛ほど強いものはない。

容易に信じることができて、燃え盛ることのない代わり、下火になることもない愛情だ。

「……サーシャ。泣いてるの？」

佐和紀よりも大きな身体をしている直登の心は幼い。

なにも答えられなくなった佐和紀は、強くまぶたを閉じた。

自分が強くなれたのは、周平のおかげだ。陰に日向《ひなた》に支えられ、愛することと愛されることを過不足なく教えられた。だからこそ、周平を置いて出ることができたのだ。

周平との愛情には、なにひとつ、不安がなかったから。

直登の声を聞きながら、涙をこらえて奥歯を噛みしめる。

「サーシャ？　サーシャ……」

「サーシャ。大丈夫だよ。トモは俺たちと来てくれる。したくないことをさせたりしないから」

直登はおろおろした声で、見当違いなことを言う。

いま、直登の世界は佐和紀と木下で構成されている。たった三人だけの疑似家族だ。それは限りなくはかない。

「大丈夫だよ」

繰り返す直登の言葉は、気休めにさえならない。佐和紀の心はせつなくよじれて、乱暴な行為でしか佐和紀に触れられなかった周平への想いになる。また傷つけた。そのことを、きっと周平は表情にも見せない。

けれど、謝罪なんて望まない相手だ。もっと厳しく、佐和紀が成し遂げることだけを望んでいる。だから、奥歯を噛んで前へ進むほかに道はない。

それだけが、周平の愛情へ返せるものだった。

＊＊＊

深夜が近づくと、ダンスフロアの人口密度がさらに増す。

フラッシュライトに視界を刻まれ、佐和紀は首筋の汗を手の甲で拭った。隣で踊っている誰かがぶつかってきて、佐和紀も誰かにぶつかる。爆音で響くリズムに髪を乱しながら、泳ぐように人の波を逃れた。

追ってきた律哉も疲れた様子だ。ふたりでよろめき、肩をぶつけながら壁際へ寄る。見物していた直登の腕を引く。

「踊ろう！」

佐和紀が怒鳴るように声を張り上げると、直登はブルブルと首を左右に振る。何度目かの誘いだが、一度も乗ってこない。

「サーシャ！　水分を補給しよ！」

律哉に腕を引かれてバーエリアへ向かうと、直登もあとをついてくる。爆音が遠のき、会話をしようと思えるぐらいになった。

ビールを人数分買い、丸いハイテーブルへ寄りつく。乾杯をしてから喉を潤した。

紅蓮隊が主催するクラブイベントは想像以上の盛況ぶりだ。大きな会場いっぱいに、若い男女が入り乱れている。

「楽しんでる？　一杯、奢ったるわ！」

声を張り上げながら輪に顔を出したのは、紅蓮隊のリーダー・大和田瞬だ。

「ビール？　ビールでいい？」

せわしなく言うと、手元のカップに中身が残っているのに、新しいビールを運んでくる。イベントが始まってから、ひとときも休まずに動き回っている大和田はハイテンションだ。見るたびに違う場所にいて誰とでも陽気に話す。

律哉と引き合わせたのは四日前のことで、ふたりはすぐに意気投合した。

「勝手に遊ぶから、ほっといて。問題があるまで来なくていい」

佐和紀が笑いながら追い払うと、大和田はくちびるを尖らせた。イマドキのいかつい若者だが、子どもっぽい愛嬌《あいきょう》もある。

後ろを通り過ぎた派手な女の子が戻ってきて、大和田の肩を叩いた。どうやら、人を紹介する約束をしていたらしい。クラブイベントは男女の出会いの場でもある。女の子と去っていく大和田を見送り、佐和紀はビールを飲む。袖を引っ張る直登に気づいて振り向いた。

「サーシャ。トモを見つけたよ」

ビールの泡をくちびるの上にくっつけた直登がテーブルに身を乗り出す。

親指で拭ってやり、自分のシャツで拭いた。牡丹《ぼたん》柄のアロハシャツだ。

「どこ？」

聞き返したのは律哉だったが、気にせずにフロアの隅を指差した。一段高くなった場所にソファ席がある。

はっきりと顔が見えず、律哉が唸った。佐和紀もじっと目をこらす。

「うん、トモだ」

服が決め手だった。見覚えのあるスポーティーなポロシャツを着ている。

「モテモテだな」

律哉が首を傾げながら言う。木下の周りは女の子だらけだ。

「金でも配ってんじゃない？　りっちゃん、木下の悪い噂、なんか持ってない？」

ふざけて耳打ちすると、ニヤッと笑い返される。育ちが良さそうな顔にあくどさが滲む。

毒にも薬にもならない噂話は大和田からも聞かされていたが、いかにもな黒い噂はなかった。

「それ、聞いちゃうの？」

「聞いちゃう」

互いの耳元で交互にささやき合っても、直登は気にしなかった。律哉が声をひそめる。

「セックスドラッグを安く分けてくれるって、女の子が言ってた。売人じゃないから安心だと思う子がいるんだよな」

佐和紀は感情を見せないように目を伏せた。ビールの泡はもう消えて、残りも少ない。大和田が持ってきた新しい一杯に口をつける。律哉が続けた。

「あの男はさ、立ち回りがうまいよな。ヤクザから小遣いをもらって、バラマキ役をやってんだよ。女の子が癖になってきたら、本物の売人が登場……」

よくあるパターンだが、騙《だま》される女の子や流通する薬が替わるので通用してしまう。常習者になった女の子は、金を払い続け、やがて抜けられずに風俗で働くようになる。

薬物を御法度にしている組のヤクザなら、このあたりで顔を出してくる。違法薬物の販売には関わっていないふりで、違法な金貸しとして女の子の身柄を拘束していくのだ。

借金がある限り、女の子は管理され続ける。

「裏にいるのは真正会だろ」

律哉がこそっと言う。佐和紀の耳に生暖かい息がかかり、くすぐったくなって身をすくめると、いたずらに肩を抱き寄せられた。

真正会を手伝う木下が、どんな思惑で紅蓮隊の一派と付き合っているかはわからない。阪奈会の美園が『駒』を確保したいように、真正会としても不良たちを押さえておこうとしている可能性は大きい。ここがネックだ。美園の依頼をこなしながら、裏カジノで金を溶かす木下を守ることの難しさでもある。

「こらっ……。堀田に叱られるぞ」

わざと耳に息を吹きかけてくる律哉を押しのけ、佐和紀は笑って身をよじる。意識してしまうとくすぐったくて仕方がない。

「なんで、そこであいつ……」

「好き好き同士だろ」

人差し指をバッテンに組み合わせ、指の腹の前後を交互に入れ替えてからかう。

「諒二が言ったのかよ」

「見てればわかりますぅー」

ビールの残りを飲み干して、まだ半分近く残っている直登のカップと入れ替える。

「違うの？　それとも、言われたくない？」

律哉の顔は、女の子からも『かわいい』と言われる。いわゆるアイドル顔だ。繁華街ではモテているし、本人もまんざらではない様子で女の子を口説いていたりするが、『お持ち帰り』はしないで、きれいに遊んでいる。

「責任感のありそうな大人の男で、いいと思うけどね」

軽い口調でなにげなく言うと、律哉はびっくりしたように目を丸くした。

「俺の男だからね！」

前のめりに勢いよく返され、今度は佐和紀が驚く。

「お、おぅ……。好みじゃない。嫌そうにしてたわりに、嫉妬深い……」

「横浜で別れてきた旦那《だんな》って、元色事師なんだろ？」

律哉の目が、キラッと光る。堀田との関係を知られた以上は聞かずにいられないと言いたげだ。十代なら好奇心旺盛《おうせい》なのもわかるが、律哉はもう大人だ。

それなりの性体験もあるだろう。しかし、悪びれることなく身を乗り出す。

「やっぱり、すごい？　それって、テクニック？　それとも、回数？」

ズバズバと聞かれ、直登に視線を向けた。ふたりのやりとりに興味を見せず、ぼんやりとフロアの向こうを眺めている。まだ木下を目で追っているのだ。

直登の内心を気づかいながら、佐和紀は答えた。

「どっちも、かな……」

他の男は知らないから、比べられない。しかし、周平は指先から腰つきまで卑猥だ。口を開いても、キスをしてもいやらしい。回数だって、普通ではないだろう。

「堀田で満足してないのか」

からかうように言うと、形のいい律哉の眉がぴくっと跳ねた。

「あいつね。シリコンボールが入ってんの、アレに。それがいい」

まるで自分が入れているように自慢され、佐和紀は一瞬だけポカンとした。道元と比べたり、色事師と比べたり、律哉は自分の男が誰にも引けを取らないと言いたがる。一種の悋気だ。

「いいと思うなら、相性が良かったんだな。そういうものだって聞いたことがある」

相思相愛のただ中にいる律哉が微笑ましくて、微妙な関係に陥っている男のことをうっすらと思い出す。自慢できることはいくらでもある。

しかし、それを口にすることはできない。

振り切っても振り切ってもつきまとう後悔に疲れ、佐和紀は肩で大きく息をつく。

すると、フロアを眺めていた直登が振り向いた。

「サーシャ、新しいビールを買ってこようか？」

笑わない目が佐和紀を見る。にこやかに見えても、穏やかに話しても、直登の瞳の奥には光がない。いつも気遣わしげにしているばかりだ。

「踊ろうよ、ナオ」

誘いながら、佐和紀は眼鏡を指先で押し上げる。

周平と踊るときは、いつもチークダンスだった。優しくリードしてくれるステップの巧みさを、いまになって思い知る。

「行っといで、行っといで」

律哉がカラッと笑う。その朗らかさに合わせて笑い、佐和紀は湿っぽくなる気持ちを隠す。しかし、踊りたくない直登は、頑として首を縦に振らなかった。

＊＊＊

明け方まで飲んだ酒を抜くには汗を流すのが一番だ。

泊めてもらった律哉の実家からボクシングジムへ移動して一時間。

「サーシャ。お客さんやで」

生徒に声をかけられ、ミットを構えたコーチが動きを止めた。佐和紀も腕をおろす。

二度目のミット打ちをしていた佐和紀は、リングの上から入り口を見た。ビルの一階。

全面ガラス張りのボクシングジムの軒先に立っているのは、雨で肩を濡らした大和田だ。

佐和紀は軽く手を振って応《こた》え、リングを下りた。見学していた直登が近づいてきて、グローブをはずしてくれる。

額に貼《は》りつく髪を両手でかきあげながら、直登に渡された眼鏡をかけた。

ペットボトルの水を手に外履きのゴムサンダルをつっかけて外へ出ると、本降りの雨の音がした。

コンクリート敷きの通りはすっかり濡れて、水たまりがあちこちにできている。

「どうした。昨日の今日で、なに？」

狭い軒下で水を飲みながら尋ねると、傘を手にした大和田は、そわそわと落ち着きのない視線を泳がせた。

「問題が起こった顔だな」

手を伸ばし、大和田の手から傘を取り上げる。開いて中に入り、まごつく大和田を引っ張り込んだ。ガラスの向こうで様子をうかがう直登へ手を振り、近くの交差点まで歩く。

「ここでいいだろ」

雑居ビルの一階に入り、閉じた傘を大和田に返した。

「ほら、さっさと話せよ」

ゴムサンダルで床を蹴る。ビルの壁に背中を預けた大和田は、がっくりとうなだれた。

「……売り上げが、持ち逃げされた」

「ん？　なにの？」

「昨日の、イベントの……」

「えっ、マジで？」

思わず身を乗り出したが、嘘でないことは大和田を見ていればわかる。

佐和紀に話して気が抜けた顔からは色がなくなり、震える腕をもう片方の手で押さえながら肩で息を繰り返す。かなりの金額だと察し、佐和紀はわざと大きく息を吸い込む。

「警察には？」

できるだけ冷静に問いかけると、大和田はおおげさに両肩を引き上げた。吸い込んだ息がひゅっと細い音を立てる。

「犯人の目星がついてるんだな。身内か……」

名前こそいかついが、紅蓮隊は単なる遊び人の集まりだ。半グレでもないので、警察を避ける理由はない。

「なんで、俺のところに来たんだ」

「頼れる相手が、他におらへん」

押さえた腕の先で拳を握り、大和田は色のないくちびるを震わせた。

「……誰を信用していいのか、わからん。……金を持っていったんは、管理を任せとった鈴木《すずき》ってヤツや。女が何人もおって、片っ端から事情を聞いた。その一人が言うには、後ろにヤクザがおるらしい」

「それで俺のところへ来たのか」

「取り返す手伝いを頼みたい」

「どこのヤクザか、それも割れてるのか」

佐和紀が問うと、今度は途方に暮れたように首を振る。大和田はまたうなだれた。

「わからん……。とにかく、あの金がないと支払いがでけへん。いままで貯めてた金は、DJを雇うのにつぎ込んだ。だから、ハコ代は後払いにしてもらってんねん……」

顔を歪め、髪を掻《か》きむしった。『ハコ代』は会場費のことだ。

「払われへんかったら、俺が金をかき集めてくるしかない」

「消費者金融？　あんまりいい手じゃないな」

「……いま、他のヤツらが、鈴木の居場所を探してる。ヤクザのところに逃げ込んでたら、そのときは力を借りてもええか」

「……それはいいけど」

話の途中でビルの入り口に人の気配を感じた。振り向くと、傘も差さずに直登が覗いていた。

「……ごめん。大和田さんが、泣きそうな顔してたから」

佐和紀に手招きされ、素直に入ってくる。頭も肩も、雨に濡れていた。

「金を持ち逃げされたらしい。ヤクザと付き合いがあるかもしれないって話だ」

説明してどうなるわけでもないが、手短に話す。直登は首を傾げ、うぅんと唸った。

佐和紀は、大和田へ視線を戻す。

「なぁ、大和田。おまえ、木下って男と付き合いはないよな？　昨日、ソファ席でやたらと女をはべらせてたのがいただろう」

「あぁ……」

眉根を開いた大和田がうなずく。

「名前は知ってる。元々、古俣《ふるまた》ってヤツが誘った客や。俺は挨拶をするぐらいの付き合いやけど、チケットをよく捌《さば》いてくれるって聞いてる。……え？　そいつが鈴木といるってことか？」

「決まったわけじゃない。古俣ってヤツに話を聞けるか」

「無理や」

大和田は苦々しく顔をしかめた。

「俺らと敵対してるグループのトップがそいつや」

「金回りのいい男にそそのかされて、女の子の引き抜きで金を稼いでたヤツか」

「そうそう、それ……。あっ……」

大和田も合点がいったのだろう。閃《ひらめ》いた表情になる。

つまり、金払いのいい木下に釣り上げられたのが古俣だ。儲《もう》けさせてやるとそそのかされて働き、引き抜きの上前をヤクザに撥《は》ねられている。

そして今度は、鈴木という男がそそのかされたのだろう。古俣が声をかけたのかもしれない。

佐和紀はほんの少し考え込み、大和田に向かって言った。

「金は全額戻らないと思ってくれ」

「……しゃあない。少しでも戻れば、助かる」

「それなりに取り返すよ。おまえが借金で首を吊《つ》らなくて済むようにな」

冗談のつもりで言って肩を叩いたが、大和田はまた泣き出しそうになる。その態度を弱いとは思わなかった。リーダーらしく紅蓮隊メンバーに対する責任を取ろうとしている。真っ先に逃げる算段をしていないだけ誠実だ。

「じゃあ、状況がわかるまで、おまえは待機。鈴木探しは、このまま他のヤツらにさせて。捕まえず、泳がせておいて」

佐和紀の指示に、顔を跳ねあげる。

「え？　でも……」

「木下は俺のツレだ。直接、話を聞く。……ナオ、汗を流して着替えてくるから、その間にトモの居場所を確認して。探してるってバレないようにしろよ」

肩を叩いて声をかける。うなずくのを見て、顔を覗き込んだ。

「その次は、律哉への連絡。事情は説明しなくていいから、車を用意して欲しいって伝えて。いっぱい乗れる大きいヤツな」

それから、もう一度、大和田へ向き直った。

「事情がわかるまで、金がなくなったことをおおっぴらにするなよ」

「いまも、幹部しか知らん」

「それでいい」

素早くうなずく。

「木下から事情を聞いたあとで、作戦を立てる。気楽に構えてろ」

直登に向かって『行くぞ』と目配せをして、佐和紀はビルの一階から飛び出した。

「諒二から聞いた話だと、木下が繫がってるのは真正会の『武沢組《たけざわぐみ》』ってところだな」

ワンボックスカーの後部座席で、携帯を手にした律哉が言う。

直登の連絡を受けてから到着までは早かった。運転席に座っているのは、信貴組の若い構成員だ。

「じゃあ、鈴木が持ち逃げした金は、そこへ入る可能性が高いってことだよな」

「んー、どうだろう。そこのところは、木下に聞いた方がいいんじゃない？」

佐和紀と律哉、そして直登を乗せたワンボックスカーは木下のマンションへ向かっている。逃げ回っていたら厄介だと思ったが、珍しく部屋へ帰っていた。

律哉は携帯電話を両手でいじり、素早くメールを打つ。

「諒二も呼び出しておくね。でも、真正会が絡んでるかもしれないから、うちの組は前に出れない。そこんとこはわかっておいて」

「もちろん。そっちの、ＮＧラインがわからないから、できないことははっきり言ってくれ。俺は、相手がどこであっても、金を回収してくる」

「……ひとりで？」

眉根を寄せた律哉は、直登に気づいた。

「あぁ、ナオが一緒か。……けど、うまくやらないと、ヤクザ絡みはあとが面倒だ。横澤って男は葛城組の客分だろ？　下手をすれば、葛城組に責任問題が回るかも」

真正会にとっては、敵対する阪奈会の下部組織を締めあげる絶好のチャンスになる。

「それは横澤がなんとかする」

長袖シャツの上に牡丹柄のアロハを着た佐和紀が言うと、不思議そうな視線を返された。

「え……？　愛人、なんだよな？　石橋組の美園の頼みで手伝ってるって、言ってなかった？　そこも繋がってんの？」

佐和紀が肯定も否定もしなかった話を、律哉は肯定と受け取っている。

上部団体から下部団体、もしくは舎弟・子分の類《たぐ》いへ下ろされた指示が、末端の佐和紀に回ったと思っているのだろう。つまり、佐和紀は実働部隊という認識だ。

大枠は間違っていないが、根本的なところが違う。実際の依頼は、誰も通さず、美園から直接、佐和紀へ出されている。

そのことを明かさずにうなずくと、律哉はまた首を傾げた。

「それなら、『してくれる』じゃないの？　横澤が手伝ってくれるんだろ？　なんとかするって、なんかそれって……」

釈然としない表情を向けられ、佐和紀は首をひねった。

「べつに、深い意味はないけど。言葉のアヤだよ。あれ？　モヤだっけ……？」

後ろの席を振り向くと、身を乗り出した直登が「モヤでいい」とうなずく。

「え、そこは『アヤ』だよ、ナオ」

律哉が口を挟む。直登が不満げに首を傾げ、律哉は携帯電話で答えを検索する。

「あぁ、本当だ」

納得した直登が恥ずかしそうに肩をすくめ、佐和紀も一緒になって肩をすくめる。

「兄弟みたいだな」

律哉に言われ、直登の頬がほころんだように見えた。しかし、佐和紀の胸は痛む。亡くなった直登の兄を想うからだ。

自分と関わらなければ、大志と直登は肩を寄せ合って生き延びることができたのかもしれなかった。ふたりの暮らしを決定的に崩壊させたのは『サーシャ』だ。

もの想いの間にも、安全運転のワンボックスカーがマンションの前で停《と》まる。

直登に続いて佐和紀も外へ出た。運転手を残して、律哉が続く。

木下に勘づかれた可能性も考え、直登が階段を駆けあがる。佐和紀と律哉は一基しかないエレベーターで目的の階へ向かう。到着すると、直登はすでに部屋の前で待機していた。

合流した瞬間、まるで計ったかのように木下が出てくる。

直登がドアを摑んで押さえると、異変を察知した木下は佐和紀と律哉を跳ね飛ばす勢いで動く。すかさず腕を摑んだのは直登だ。

閉じかかるドアを律哉が押さえ、佐和紀は木下の首根っこを摑む。乱暴に押し戻した。

「……ちょっ。なんだよ！　靴！　靴！」

叫ぶ木下も靴を履いたままだ。直登に肩を押さえつけられ、怒鳴り散らしながらソファへ座る。佐和紀は目の前のローテーブルに腰かけた。

「なんのつもりだよ！」

直登の手を振り払った木下が、背もたれに両手を伸ばしてふんぞり返る。

三人から距離を置いた律哉は出入り口を塞ぐように立っていた。

「紅蓮隊の鈴木って男を知ってるだろう」

佐和紀が聞く。木下の視線はわかりやすく逃げた。

「知らないな」

悪びれた様子はなく、シラを切って逃げようとする。

「じゃあ、古俣って男はどうだ」

「知らない」

「殴りたくないな……」

ぼそっと言うと、木下が顔をしかめて怯《ひる》む。佐和紀と直登の容赦のなさは、よく知っている。木下は、両手を軽く挙げ、降参のポーズを取った。

「武沢組に行ってんじゃねぇの？　けど、鈴木がなにのために金を持っていったのかは、俺も知らない。紹介しただけだ」

吐き捨てるように言って顔を背ける。視線で追った佐和紀は、浅く息を吸い込んだ。

「クスリ関係じゃないの？　おまえがバラマキをやってるやつだよ。鈴木の金でもっと本格的なやつを仕入れて売るつもりだろ。仕入れ元が、その組なんだよな？」

「……さすが、ホンモノは違うね」

飄々《ひょうひょう》とした態度で笑った木下は、いたずらがバレた子どものように首をすくめた。

佐和紀はすかさず、左の手首を掴む。梅雨寒の気候に合わせた長袖だ。袖のボタンをはずし、乱暴にまくり上げる。注射痕《ちゅうしゃこん》の有無を確認した。

「やってねぇよ」

両腕の内側を晒《さら》した木下は、せせら笑いを浮かべる。腕は左右ともに傷ひとつなかった。

「得体の知れない薬をやるな。あとで来るぞ」

「へー、それも経験済み？　キメセクとかやってたんだ。ヤクザはエロいね」

蔑むような目で見られても、佐和紀が怯むことはない。

「ナオ、ネクタイを二本持ってこい。縛る」

立っている直登に頼む。木下が慌てて立ち上がろうとしたが、腕を掴んでひねる。そのまま、ソファの座面へ押さえ込んだ。

「え！　なんでだよ！　俺は関係ないって言ってんだろ！」

「連絡をされたら困るからだよ。しばらくは確保だ」

駆け戻った直登からネクタイを受け取り、腰の後ろで手首をひとつに縛る。

「痛い！　肩が、抜けるって……っ！　くっそ！　ほんと、いやらしいよな、サーシャ！　こんなこと、どこで覚えるんだか……ッ」

膝も縛り、悪態をつく木下を引き起こす。ソファに座らせ、顔を手のひらで正面へ戻した。いままでにない鋭さで瞳を見据える。

「金はじゅうぶんにあるだろ」

「足りねぇよ」

木下は吐き捨てるように言った。

「遊べばすぐに飛んでいく。あればあるだけいい」

賭場《とば》で遊ぶからだ。増えてもすぐに減り、気がついたときには溶けた金の代わりに借金が積まれていく。

佐和紀はため息をつき、木下の頭を軽くはたいた。

「いてっ」

叫ぶ声に緊張感はまるでない。車まで運ぶように直登へ頼み、俵抱きを指示する。軽々と肩に担がれ、木下が怒鳴る。

「ナオッ！　裏切り者！　もっと優しく扱えよ！　バカ！」

違法ドラッグのバラマキも買いつけも、賭場への出入りも、木下にとってはたいしたことではない。

紅蓮隊を仲間割れさせて、自分の犯罪に巻き込むことにも罪悪感はないだろう。

直登に犯罪の片棒を担がせてきたことを思えば、面倒を見なくていいだけ、紅蓮隊の連中は使い勝手のいい捨て駒だ。

どうしようもない男だと思う佐和紀のそばに、律哉が近づいてくる。

「諒二が『フラミンゴ』で待ってる。木下は、運転手に見張らせておく」

肩に手を置き、耳打ちされる。

「もう少し縛っておかないと心配だな」

「縄もガムテープもあるよ」

「ついでに麻袋でもかぶせておくか」

「それも、ある……」

律哉と目が合い、ふたりは吹き出した。ヤクザの使うワンボックスだ。『必要最低限』のグッズは完備されている。

三人は誰にも会わずにマンションを出た。車がすかさずエントランス前に停まり、木下が後部座席に積み込まれる。直登がすぐに乗り込み、佐和紀もあとに続こうとした。

その肩を引き止められる。

「思ったよりも簡単に吐いたな」

律哉に問われ、佐和紀はまっすぐに見つめ返した。

「あいつに倫理観はない。問い詰められた時点で、古俣と鈴木を売るつもりだろう」

「……弱みを握られてんの？」

あきれたような目で見られ、佐和紀はうっすらと笑った。

「ナオが懐いてる」

「いい影響はないと思う。……俺には関係ないかもしれないけど」

「そんなことない」

律哉の肩に腕を回し、ぐいっと引き寄せた。

「でも、おまえを巻き込むと、堀田がな……」

「はぁ、ほっとけよ。あんなの、べつに」

そう言いながら、律哉はあたふたと手を振り回す。

「友達は友達だし、そんなとこまであいつに口出しさせねぇもん」

照れたように言って駆け出す律哉に続き、佐和紀も車に乗り込んだ。

日和見主義の見本のような木下は、風向きのままに態度を変える。殴ると脅されて質問に答えたが、佐和紀の融通してきた金も影響しているはずだ。日頃の金払いの良さは、こういうときになって初めて効力がある。

木下は金で動く男だ。金の切れ目が縁の切れ目。そんな男と一緒にいることは、律哉が言う通り、直登にとっても佐和紀にとってもいいことではない。

しかし、直登が家族同然だと思っているうちは佐和紀の一存で切り捨てられない。

雲が厚く垂れ込め、あたりは薄暗い。けぶる雨に景色がかすむ。

佐和紀たちを乗せた車は、そのまま繁華街を抜けていき、より南にくだったエリアで停まる。縄でぐるぐる巻きにした木下を運転手に任せて、佐和紀たち三人は車を降りた。

少し走るとアーケード街に入る。濡れずに歩き、そしてまた、雨の中へ出た。

飛び込んだ『喫茶フラミンゴ』の店内には堀田ひとりしかおらず、しばらく貸し切りだと若い店主が笑う。

「金を持って逃げた鈴木という男の目的は、薬の買いつけですか」

四人でテーブルを囲むと、堀田から切り出した。隣に座った律哉が答える。

「口が軽いわりに、詳しい話は知らないの一点張り」

「これから商売をするための、手付金という可能性もあります」

「売り上げを根こそぎ持っていったってことは、そっちの線が濃厚だろ」

今度は佐和紀が答えた。

「たぶん、内部分裂した古俣と合流して、武沢組のバックアップを受けるんじゃないかと思うけど。堀田、煙草持ってない?」

煙草を吸いたくなって身体のあちこちを叩いたが、どこにも入っていない。急いで着替えたときに落としたらしい。

「イベントを打ちながら、クスリも捌くのか。真正会が抱える不良グループができるとなると……」

堀田がポケットから箱を取り出す。一本差し出されて受け取った。

佐和紀が煙草をくわえるのを待ち、ライターが向けられる。薄いガスライターだ。火をもらい、灰皿を律哉と直登から離れた場所に置き直す。

「阪奈会とのバランスはどうなの?」

「そこまでは、ちょっと……」

堀田が言葉を濁す。同じヤクザでも、シマとシノギが違えば、事情は見えなくなる。信貴組は小さな組織だ。上層部のケンカはギリギリまで読めないだろう。そのとばっちりを避けるため、堀田は懸命に動いている。

「古俣と鈴木のグループがヤクザとつるむのは厄介だな」

煙草をふかした佐和紀は断言した。

「大和田はごく普通の兄ちゃんだ。グループ内で慕われていても、ヤクザと渡り合う力はない。りっちゃんの方がよっぽど……」

「俺はクリーンだよ、クリーン。あいつらみたいにケンカ売って歩いてない」

肩をすくめた律哉が笑う。その隣で、携帯電話を取りだした堀田が立ち上がった。

「……武沢組について、知り合いに聞いてみます」

言い残して喫茶店の外へ出ていく。軒下で電話をかけているのが、くすんだ窓ガラスの向こうに見えた。

「サーシャも、横澤さんに連絡を入れたら……」

直登からカットソーの袖を引っ張られ、佐和紀は眼鏡のブリッジを押し上げた。

「ケイタイ、貸して」

笑いかけながら差し出した手に、直登の持ち歩いている携帯電話が渡される。横澤の番号はすでに表示されていて、ボタンを押すだけになっていた。

待ち構えていたかのように電話が繋がり、佐和紀は事情を手短に説明する。岡村はいつも通り、打てば響く察しの良さだ。

『千早といるんですが、彼にも電話が入ってますよ。いまは席をはずしています』

「あぁ、それが堀田かもしれないな」

横澤が世話になっているのは葛城組の千早だ。信貴組とはシマ隣だから、ふたりに面識があってもおかしくない。組の規模では葛城組が勝《まさ》っているから、情報も確かだろう。

「金は、俺が取りに行く。ついでに鈴木と古俣も潰《つぶ》せるといいけど……」

『どちらかが組事務所にいるときを狙《ねら》うのがいいと思いますが、必ず西本直登を同行してください』

「……俺のいない間に会ったのか」

『熱が下がったときに電話をかけてきて、少し話したんです』

佐和紀がスイートルームで療養したときのことだ。

岡村の差し入れ作戦は、かたくなだった直登の心をわずかに開かせたらしい。

『目的を見間違えないようにカチコミをかけてください。収まるところが決まっていれば、こちらもそのように動けます。くれぐれも、やりすぎないように』

「任せておけ」

ふっと笑い返し、佐和紀は電話を切った。

自信ありげな答えを不安がる岡村の表情が想像できる。それとも、佐和紀らしいと苦笑しているだろうか。どちらでもかまわなかった。佐和紀が動けば、岡村も連動する。それがはっきりしていれば心強い。

そこへ堀田が戻ってくる。

「うちや葛城組が噛むのは、やっぱり厳禁です。阪奈会の幹部から、真正会とのやり合いは極力避けるようにと通達が回っていますから」

「じゃあ、予定通り、俺たちがやろう。りっちゃんと堀田は、ここまででいいよ」

佐和紀が言うと、目の前に座っている律哉と堀田が同時に驚いた。

「それはダメだ。まさか、乗り込んでいくわけじゃ……」

堀田が真剣な顔で身を乗り出す。佐和紀は休ませていた煙草をゆったりと吸って答えた。

「呼び出して話をするには、相手を知らない。古俣たちも、武沢組ってところのことも。ここはもう、訪ねていくしかないだろう」

信貴組にも葛城組にも、仲介を頼むことはできない。

「紅蓮隊を表に立てるから、俺の名前では行かないし」

「それでも……」

律哉が言葉を濁す。

「横浜ではよくやってたから大丈夫」

自信満々な佐和紀を見て、堀田の表情がすっと消える。

「カチコミって、言わないか。それ」

「言うかもな。……穏便にやるよ。もちろん」

にこりと笑ってみせたが、まるで信用していない視線が返ってくる。

そのとき、喫茶店のドアベルが激しく鳴り響いた。ドアを跳ね飛ばしそうな勢いで入ってきたのは、びしょ濡れの合羽《かっぱ》を着た大和田だ。手にはヘルメットを抱えている。

「そんなに焦って二輪に乗るなよ」

佐和紀が笑うと、焦って地団駄を踏む。

「運転してへん！」

律儀に返事をして、大きく息を吸い込んだ。

「鈴木が見つかったんや！　武沢組の事務所に入っていくんを見たヤツがおる。ケイタイで写真も撮ってあったから、間違いない」

「ちょうどいいな」

佐和紀が言うと、堀田を押しのけた律哉が立ち上がった。

「サーシャ！　ヤクザにケンカを売るな。ケガだけじゃ済まない！」

そう叫んで、大和田を睨んだ。

「自分たちのことだろ。話をつけるのは、おまえがやれよ」

「え……。そんなん……」

大和田は口ごもった。肩肘張って生きていてもカタギの不良だ。ヤクザ相手に交渉ごとはできない。律哉もわかっているはずだ。

それでも佐和紀を心配して突っかかる。

「無理を言うなよ、りっちゃん」

立ち上がった佐和紀はふたりの間へ入った。大和田を背に隠す。

「ヤクザとカタギで、話のついたためしがあるか？　りっちゃんが『ある』と思ってるなら、それは、あんたがヤクザ側だからだ」

佐和紀の言葉に、律哉がぐっと黙り込む。堀田が腕を引いたが乱暴に振り払う。

「律哉さん。サーシャの勝ちですよ。ヤクザにケンカを売っていたのは古俣たちだ。彼じゃない。それに、サーシャはケンカを売りに行くわけじゃないでしょう」

落ち着き払った堀田に説得され、律哉は拗《す》ねた顔でくちびるを噛む。そのままストンとソファへ戻った。

律哉の手をそっと押さえ、堀田が佐和紀を見る。

「……お手並みを拝見ということで、見物させてもらいます」

「上等だ」

佐和紀はにやりと笑って返す。

「とはいえ、金を持っていかれた当事者がいないのも話にならない。大和田は仲間に声をかけて。できるだけ多くの人間を集めろ」

「俺は一緒に行ったらええんやな」

色のないくちびるをぎゅっと噛みしめた大和田は、火事場に飛び込む覚悟を決めたようだ。しかし、佐和紀は首を振って否定した。

「いらない。黙って事務所を囲んでろ。話がつこうが、つくまいが、俺の責任だ。ただし、俺が名代を務めるからには、おまえらの仲間に勝手な行動を取らせるなよ。ぶん殴ってでも、統制を取れ」

拳を握り、大和田の胸をドンと叩く。不意をつかれた身体は揺らいだが、足はとっさに床を踏みしめた。

「事務所のそばまで、車で送って欲しい」

佐和紀が声をかけると、頰杖をついて拗ねている律哉は「はいはい」と適当に答えた。

「ナオ。おまえは一緒にな。俺の背中を守ってくれ」

「もちろん」

佐和紀に頼まれ、直登は目を輝かせる。

まるで家族旅行を発表された子どもだ。それにさえ、いちいち胸が痛む。

「なんだか、物騒な話やなぁ」

カウンターからマスターの声がした。コーヒーの準備をしたはいいが、出すタイミングが摑めず、そのままになっている。

「お騒がせしてすみません。……ものはついでだけど」

佐和紀は向き直り、金髪をさらっと揺らして首を傾げた。

「なんか得物ないかな。頑丈な棒とか」

「喫茶店に関係ないだろ」

拗ねた顔の律哉が言う。

「得物ねぇ……」

店をぐるっと見回したマスターは、ぽんっと手を打った。

「久しぶりすぎて、すっかり忘れとったなぁ。金の棒と、銀の棒と、木の棒。あなたが落としたのはどれですか……？」

とぼけた質問だったが、佐和紀は生真面目《きまじめ》に金の棒と答える。カウンターの下を探ったマスターは、色のくすんだ金属製のバットを持って出てきた。

「このあたりもちょっと前までは治安が悪かったやろ。名残やな」

木の棒なら角材、銀の棒なら鉄パイプだと言って、佐和紀にくすんだ金色のバットを差し出した。

忘れていたというわりに、ぼこぼこにへこんだバットに巻かれた革は劣化していない。

「さらしもあるけど、よかったら持っていく？」

そう言って引き返したマスターが棚から白い布の束を持ってくる。

安産祈願の朱印が押された、ありがたい腹帯用のさらしだ。律哉が耐えきれずに笑い出し、すがりつかれた堀田も額を押さえてうつむく。肩が揺れている。

理解していないのは、直登と大和田だ。答えを求めるあどけない視線を向けられ、佐和紀はただ黙って眼鏡を押し上げた。

戌《いぬ》の日の腹帯を説明する時間はない。

大和田は仲間のバイクの後ろに乗って去り、バットを携えた佐和紀は直登を連れてワンボックスカーへ戻った。後部座席の二列目に座った木下はシートベルトで身体を固定されている。腕も足も縛られたままだ。

佐和紀が殴り込みにいくと知り、あきれたようにため息をついた。

「あーぁ。最悪。おまえは横澤さんのイロなんだから、余計なことに首を突っ込むなよ。あとで葛城組に呼び出されたら、どうすんだよ」

木下が心配するのは自分のことだけだ。助手席から睨んでいる律哉にも気づかず、グチグチと不満を繰り返す。

「そのあたりは俺から横澤に頼んでおく。心配するな」

三列目に座った佐和紀が答えると、律哉の叫びが響いた。

「甘くない⁉」

木下の隣に座った直登は普段と変わらず無表情で、カチコミに行く不安も緊張も感じられない。もちろん、佐和紀のようにウキウキすることもなかった。

座席越しに目が合い、佐和紀から声をかける。

「俺が危ない状況じゃなければ、動かなくていい。おまえは人を殴るな」

「殴らないでどうやって戦うの」

直登はきょとんとした表情になる。図体のでかさと幼さがアンバランスだ。

「戦わなくていい」

手を伸ばすと、指が返される。お互いの体温が相手に伝わった。

「押しのけるとか、イスを投げるとか……。そうしたら、向こうが逃げるだろ？　重い灰皿は、人を避けて投げて。小さいモノはさ、うっかり当たりにくるヤツがいるからな」

「うん……」

状況を想像した直登はぼんやりと宙を見る。

「大丈夫だよ。俺がうまく話をつけるから。危ないことにはならない」

「本当に？　サーシャがケガをしたら、止まる自信はないよ」

繋いだ指がするりとはずれ、佐和紀は微笑んだ。

横須賀時代の悲しい記憶が思い起こされる。

直登がもっとも力を持ちたいと願ったのは、あの頃だったのではないかと考えた。兄が犠牲になり、佐和紀が消えて、直登がどんな苦しみを負ったのかは想像することしかできない。きっと壮絶な孤独だ。その記憶が重いから、直登の心は過去へ戻って幼さをやり直そうとしている。

必要なのは、愛情だろう。性的ではない、無償の愛。

形にするのが一番難しいモノを提示され、佐和紀は惑う。

こんなときには、どうしたって周平を頼りたくなる。なにをしてくれなくてもいい。せめて肌に触れて、抱きしめられて、目を閉じて息をつきたい。安らぎたいと心から思う。

じくりと胸の奥が痛み、笑顔で内心を隠した。

車が停まり、律哉が到着を告げる。彼らは、このまま木下を連れて帰る段取りだ。信貴組の人間は、いっさい関わらない。

雨脚は弱まり、霧雨になっていた。直登が車を降り、佐和紀も続く。

助手席の窓が開き、メールを確認した律哉が紅蓮隊の到着時間を伝えてくる。

あと五分ほど。予定通りだ。佐和紀は律哉に別れを告げ、さほど広くない路地にひしめき合うビルのひとつを振り返った。三階建ての小さなビルで、一階は駐車場、二階にファイナンスの会社が入っている。

そして最上階が武沢組の事務所だ。

歩き出すと、直登がついてきた。駐車場の脇《わき》のエントランスから入り、階段を使う。エレベーターはない。

二階から三階へ続く踊り場を過ぎると、階段を下りてくる足が見えた。ジャージ姿の若い男だ。アロハシャツを着た佐和紀に違和感がなかったらしく、「おつかれっすー」と軽い口調で言って行き過ぎる。

しかし、手にしたバットに気づいて足を止めた。

「え！　ちょっと！」

慌てて戻ってくると、佐和紀たちを押しのけるようにして、狭い階段を駆けあがる。

三階のフロアまで登り切った男がくるっと振り向いた。

「おまえ、『花牡丹のサーシャ』やん！」

ビシッと指を差されて、肩をすくめる。

「鈴木って男はまだいるか？」

「え？　誰？」

「いいよ、おまえは……。さっさとドアを開けろ」

あごをしゃくって命令すると、勢いに押されたように男があとずさった。身を翻して、フロアにひとつしかないドアを開ける。中へ飛び込むと、男を叱りつける怒声が響く。

佐和紀は気にせず、出入り口を塞いでいる肩を押しのけて中へ入った。

ごく普通のオフィスと変わらず、受付のカウンターがあり、デスクが並んでいる。

フロアは奥へ長く、どん突きの部屋はドアが開いたままだ。その手前に置かれた黒いソファの応接セットには、いかつい中年の男がだらけて座っていた。ガラの悪さを前面に押し出して、煙草をふかしている。

その他に、フロアには三十代の男が三人。そのうちのふたりは、半袖からこれ見よがしな彫り物が見えている。

すべての視線を一身に集めた佐和紀は、ニコリともせずに言った。

「お忙しいところ、申し訳ありませんが、紅蓮隊の鈴木がお邪魔していませんか？」

言いながら、ぐるりとフロアを見渡す。彫り物をチラ見せしている男が動き、ソファに座る若い男が見えた。場違いなほど礼儀正しく座っている。

「そこの若いの。あんたが鈴木だな？」

カウンターの向こうに入ってバットを持ちあげる。先端で奥を差すと、フロアの男たちがいっせいに凄《すご》んだ。

怒声に顔を歪め、佐和紀はフロアを進んでいく。

「うるさいよ、あんたら。……金を返してもらいに来ただけだ。鈴木がここへ持ってきた金は、持ち逃げした売上金だからな」

佐和紀が近づくと、ソファにもたれた中年男はニヤニヤ笑った。佐和紀の全身を舐《な》めるような視線で見る。

外見の特徴で『花牡丹のサーシャ』だと気がついたのだろう。男相手の愛人稼業を品定めする目にはねっとりとした好色さがある。佐和紀は受け流したが、後ろに控えている直登は嫌悪を感じている。

動き出しそうな気配を感じて、手のひらで制した。前に出ないように、押しとどめる。

「なんで、おまえに返さなアカンのじゃ！」

フロアの男が怒鳴った。佐和紀は振り向かずに答える。

「頼まれて受け取りに来た」

「知るかぃ！」

今度はソファに座った男が怒鳴る。佐和紀はついっと目を細め、デスクに並べて置いてある大きなコピー機をゴム底のスニーカーで蹴った。威力はまるでない。

しかし、バットなら違う。

おもむろにフルスイングで打ちつけると、大きな音がして、フロアが一瞬、シンと静まる。ソファに座った鈴木だけが小さく飛び上がった。

そして、男たちが我に返る。

「おんどれぇ！」

いっせいに色めき立ち、佐和紀へ飛びかかる。

直登の立ち位置を即座に確認し、コピー機に打ちつけたバットを片手で返す。

風を切ってなぎ払うと、男たちは慌てて飛びすさった。

「待てや。……あんた、花牡丹のサーシャとか呼ばれてるヤツやろ」

低くしわがれた声がフロアに響く。奥の部屋から出てきたのは、腹のでっぷりした恰幅《かっぷく》のいい男だ。ソファに座っていた男が慌てて腰を上げる。

「……確か、葛城組に身ぃ寄せてる流れ者の愛人《イロ》やな。こないなことしたら、そちらさんに迷惑がかかるで」

　口から煙をもわもわと吐き出しながら言われ、佐和紀は相手を見据えた。

「その通りだな。俺に手を出すのは、やめた方がいい。傷のひとつでもついたら、あんたたちの命では安すぎる」

「たいそうなこと言いよる！」

　男が笑うと、フロアの男たちもつられて笑い出す。

「あんた、東から来たんやろ。流れ者もよそのヤツや。どうせなら、大阪の男を味わってみぃ。それともとっくにヤられたか？」

　恰幅のいい男がお決まりの下卑た言葉を投げてくる。佐和紀は肩をそびやかした。

「もっと小粋な会話で口説いてくれ。濡れるものも濡れねぇだろ」

　ひゅっと振りあげたバットを、手近なデスクへ振り下ろす。ふたたび大きな音が鳴り響き、遠巻きに取り囲む男たちの目が血走る。

　佐和紀は、恰幅のいい男とソファのそばに立つ男を交互に見た。

「鈴木から受け取った金。それが阪奈会から紅蓮隊への支援金だとしたら、どうする？真正会と阪奈会の問題にすり替えることなんてさ、簡単なんだよ。上が微妙な関係になってることぐらい、おまえらもわかってんだろ。ここが口火を切ることになって、生き残る自信があるなら、金は取っておけ」

「な、なんの話や！」

ソファのそばに立つ男が動揺を見せた。佐和紀は眉を動かし、流し目を向けた。

「上の動きも読めねぇ三下が、ガタガタ言ってんじゃねぇぞ！」

佐和紀の一喝で、恰幅のいい男も完全に怯む。

高山組内部で出来上がりつつある『阪奈会対真正会』の構図を知らない大阪ヤクザはいない。誰もが、身の振り方に迷っているのだ。

「金は八割方返してくれたらいい。残りは、鈴木の引き渡し手数料だ。取っとけよ」

ゆっくりとソファに近づいていくと、恰幅のいい男が顔を歪めた。

「……しゃあない。金を出してやれ」

あごをしゃくる合図に、フロアの一人が奥の部屋へ走った。

目を白黒させている鈴木は、ソファの肘掛けにぴったりと身を寄せてうなだれている。

木下の口車に乗せられたことをすでに後悔しているようだ。見慣れた反応だとあきれながら、佐和紀は奥の部屋を見た。恰幅のいい男も中をうかがっている。

そのとき、フロアで物音がした。

振り向いた佐和紀の目の前で直登がよろける。フロアにいた男のひとりに殴りかかられたのだ。理解した次の瞬間、佐和紀にも蹴りが飛んでくる。ひょいと避《よ》けて、バットで相手のみぞおちを突く。

「直登！」

佐和紀は叫んだ。ふたりの男を相手に拳を握る直登は、佐和紀の言いつけを思い出し、殴られながらも逃げる。

「引け！」

そう言って、佐和紀は金属バットを窓に向かって投げつけた。窓ガラスが音を立てて砕け散っていく。

あ然としたフロアの男をふたり、続けざまに殴りつける。どちらも顔は避けた。

「ふたりで来たと思ってんのか！」

佐和紀が叫ぶと、ソファにふんぞり返っていた男と金を取りに行った男が、小雨の吹き込む窓際へ駆け寄る。それを合図に、鈴木を呼びつける怒声が外から響いた。

「なんや、あいつらは！」

問い詰められても、鈴木は震えるばかりだ。

「鈴木の仲間だよ」

代わりに佐和紀が答えた。

「『元』かもしれないけど。くだらない抵抗すんじゃねぇよ。警察が来て困るのはおまえらだ。それとも、呼ぶか？」

佐和紀が手近な電話に手を伸ばすと、中年の男たちは大慌てになった。今度こそ、恰幅のいい男が金を取りに行く。

渡された札束を脱いだアロハシャツに包んで持ち、直登に鈴木を確保させる。

「くそっ。淫売がでかい顔しやがって！」

出ていく間際に、捨て台詞《ぜりふ》を吐かれた。ドア枠に手をかけた佐和紀は、タンクトップ姿で眼鏡をはずす。

振り向いて、フロアを見据えた。

「おまえらなんかが、一生抱けない身体だ。ノンケでよかったな。こっちもイケたら、よだれ垂らして追いかけるハメになるよ」

ふっと向けた流し目で中年男たちを眺め、横浜を思い出した。

同性を好きになることを認められず、かといって佐和紀をあきらめきれず、どうにかして『女』にしようとしていた男たちのことが脳裏をよぎる。

カゴに押し込められ、無知なままに鑑賞される対象。それが彼らの思う『女』だ。

人語を解しても、人心を持たず、気まぐれに愛され、ときに蹂躙《じゅうりん》される。それらをすべて当然と受け止める存在だと『女』を蔑んでようやく、彼らは『男』になる。

佐和紀が幸運だったのは、嫁いだ相手が『人間』として愛してくれたことだ。男としてでも女としてでもない。

人の言葉を持ち、人の心を解する。学び成長していく存在として、守られ続けた。

それ以上、強く優しく深い愛情があるだろうか。

だから、たったひとり、周平だけが佐和紀を抱ける。

佐和紀がそうだと、決めているからだ。自分の心で、自分の価値観で、決めている。

「それじゃあね。ごきげんよう」

肩をそびやかし、男たちに背を向けた。


武沢組の事務所前に集まった紅蓮隊の仲間たちはすばやく解散し、溜まり場の『屯愚里』に幹部と取り巻き数人だけが再集合した。

「そっくりそのまま、ありますよ」

アロハシャツに包んで持ち帰った札束を数えていた幹部が報告に来て、窓際の席で煙草を吸っていた佐和紀は首を傾げた。

「八割返せって言ったんだけどな」

焦ったからなのか。それとも、二度と関わりたくないと思ったのか。

どちらにしても、全額戻ってきたのは朗報だ。

「ほんまに、ありがとう。ほんまに……」

大和田が胸を撫でおろして繰り返す。佐和紀は指先を突きつけた。

「じゃあ、鈴木を痛めつけるなよ。小俣って男も神戸に逃げたんだろ？　こいつも、土下座の写真でも撮ってさ、『所払い』でいいんじゃないか」

佐和紀が言うと、大和田と幹部は首をひねる。

「所払い？　なんですか、それ」

「え……。江戸時代の罰？　大阪に戻ってこない限りは関わらないってことだよ」

「へー。サーシャさんは頭がええんスね」

幹部から感心され、佐和紀は複雑な気分になる。

笑いながら視線をそらすと、カウンターのイスに座る直登が見えた。氷の入ったビニール袋で、殴られた頬を冷やしている。

奥の席に座っている鈴木も同じだ。仲間だった男たちに睨まれながら、居心地悪そうに氷入りのビニール袋を頬に押し当てている。

彼を殴ったのは大和田だ。『屯愚里』に入るなり、派手な一発を食らわせた。

それも佐和紀の指示通りだ。みんなが見ている前で、手加減なく殴れと念を押した。

おかげで、鈴木は袋叩きに遭うことなく、身体を小さくして座っている。

「なにもしないで逃がすなんて、示しがつかない」

不満げな大和田が身を乗り出す。

「もう殴っただろ？　あとは土下座してる写真を仲間内に晒すとかでいいんじゃねぇの？

仲間から裏切り者が出るたびに鉄拳制裁やってたらキリがないし、ささいなことでも殴ることになるよ。……そういうとこじゃないだろ、ここは」

　ふかした煙草を灰皿に休ませ、コーヒーを飲む。

すっきりと澄んだ味のアメリカンだ。死んだ亭主の店を細々と続ける年増が淹《い》れる一杯は、意外にも本格的だった。

「金の匂いがするところにはハイエナが寄ってくる。それを殴り殺したとしたら、今度は血の匂いでライオンが来るぞ。とにかく金の分配に気をつけて、きっちりとした組織に組み直せ」

　佐和紀が言うと、幹部を従えた大和田がいっそう身を乗り出してくる。ついには、テーブルに両手をついた。幹部もぐいっと前へ出てくる。

「サーシャ。頼む。うちに入ってくれ」

　大和田の目はキラキラと輝き、佐和紀はたじろいだ。

「は？」

「俺が下がってもいい。あんたがトップでも全然、ええから！」

「……ジョーダン」

　佐和紀は笑いながら煙草を指に挟んだ。ソファ席を横にずれて、窓から距離を置く。

すると、大和田と幹部もずれた。佐和紀はまた窓際に戻り、くわえ煙草で大和田の額を押し戻した。

「やんねーよ！」

ついでに、パチッ、パチッ、パチッと男たちの額を叩いていく。

「なんで俺が、おまえらの子守をしなきゃなんねぇんだよ。そんな暇はない」

紅蓮隊のカタがつけば、美園へ報告を上げる。力試しが無事に終われば、あとはホンモノの内部抗争だ。

「暇はないって……、ブラブラしてるだけだろ」

ボクシングジム通いに、将棋センター通い。どちらも大事なトレーニングだが、遊んでいるように見えても仕方がなかった。

「俺はチンピラなんだよ。おまえらとは、違うの」

片頬を引き上げて、にやりと笑う。

ポカンと口を開けた若者たちは顔を見合わせる。

チンピラ程度で偉そうにふんぞり返る意味がわからないのだろう。佐和紀は笑い、煙草を揉み消した。

「ヤクザに絡まれて困ったら、相談に来い。こっちも、カタギの兄ちゃんに動員かけて欲しいときは、声をかけさせてもらう。その程度の付き合いが、俺たちには合ってんだよ」

「え……。サーシャ、ほんまに？」

ヤクザなのかと問われかけ、立ち上がった佐和紀は自分のくちびるの前に指を立てた。ひっそりと笑いかけて黙らせる。

男たちは揃ってポカンと口を開く。みっともない顔が並んだ。

「イベントは、また呼んで。踊るのは好きだ」

そう言って、直登を呼び寄せる。送っていくと言う大和田に断りを入れ、ふたりで『屯愚里』を出た。雨はまた強くなっていて、小走りにアーケードへ駆け込む。

「おまえの携帯電話と木下を回収しないといけないな」

どちらも律哉に預けてある。アーケード街の屋根の下をぶらぶらと歩きながら、佐和紀は遅れてついてくる直登を振り向いた。

表情は暗く、手にはまだ氷袋をぶら下げている。夕暮れの時間が近づいて、いつもよりも通りに人が多い。

「手を出さなくて偉かったな」

どんどん遅れる直登のそばへ戻り、肩を掴んで足を止めさせた。

くちびるの端が切れ、頬は赤く腫《は》れている。瞳はうつろで、すぐにうつむいてしまう。

指先でそっと頬を撫で、顔を覗き込む。すると、直登から手を握られた。

人目が気になり、大通りでタクシーを止める。

乗り込んでもまだ直登は手を握ったままだ。佐和紀も黙って握り返した。

律哉の実家まで行き、呼び出した構成員に頼んでタクシー代を立て替えてもらう。それから案内されて縁側の部屋へ入る。

余計な連絡を取らないように監禁されていた木下は、足と手を縛り直されて転がっていた。暇だったと怒るわりに、テレビを見ていた形跡がある。佐和紀が手足をほどくと、ぼやきながら大きく伸びを取った。周りに丁寧な挨拶をしながら、いつのまにかするりと消えてしまう。

あまりに見事な立ち回りだ。出入りの構成員たちも苦笑いする。確保している必要もないので、誰も追おうとはしなかった。

律哉から夕食を食べていけと誘われた佐和紀は、ひどく疲れているような直登を案じて断った。いつもよりも佐和紀のそば近くに控え、ひとときも離れない。

だから、帰ることにした。律哉と運転手が乗ったワンボックスカーで送ってもらい、スーパーに寄って夕食を買う。

手持ちの金がなかったので、支払いはすべて、同乗していた律哉に立て替えてもらった。

「サーシャ」

マンションの前で律哉たちを見送ったあと、直登にアロハシャツの裾《すそ》を引かれる。

もの寂しい声に振り向くと、指先が本降りになった雨の向こうを示していた。視界がけぶっている。

目をこらすと、ライトを消して停まっている車が見えた。横澤の車だ。

「行っても、いいよ」

そう言われたが、消え入りそうな声を放っておくことはできない。その場で携帯電話を借りて、岡村にコールを入れる。

詳しい話は明日するからと伝え、迎えの時間を決める。ケガはないかと問われ、大丈夫だと答えた。

直《じか》に話したい気分が後ろ髪を引いたのは、これで万事がうまくいくと確信していたからだ。高揚感のままに戦果をぶちまけたかったが、今日はこらえて電話を切った。

木下は真正会へ逃げ込んだのかもしれないが、紅蓮隊との繋がりは佐和紀が押さえた。ヤクザの下っ端をからかう行動も収まるだろう。

そして、なによりも、真正会の新しい収入源がひとつ潰れたのだ。

紅蓮隊を掌握するように頼まれた本当の理由はそこにあったと、佐和紀は悟っている。彼らを隠《かく》れ蓑《みの》に真正会が資金集めをすること。それを防ぐのが、美園の思惑だったのだろう。親組織の高山組が薬物売買を禁止していても、真正会のもっとも大きなシノギは以前から薬物売買だ。

それをひっさげて大滝組の北関東支部に入り込んだのが由紀子だった。

「中に入ろう」

直登を呼び寄せて、マンションへ入る。部屋に戻っても、木下の姿はなかった。

「サーシャ……」

買ってきた惣菜《そうざい》を袋から取り出している佐和紀の背後に、直登がぴったりと寄り添ってくる。恋人同士なら、性的な行為の始まりかもしれないが、直登にその気はない。

「どうしたー。腹減ったんだろ。天津飯《てんしんはん》は温めようか」

そう言って動くと、佐和紀よりも大きな直登は覆いかぶさるようにしてついてくる。

「ナーオ……。どうした、ナオ」

狭いカウンターキッチンの中で振り向くと、直登は変わらずしょんぼりとうなだれていた。握った手が驚くほど冷たい。

「雨に濡れて、冷えたか？　先にシャワーで温まるか」

佐和紀が言っても、うつむいたまま首を左右に振る。

「……痛かったか」

ふいに思い出し、佐和紀は頬に触れた。直登は驚いたように飛びすさり、冷蔵庫にぶつかる。佐和紀を見たまま、ずるずると沈み込み、その場で膝を抱えて小さくなる。呼びかけようとした佐和紀は声を呑んだ。遠い昔がフラッシュバックして、薄ぼんやりとしか思い出せない記憶が脳裏をかすめていく。

それは、幼い頃の直登だった。兄の大志が、母親の恋人に腕を摑まれ、狭いアパートの寝室に引き込まれると、佐和紀を急《せ》かして家を出た。

　公園まで歩いて、暗い場所を選んでしゃがみ込んだ。佐和紀は殴られなかったが、直登は殴られていたかもしれない。

　細かいやりとりは思い出せず、記憶は遠い。

　黙った佐和紀も床に座り、膝を抱えながらシンクの扉にもたれる。

　別れた最後の日。佐和紀だけが逃げた夜。直登は泣いていた。追ってきたのを拒み、いつもの公園へ行くように諭した気がする。殴られていたはずだ。そして、佐和紀がいなくなったあとも、兄弟は……。

「直登」

　静かに呼びかけると、顔を膝に伏せた直登が息を引きつらせた。泣いているわけではない。深呼吸をしようとして失敗しているのだ。

「……サーシャは、セックスが、好き……なの……」

　聞き取りにくい小さな小さな声に耳を澄ます。

　いつもの質問だ。何度でも繰り返される。

「おまえは嫌いか」

「……からっぽ、だ……。なにも、楽しくない」

　直登は答えた。とん、とん、と頭を冷蔵庫にぶつける。

「でも、触られると大きくなる。しごかれたら気持ちいいけど、最後は最悪だ。出たあとはもっと嫌な気分になる」

うんざりとしたように答える直登は、好きな相手とのセックスを知らない。そもそも、純粋な性欲を知っているかも怪しい。

「サーシャは、そうじゃないんだよね？　嫌な相手と、してたんじゃ、ないの……」

周平との行為を聞かれ、佐和紀は口ごもった。うまく説明したいと思う心が焦り、言葉に迷う。

「……嫌な相手じゃなかった。優しかったし、うまかったし……」

愛されていると感じられて、それがなによりも気持ちよかった。

周平のセックスは、佐和紀の承認欲求を余すことなく満たしてきた。だから、求めるばかりになってしまった自分に気づき、佐和紀は横浜を出る決意をしたのだ。

ふたりのセックスが不純なモノになるような気がして、周平にとっては良くない気がして。なによりも、わからなくなってしまった。

周平を支えることと、自分の人生を歩くことの両立を、想像できないままでいる。

「横澤としたらいいのに」

冷蔵庫にもたれた直登が言う。佐和紀は答えず、横顔を見つめた。

「どうして寝ないの？」

直登は純な目をして振り向く。

「……あれは、横澤じゃない。岡村だ」

佐和紀の言葉を聞いても、直登は無反応だ。まっすぐに見つめる瞳だけが、質問に答えていないと食い下がってくる。

「俺には決めた男がいる。どんなにさびしくても、あいつ以外とはやらない。ナオ」

キッチンにもたれたまま手を伸ばす。

「いまはおまえが大事だよ。だから、横浜を離れた」

手のひらを上に向けて、指で呼ぶ。けれど直登は無視した。佐和紀の心に棲《す》む男が誰か、わかっているからだ。認識するたび、佐和紀を失う恐怖を覚えるのだろう。

直登は顔を正面に戻してうつむき、抱えた膝に額を押し当てる。あきらかに拒絶されていたが、佐和紀は気にしなかった。

這って近づき、大きな身体を足の間に抱き込む。しかし、佐和紀がしがみついているようにしかならない。無駄に広い肩へ頬を押し当て、伸びた襟足を指で撫でる。

「拗ねるなよ、直登」

「サーシャは騙されてる。気持ちよかったら許されるわけじゃない。いけないことだ」

怒りを含んだ声で言った直登は、自分の拳に歯を立てた。ゴリゴリと骨を噛む音をしばらく聞き、佐和紀はそっと手を押さえてやめさせる。

「今日のご褒美を考えないとな。殴らなくて、本当に偉かったもんな。なにか欲しいものとか、したいこととか、ないの？　金は心配いらない。……横澤が出す」

冗談のつもりで付け加えたが、直登は笑いもしなかった。身体をよじり、佐和紀にしがみついたかと思うと肩に額を押しつけてくる。

「……思い出」

ぼそりと言った声に恥じらいが見え、佐和紀は笑った。直登は冗談を言ったわけではない。なのに、はにかむ声がいじらしかった。

「じゃあさ。りっちゃんも誘って、祇園祭へ行こうか」

佐和紀は目を伏せた。いくつもの思い出と記憶が交錯するなかに、あの夏を思い出す。まだ恋を知らなかった頃だ。周平を好きだと思う自分の気持ちさえ頼りなかった頃、ふたりで聞いた、祇園囃子《ばやし》の旋律。夜祭りで見上げた山鉾《やまほこ》には、赤い絨毯《じゅうたん》がかかっていた。

手を繋いだときの、周平の汗ばんだ肌。

過去を抱えて生きる男の横顔。

隠された鬱屈さえ知らず、佐和紀はいつも見守られていた。

直登を誘う自分の声に、淡い感傷をたどる。周平を好きだと、心からしみじみ実感した。

恋は恋のままで胸の中にあり、たったひとり、周平だけを特別に感じている。

離れていても、怒らせていても、会えなくても。

もう夫婦と呼べなくても。
これが恋だと、いまなら、あの頃の自分に答えられる。
それだけで、今この瞬間の目的を忘れず、佐和紀は強くいられた。

7

夏の夜はゆっくりと訪れる。

日暮れの川風が空気を冷まし、青々とした対岸の木々が闇《やみ》に溶けていく。鴨川《かもがわ》沿いの水路の上にずらりと並ぶ納涼床の欄干にもたれ、佐和紀はぼんやりと河川敷を見た。

夕涼みのカップルが見事に等間隔で並び、人の群れが四条大橋《しじょうおおはし》を往来している。今夜は祇園祭の宵々山だ。

京都まで連れてきた直登は、律哉に任せてある。佐和紀は横澤のお供をしたあと、合流することになっていた。

「その格好が、しっくりくるなぁ」

美園に言われ、うちわで首元を扇《あお》ぎながら視線を向ける。佐和紀は久々の浴衣《ゆかた》姿だ。

白地に紺で染めた流水と牡丹。腰に巻いた兵児帯《へこおび》は紺のグラデーションで、先端に向かうにつれて白くなる。

鱧《はも》尽くしの卓を囲んでいるのは、美園と道元、そして佐和紀を伴った横澤。

浴衣を着ているのは佐和紀だけで、あとの三人は夏生地のスラックスとシャツだ。ジャケットは脱いでいる。

目隠しとして置かれたついたての向こうには、美園と道元がそれぞれ連れ歩いているカバン持ちと、周囲に目を配るための護衛が控えている。抗争中でなくても、それぐらいのことをされるふたりだ。

「さすがに珍しくもないけどね」

多くの男女が浴衣姿で祭りに繰り出している。佐和紀は、道で配っていたうちわで口元を隠しながら、新たに届いた料理の前に座り直す。出されているのは焼き物だ。

「これ、なんだって？」

横澤を演じている岡村に聞く。

「鱧の『源平焼《げんぺいや》き』」

手元にあるおしながきが読みあげられる。

「なに。源平って」

佐和紀の問いには、ビールを飲んでいた道元から助け船が出た。

「平家と源氏の旗色になぞらえて、同じ食材を二色で仕上げたものを、そう呼びます。揚げ物なら、『源平揚げ』ですよ」

「なるほどね」

うなずいた佐和紀は、白く焼き上げた鱧を口に運ぶ。

向かいに座る美園が欄干の向こうを見た。納涼床の明かりがこぼれた川沿いは明るい。にぎやかな笑い声が聞こえてくるのは、あちこちの床で宴会が行われているからだ。

横澤がついでくれる酒を受けた佐和紀は、ひとくち飲んでからつぎ返す。

「それでさ、満足できる結果だったわけ？」

佐和紀の問いかけに、美園は川を眺め、道元はビールを手酌する。

大阪の紅蓮隊はすっかり落ち着き、ヤクザやチンピラとぶつかることもなくなった。それぞれの領域は守られている。そのことの評価を確認したい。

しかし、いくら待っても答えが返らず、佐和紀は隣に座る岡村を見た。横澤の表情が向けられる。

「この席が答えだよ」

「あー、意地が悪い」

言われても意味がわからない。責めるような上目づかいで見ると、横澤を演じている岡村がわずかにたじろぐ。

「美園さん、横澤さんが困ってますよ」

ついたての向こうへビールのおかわりを頼んでいた道元が眉をひそめる。

「なんの話や？」

美園が煙草を取り出して答えた。川沿いの景色に夢中になっていたのか、話を聞いていなかったらしい。

「煙草はやめろ。食事の味がわからなくなるだろ」

佐和紀が睨むと、苦み走った顔が不満げに歪む。それでも煙草の箱は卓の下へ片づけられた。

「それはずいぶんと甘やかされてる。……もっと、いいものを食べさせてやったら？」

「口うるさいな。そんなこと、真幸でも言わん」

「……お、おぅ」

「それで？　はっきり言ってくれない？　俺は合格だったのかって、話だよ」

佐和紀は卓を指で叩いた。勢いに押されていた美園の意識が向く。

「……あぁ、それな。合格も合格。花丸や。よぅ、やった」

「あっさりしたもんだよな。人をいいように使って……」

紅蓮隊を制圧して欲しいと言った美園の本当の狙いはやはり、離脱に向けた真正会の収入源を潰すことだった。佐和紀と行動を共にしている木下が真正会と繋がっていることも、紅蓮隊のイベントで薬物のバラマキをしていることも、知っていたのだ。

「ご褒美になにをもらうか、考えておかなくちゃ」

佐和紀が言うと、美園が笑う。

「そやから、浴衣を買うてもろたんやろ」

「これは単なるお仕着せだろ。もっと、いいものが欲しい」

「軽井沢《かるいざわ》、行くか」

「なんで、軽井沢……」

言いかけて佐和紀は黙る。美園はまた人をいいように使うつもりだ。佐和紀を連れていけば、横浜に暮らす真幸も出かける理由をつけやすくなる。要するに、ふたりの逢《あ》い引きの手助けだ。やぶさかではないが、素直じゃないのが気に食わない。

佐和紀が目を細めて睨むと、美園は余裕たっぷりにビールを飲み干した。

「『花牡丹のサーシャ』の名前も、いい感じに売れたなぁ。横澤とコンビ組んで動いてる感じにしとけば、妙な気を起こして寄ってくるヤツも減るやろ。……まぁ、その格好じゃあかんけどな」

「あかん？　どこが、あかんの？」

わざとらしく関西弁を使い、佐和紀は袖口を摘《つ》まんで、しなを作る。そのまま、浴衣を用意した岡村の腕に寄り添った。

「横澤さぁん。あかん、言われたんだけど。……似合わん？」

「似合ってますから」

岡村より早く、斜め向かいの道元が答える。

「おまえが言うな」

佐和紀が睨むと、美園が笑い出す。

「どういう茶番や。笑かすな。おまえらが三角関係みたいに見えるわ」

美園に核心を突かれ、佐和紀と道元は肩をすくめ合う。ふたりの視線が最終的に向くのは、黙ったままの岡村だ。

佐和紀を押しのけることもなく腕にぶらさげ、岡村は乾いた笑みを浮かべて言った。

「これでいよいよ、ここにいる四人が繋がっていることは知られるわけだ。サーシャはしばらく行動を慎んで、俺のそばにいるように」

「そこのふたりは？」

岡村の肩の付け根を指先でぐりぐり押しながら、佐和紀は目の前のふたりへ流し目を向ける。岡村は真顔で答えた。

「それぞれに仕事がある」

具体的なことを言わなかったのは、どこで聞かれているか、わからないからだ。察した佐和紀はそっと身体を離した。

高山組内部でくすぶっている問題は、水面下で少しずつ膨らんでいる。対立する勢力のどちらが正当性を持ち、主導権を握るか。

真正会が勝れば高山組そのものが空中分解してしまう可能性もある。弾き飛ばされた組織も真正会に吸収され、日本で一番大きな暴力団の名称が変わるのだ。

そのとき、下部組織が反発すれば、報復合戦を含む抗争が起こるかもしれない。

佐和紀の役割は、その都度、変わっていくだろう。美園と道元の思惑次第だ。飛び道具になることを承知で転がり込んだのだから、臆《おく》する気持ちはない。

そのことを再確認して、横澤と別れる。直登と律哉に合流した佐和紀は、ふたりについて錦《にしき》市場へ入った。

あれを食べた、これを食べたと、ひと通りの説明を受けながらブラブラと歩き、やがて大きな通りに出る。立ち並ぶ夜店を覗き、佐和紀は水風船のヨーヨーを買った。

歩きながら叩いていると、律哉が自分も買うと引き戻り、直登にもひとつ買う。三人で激しく音を立てて弾ませながら、山鉾を見て回った。

「サーシャ。横澤とふたりじゃなかっただろ？」

律哉が寄ってきて、小さな声で言う。

「見てたのか」

佐和紀とは別行動をしていたふたりは、八坂《やさか》神社を参拝したあと、錦市場まで歩いていったのだ。その途中で見かけたのだろう。わざわざ川沿いを歩き、横澤とのデート現場を覗いてやろうと探したのかもしれない。

「一緒にいたのって、美園？」

「と、道元。桜河会の」

「えぐい取り合わせだな。あそこが仲いいってのは本当なんだ」

「堀田に報告するのか」

なにげなく口にすると、律哉が眉をひそめた。

「別に、探るために来たわけじゃないからね」

「わかってるよ。……ナオと仲良くしてくれて、ありがと」

「まるでアニキだな。本当の兄弟みたいだ。サーシャはいっつも、ナオを見てるし」

「……そんなことないよ」

「ある。あいつ、ワケあり？」

質問にはいろいろな意味が含まれている。佐和紀はわずかに戸惑い、答えあぐねて首を傾げた。

「ワケあり、だろうな……。いろんなところに穴が開いてるだろ。俺はさ、そこに思い出を詰めてやりたいだけだ」

たくさん、たくさん、ぎゅうぎゅうに詰めてやりたい。そうすればいつか、忘れたい記憶が薄れ、消えることがなくても、小さくたわいもないものに変わっていくはずだ。

「アニキじゃなくて、親だ」

律哉は笑いながら、直登を目で追った。

コンチキチンとリズムを打つ祇園囃子が聞こえ、佐和紀は目を細める。きっちりと着付けた衿《えり》を指でしごき、ふっと息を吐く。

四条通に近づくと人出が多くなり、連なった見物客越し、そびえ立つ鉾が見えた。ビルとビルに挟まれ、のれんのように下がった提灯《ちょうちん》には明かりが入っている。

「サーシャ、はぐれないで」

ひしめきあう人の波にまぎれ、直登の手に腕を摑まれる。佐和紀は手のひらを返した。手を繋いで歩く。すぐ後ろに律哉がついてくる。

握った直登の手は汗ばんでいたが、嫌悪感はなかった。それよりも、佐和紀が思うのと同じように心配してくれる直登の心がいじらしい。

佐和紀を守ろうとしながら佐和紀に守られ、支え合う関係を受け入れている。うまく甘やかしてやれているだろうかと思う佐和紀は、横浜に残してきた仲間たちのことを考えた。

三井、ユウキ、能見、知世。そして、海の向こうの石垣も。

ひとりひとりと、それぞれ違った関係を築いてきた。いまも大事な仲間たちだ。

しかし、誰に対する感情も、直登に対する感情とは比べられない。

山鉾のすぐそばまで近づき、佐和紀は歩調をゆるめた。

見事に織り上げられた絨毯が、また周平を思い出させる。どんな話をしたのか。ふたりで見たときのことを思い出したかったが、遠い記憶ははかなくて摑めない。

たわいもない会話をして、周平の横顔を見つめたことだけがおぼろげに浮かぶ。眼鏡をかけた理知的な横顔の端整さを、恋も愛も知らない初心《うぶ》だったから間近で見つめていられたのだと思う。もしも、恋のせつなさを知っていたら、失うことが怖くなって、そばにいられなかったはずだ。

直登にぎゅっと手を握られ、佐和紀は先を急ごうと前を向く。

その瞬間、後ろ髪を引かれた。鉾へ登っている見物客の中に、見慣れた姿を見たような気がしたからだ。他人の空似だろうとわかってはいたが何度も振り向いて探してしまう。

「どうしたの」

後ろを歩く律哉に問われ、佐和紀はなんでもないと首を振った。

いるわけがない。そうわかっていても、動悸《どうき》は激しくなり、いてもたってもいられなくなる。佐和紀は直登の手を強く握り返した。

かつて、佐和紀と手を繫ぎ、先を歩いていたのは周平だ。浴衣を着ていた。大通りの明かりに有松《ありまつ》絞りの兵児帯が柔らかく揺れて、夏の夜の湿気に、首筋はしっとりと汗ばんでいた。あの帯も処分されてしまったのだろう。佐和紀の浴衣と一緒のたとう紙に入れていたはずだ。

揃いの絞り模様で、さりげないペアルックだった。

祇園囃子が耳に残り、過去と現在が入り交じる。

あの夏、佐和紀が思い出したのは、母親だった女がカセットデッキで聞いていた歌謡曲だ。横浜に帰ったあと、周平が見つけ出してくれて、ふたりで何度も繰り返し聞いた。祇園祭のお囃子から始まる、悲恋の歌だ。

自立を求めて別れた女の影を、祇園祭の人波に探す歌詞が、お囃子にまぎれながら、とぎれとぎれによみがえる。佐和紀は目を細め、直登の手を引いて歩いた。

周平と見た絨毯がどれなのか、もう思い出せない。佐和紀にモノを教えようとする周平の口調は優しく穏やかで、押しつけがましさが微塵《みじん》もなかった。お互いに、ただとりとめなく話をしていたからだ。

相手の話すことは、どんなことでも耳を傾けた。互いを知る喜びがあったからこそ、周平も、あの歌を探し出してくれたのだろう。

ようやく人いきれから解放されて、佐和紀は、直登の手を握ったままで律哉に声をかけた。時間を聞く。

「横澤のところへ戻らないと。約束していたのを忘れてた。ホテルには帰るから」

佐和紀が言うと、律哉は肩をすくめてうなずいた。

「まぁ、そんな格好させてんだもんね」

愛人に贈った浴衣だ。当然、脱がすところまでがセットだと想像している。

つまらないとぼやいた律哉は直登の腕を摑んだ。

「サーシャは仕事だってさ」

「……ごめんな」

佐和紀が言うと、直登の視線がそれる。嘘に気づかれているような気がしたが、ひとりにして欲しいとは言えなかった。

直登に水風船を差し出すと、あっさり受け取られる。途端に、不安が募った。行かないで、とだだをこねる直登を想像していたからだ。独り立ちを望みながら、甘えられて感じる肯定感も捨てがたい。そんな自分を身勝手だと思う。

ふたりから離れ、佐和紀は汗を拭いながら通りを北上した。

岡村が泊まっているのは、南禅寺《なんぜんじ》近くのホテルだ。歩いていくには、どこかで右に折れて鴨川を渡らなければならない。

しかし、佐和紀はまっすぐに進み、交差点を越えたところにある大きなホテルへ入った。周平と京都へ来るときの常宿だ。

見覚えのあるロビーを横切り、フロントで宿泊客の照会を頼んでみる。案の定、フロント係の女性から丁寧に断られた。

納得して引き下がった佐和紀は、大きなフラワーアレンジメントの飾られたロビーのソファへ座る。身体の力が抜けてしまい、気力もなくて立ち上がれない。いるはずがないとわかっているのに、もしもを都合よく期待してしまう。会いたいのは、佐和紀にとって『都合のいい』男だ。家財道具を捨てず、怒らず、優しく機嫌を取ってくれる、昔の周平に会いたい。自分の身勝手さは百も承知で、佐和紀はうなだれる。

ロビーにはまだ多くの人が出入りしていた。宵山の興奮が吹き抜けの天井のてっぺんにまで満ちて、にぎやかな雰囲気が続く。その中で、佐和紀ひとりが孤独だ。

優しいだけの男を愛したワケではないと、誰よりも知っていたはずの自分が、いまになって都合のいい幻想を追い求めている。

ひどい責任転嫁だと自覚して、ため息がこぼれた。

今夜はこのまま、ここで過ごしたいと、途方に暮れて視線を上げる。フロアの真ん中に置かれた夏花のアレンジメントが目に入ってきた。

周平と初めて京都を訪れたときも、ふたりで過ごしたホテルだ。人のざわめきに浸り、ぼんやりと花の輪郭をたどる。

向こう側にもソファが置かれ、観光客が休んでいた。その後ろを宿泊客が行き交う。ひとりふたりと過ぎ去り、スーツの袖口を気にしながら歩く男が目に入った。

佐和紀は静かに息を呑む。

時間が止まり、音が消えて、背筋が伸びた。

麻のスーツを着た男は、黒々とした髪を撫であげている。眼鏡をかけた端整な横顔が、隅々まで凛々《りり》しい。四十路《よそじ》に入り、ますます男振りがよくなる周平は、やはり、そこにいた。花に向けられた眼鏡越しの視線が自然と佐和紀を見る。目は合ったはずだが、周平の足は止まらない。

視線もそれ、佐和紀だけが目で追う。スッと伸びた周平の背中を追いかける勇気はなかった。拒絶が怖いわけではない。震えて立てなくなるほど喜ぶ自分の心が頼りないせいだ。エレベーターに乗って去ろうとする周平が、そこで足を止めた。肩越しに目を伏せて振り向く立ち姿の美しさに、佐和紀はふらりと立ち上がる。

呼ばれたわけでもない。しかし、全身を包む空虚な雰囲気を見逃せなかった。

話をすれば、またケンカになるかもしれない。どちらかが想いを飲み込んで、我慢してようやく続く関係だ。重荷はいつだって周平が背負う。

だから、今度もきっと傷つける。自分のわがままが、周平にすべてを求めてしまう。

わかっていても、駆け寄る足を止めることはできなかった。

行きずりに拾われた男のように、なにも話さないまま部屋へ入る。

広いツインルームだ。思い出の多いスイートルームではなかった。

周平は煙草に火をつけ、灰皿を持って窓際へ寄る。カーテンは開いたままだ。離れて立つ佐和紀の浴衣姿は、窓ガラスに映っていた。以前と変わらないように見えて、すべてが作り物のようにちぐはぐだ。それは、佐和紀の金髪のせいかもしれなかった。

周平のそばに立つと、恥ずかしいほど似合わない。

場違いを感じて怖じ気づき、佐和紀は顔を背けてあとずさった。

聞きたいことは山ほどあるのに、どれも言葉にならず、心でだけ問いかける。周平は口を開かず黙ったままだ。怒っているのだと思い、佐和紀は憂鬱《ゆううつ》な気分になった。

それでも一歩近づき、衿をしごいた。和服に触れる指だけが、元の自分を知っている。

また一歩、近づく。

周平の視線は、窓に映った佐和紀さえ見ようとせず、眼下に向けられていた。いままで見たことがないほどけだるい。

「……もう、欲しく、ない……の」

ようやく口にできたのに声はかすれて震える。周平は煙を吐き出し、煙草の灰を落とす。

「ずるいな、おまえは」

ひとりごとのような言葉に胸を射られる。声の冷たさが耐えがたく、謝りかけて口ごもった。知らない男が立っているようだと思うのに、臆してなお心が萎えることはない。

姿かたち、声のトーン。端的な物言い。

どれをとっても、佐和紀の好みだ。生活の苦労を知らず、ただ愛されていればよかった、あの温かい日々を思い出させてくれる。

だから、せめて気持ちの中だけでも、周平の腕の中へ逃げ込みたかった。

岡村が支えてくれても、寄り添ってくれても、満たされない孤独感は拭いようがない。人生の半分が欠けた状態なのに、直登のことは日々重くのしかかるからだ。

「怒ってる……？」

佐和紀はうつむいた。消え入りそうな声を、自分でもずるいと感じる。

そんな言葉で罪を逃れられるわけがないと、背筋が凍るような心地がした。

周平が最後の言葉を言い出しそうでこわくなるのに、それが、どんな言葉なのかさえも想像がつかない。恋をしたことがなかったから、終わりも知らないのだ。

恋の痛手も、受けたことがなかった。

しかし、周平は違う。佐和紀の前にも誰かを愛し、深く傷つけられて絶望を感じ、恋の表も裏も知っている。

『もう、二度と恋はしないはずだった』

そう言ったときの周平を漠然と思い出し、佐和紀は肩で小さく息を繰り返す。

しないはずの恋を、周平はもう一度した。佐和紀と出会い、触れ合い、以前のような間違いで壊れてしまわないように、たいせつにたいせつにふたりの気持ちを守ってきた。

なのに、なぜ、引き止める腕を振り切るような行為を許したのか。

自分がしたことなのに、いまでもまだ許さないで欲しかったと周平を責めるときがある。悩みのすべてを奪ってくれたら、考えることを禁じてくれたら、心はこんなにも痛まない。

「それは、おまえだろう」

怒っているのかと問いかけた佐和紀に答え、周平は煙草をくちびるに挟む。ゆっくりと吸い込んで離した。ふぅっと吐き出される白い煙は、鬱屈が溶けたように色濃く、景色をくすませる。

「抱いて欲しくてついてきたなら、早く脱いでくれ」

手にした灰皿で煙草を揉み消し、周平は窓辺を離れた。

灰皿をテーブルへ置き、ジャケットを脱いでイスの背にかける。

佐和紀は戸惑った。ラウンジのトイレでされたことを思い出す。

あんな行為の延長線上に、これからのふたりの行為は存在するのだろうか。考えると心が塞ぐ。嫌悪すら感じるのに、周平を目で追うと欲情を隠せない。

シャツを着こなす身体の線に心を奪われ、布地に隠されている唐獅子《からじし》牡丹の入れ墨を想像した。それだけで腰の奥が疼いていく。

「脱がして欲しいか」

来いと言わんばかりに伸ばされた手は、事務手続きをこなすように味気なかった。

佐和紀は首を振りながらあとずさる。

「逃げるなよ」

そう言われたが、声に引き止める意志はない。周平の表情にはあきらめが滲み、佐和紀は前にも後ろにも動けなくなる。抱いて欲しくてついてきたのだ。からかいだけでは物足りなくて、続きが欲しくて待っていた。

肌を晒して抱き合えば、いつでも時間は巻き戻る。あの頃の、夫婦だった頃のふたりに戻って温め合える。

それを信じたい佐和紀は、がく然としながら周平を見た。

シャツのボタンをはずし、周平がもろ肌を晒す。

肌に刻み込まれた青地が露《あら》わになり、はなびらが見えた。流水の地紋に咲き乱れる牡丹の花は、周平の端整な顔だちのそばにあると派手すぎるほどだ。見事な図案と彫りの技術だが、背負うには重すぎる。彫り込まれた当初はもっとアンバランスだったに違いない。

周平の入れ墨は、惚れた女に騙された結果の大惨事だ。

無残な恋のあざを抱え、周平はそれでも生きることをあきらめず、自分の人生を入れ墨に合わせていくことで心の均衡を保った。

いまや唐獅子牡丹は岩下周平の添え物だ。あくどさを際立たせるための道具ですらない。

彫り物があってもなくても、冷徹で非情で、自分というものを強く持っている。

ぞくりと背中を震わせた佐和紀は、後ろ手に兵児帯の結び目をほどいた。

逃げるなと言われたら、逃げない。

脱いでベッドへ上がれと言われたら、脱いで上がるだけだ。

それで周平が満足するならと考えながら、結局は自分の望みだと思う。周平を知らない男のように感じるのは、相手が変化したからではない。やはり佐和紀が変わったのだ。

直登と木下の危うさに情が移り、彼らのことが頭の大半を占めている。

もちろん、周平を嫌いになったわけでもなく、想う心はいまも変わらない。ただ、周平が望んでいる形ではなくなったのだろう。

抱き合っても、元のふたりではないことを、周平はとっくに知っている。

帯を床に落とし、佐和紀はさりげなく背中を向けながら腰ひもをほどく。浴衣を開くと、いつのまにか近づいていた周平に、ずるっと衿を引き下げられた。サーシャとして生きるための代名詞である牡丹柄が剝がれ、無垢《むく》な肌が露わになる。

言葉もなくくちびるを押し当てられ、袖から腕を抜ききれなかった佐和紀は震えた。浴衣をぎゅっと握りしめて、背筋を大きく反らした。

あの頃のふたりはもういないのだと思い知る佐和紀の心に、祇園囃子の涼やかな調子がよみがえる。ほんのわずかな哀愁を帯びて、胸の奥へと突き刺さっていく。

ダメにすることがこわくて逃げ出したのに、置いてきたすべてを捨てきれずに傷つけ合っている。

未練が迷いになり、迷いは刃《やいば》になる。

母親が死んだときも、直登と大志から逃げたときも、佐和紀は都合の悪いことをきれいさっぱり忘れた。未練は微塵もなく、捨てていくことに迷いもなかった。

母親との暮らしは薄暗い思い出しかなく、大志との生活は破綻《はたん》しか予感できなかった。愛情はなく、好ましさも感じず、そこにしか居場所がないから、そこにいた。ただ、それだけのことだ。

人生に起こる出来事のひとつひとつに意味があり、人の行動には感情がこもっているとわかったのは、周平が現れてからだった。

欲望だけではないキスがあること、触れ合うだけで満たされること。そして、積み上げていく過程にある気づきが『学ぶこと』だと教えられた。

それが、いけなかったのだ。

知らなければ進まなかった。進まなければ、幸せでいられたはずだ。

なにより、気づきを得るときの『幸せ』を、疑うこともせずにいられたのに。

浴衣ごと背中から抱かれ、うなじを舐められた佐和紀はベッドへ近づいた。逃げるようにして上がると、追ってきた周平がベッドメイクを乱す。

掛け布団を剝ぎ、佐和紀を組み敷く。眼鏡がはずされて、投げ捨てられる。周平の眼鏡も同じように、部屋のどこかへ消えた。

「……っ、ん……」

腕を押さえつけながら、のしかかられて、肩にくちびるが押し当たる。それだけのことで、全身にさざ波が立つ。快楽の泉に投げ込まれた小さな石が波紋を作り出し、やがて大きく広がっていく。

キスを待ったが、くちびるは佐和紀の腕を伝うばかりだ。手のひらがもう片方の腕を撫でおろし、なめらかにいやらしく全身を確かめられる。

腕の内側から、身体の側面。くちびるや手のひらが這うだけでくすぐったくなる場所は快感と紙一重だ。

浴衣の上で身体をよじらせてこらえたが、小さな息づかいが乱れるたび、くすぐったさは淫靡な快感へ成り代わっていく。ルームライトで室内は明るく、イヤと言って身をよじる媚態が隠せない。佐和紀は恥ずかしくなって、顔を枕へ押し当てる。

下着を剝がれ、久しぶりに晒される股間を手で隠した。

スラックスを穿《は》いたままの周平は無言で、立てさせた佐和紀の膝を左右に押し開き、隠された場所を避けて指を這わせた。太ももの内側も敏感な場所だ。

絶妙なタッチで撫でられると、余韻が長く尾を引き、身悶えずにいられなくなる。

「あぁっ……」

声を上げたのと同時に、甘くねだり誘うように腰が揺れ動く。

「んっ……」

手で覆い隠したものが弾み、脈を打った。成長は止められず、佐和紀は横向きに身を屈める。自分自身をそっと握ると、すでに袖を抜いた浴衣の上で身体をうつぶせに反転させられる。

今度は背中への愛撫だ。腰から上へと背骨をたどられ、肩甲骨に、腕の裏側、肘とその先。飛んで膝裏からヒップへ。

余すところなく、周平の手のひらとくちびるになぞられる。

まるで、浮気のあとを探すように検分されたが、それさえも、佐和紀の身体に興味を失っていない証《あか》しだと思うと胸に熱く迫る感情があった。

「あ、く……っ」

音を立ててヒップを吸われ、佐和紀の身体にぎゅっと力が入る。うつぶせになった姿勢で揉み込まれ、奥に潜んだ場所にもこすれる刺激が伝わっていく。

「……はっ、ぁ。……まっ、て……」

清めていないそこを触られることに戸惑い、腰を揺らして逃げる。

「洗ってない……っ」

と訴えたが、周平は軽く笑っただけで聞き流す。それどころか、浮き上がった腰を抱き寄せ、おもむろに顔を埋《うず》めた。

「ひっ……ぁ！」

驚きの声を上げた佐和紀は、枕を摑み、足先まで硬直させる。ラウンジのトイレではまったく相手にされなかった場所に、いきなりの激しい愛撫だ。

「あっ、あっ……」

ピチャピチャと音を立てて舐められ、逃れるために身をよじる。それが自分から性を求める悶えに感じられ、佐和紀はいっそう興奮した。

自分の指で慰めることはできても、舌を這わせることはできない。だから、周平だけが与えてくれる快感だ。

ぬめった舌が這い回り、羞恥《しゅうち》に肌が熱くなる。

「入れないで……」

そう言葉にしても、本心は裏腹だ。舌がすぼまった場所の襞《ひだ》をなぞっていくたびに、中心へと沈むことを願ってしまう。繰り返す声は要求にしかならず、やがて先端が、舐め尽くされた場所の中央を押した。

「ん、ぁッ……！」

ビクッと腰が揺れ、足の指先まで力が入る。周平の舌も押し戻されたが、離れていくことはない。ヒップの肉が大きな両手に掴まれ、左右に開かれる。固く閉じたすぼまりもほんのわずかに開き、そこを舌が這い回った。

こんな行為も初めてではない。だからいっそう、佐和紀は恥ずかしくなる。

周平が口にしてきた、いやらしい言葉が脳裏をよぎり、言われたくて胸が疼く。

穴のあたりをチロチロと舐めるばかりにされ、すぐ下にある袋がキュウッとせり上がる。勃起《ぼっき》した股間が揺れ、佐和紀は腰を揺すった。

「周平っ……。そこばっかり、やだ……ッ」

ラウンジでいたずらされたときと同じだ。一カ所ばかりを責められて焦らされる。

「あぁ……ぅ……」

ねじ込まれた舌ですぼまりの内側を舐められ、上半身を起こそうとしていた佐和紀は崩れ落ちた。舌先がヌクヌクと出入りを繰り返し、卑猥に内面を濡らされる。

「あ、ぁ……はっ、ぅ……」

両手で割り広げられた場所は息づかいに温められ、執拗な舌先の愛撫で内側までも濡らされていく。静かな部屋に響く卑猥な水音を聞き、佐和紀は熱っぽく喘いだ。

周平の手管に飲み込まれ、抵抗も忘れて打ち震える。

冷たく振る舞っていても、周平の指先は温かい。手管の中に隠された愛情を嗅ぎ取るからこそ、佐和紀は剝き出しの卑猥さに対して嫌悪よりも快感を得てしまう。

周平になら、なにをされても平気だった。

恥ずかしいことも、不道徳なことも、痛みを感じることも受け入れてしまう。

「あ、あぁっ……。ゆび……、入れて……。ゆび……」

引き寄せた枕に顔をこすりつけ、佐和紀はたまらずに頼んだ。舐め尽くされた場所はほどけ、刺激を感じるたびにヒクヒク動いてしまう。

しかし、いつまで経っても指が這うことはなく、やがて舌も触れなくなった。息づかいが遠ざかり、肩を掴まれて仰向けに戻される。

下着を脱ぎ捨てた周平がまたがってきて、佐和紀はヘッドボードの方へとずり上がるように逃げた。周平のそこは根元からグンと反り返り、手で支える必要もなく、張り詰めた裏筋を見せつけてくる。腰が近づき、佐和紀は素直にくちびるを開いた。

男の匂いを感じたが、ためらいもなく先端を口に含む。

壁に両手をついた周平が動きはじめると、佐和紀は自分から肉茎を舌にくるんだ。歯が当たらないようにして、緩慢な腰の動きに合わせる。

苦しい行為を強要するつもりはないのだろう。周平はいつものねっとりとした腰づかいを繰り返し、存在感のある屹立《きつりつ》の先端で唾液《だえき》が溢れる口の中を混ぜていく。

佐和紀は目を閉じて、周平の太ももに触れる。逞しさを感じさせる毛並みを指の腹で撫で、鼻でしか息のできない不自由さをこらえた。

「んっ、ふ……んっ……」

肌を指でたどり、剝き出しの腰へと手のひらを這わせると、口に含んだモノがぶるっと震えて、また大きさを増す。舌先で舐めた先端から甘い先走りの味がして、佐和紀は目を開いた。

眺め下ろしてくる周平と目が合い、いっそう大きく、くちびるを開く。奥まで許そうとしたが、それ以上は押し込まれなかった。

しかし、頰の内側や上あごの裏をこする動きは激しくなる。

「ん、ふっ……」

くちびるをすぼませながら軽く吸い上げ、佐和紀は自分がしてもらうときのことを思い出した。入れて出したいと感じるときが、佐和紀にもまれにはある。そういうときは周平が、同じようにして抜いてくれた。

ヘッドボードに背を預け、佐和紀の好きに腰を使わせるのだ。

ときには周平の方からむしゃぶりつくように責めてくることもあったが、ほとんどは佐和紀が主導権を握る。周平は動きに合わせて喉やくちびるを締め、擬似的なセックスで気持ちよく射精させてくれた。

その快感がよみがえり、佐和紀はじゅるっと吸いついた。

自分の下半身に手を伸ばし、剝き身になった性器を握る。ドクドクと脈を打つ感覚がして、二度三度とこすってみた。快感は素直に生まれ、頭上からは周平の乱れた息づかいが降ってくる。

佐和紀は両膝を立てて指を潜らせた。そこはまだ唾液で濡れ、指先の先端をなんなく受け入れる。

「ん、んっ……」

周平とケンカ別れしてからは触れることのなかった場所だが、自分でも驚くほどきゅっと吸いついてきた。周平の指と間違えているようで、胸の奥が痛む。

それでも自分の指先で掻き回し、出し入れを繰り返す。

また挿入のないままで放っておかれるのかもしれないと危ぶみながら、指遊びを続けて周平の根元を摑む。自分からしゃぶりつき、たっぷり濡らした頃、額を押しのけられ、くちびるからずるっと昂ぶりが抜けた。絡んでいた舌先が唾液の糸を引き、佐和紀は周平の腰を摑んだ。

「これ、挿れて……」

すがるようにしてねだり、根元にくちびるを押し当てる。毛並みを指で掻き分け、舌先で裏筋を舐め上げた。

周平はため息のように短い息を吐き出し、目を細めて佐和紀を見る。促された佐和紀は後ろを向き、ヘッドボードのふちに摑まりながら、足を開いて腰を突き出す。周平の挿入しやすいように高さを合わせる。

周平はなにも言わず、まずはゆっくりと指を差し込んできた。

ほどけた場所が押し開かれ、唾液で濡れた指が、ずくっと入ってくる。

「あぁっ……！」

佐和紀は思わずのけぞった。太い指は先端まで熱く、待ち望んだ快楽の入り口を見せてくるようで気がはやる。

揺れそうになるのをこらえた腰が、びくっ、びくっとリズムを刻むように弾んでしまう。

周平の指はぐねぐねと動き、唾液を何度か運んでくる。抜けるたびにさびしくなり、差し込まれると過剰なほどあからさまな反応を返してしまう。

好きだからというだけでは説明できない貪欲《どんよく》さに、肌が火照っていく。しっとりと汗を滲ませた佐和紀は、恥じらいに震え、早く早くとねだりたい気持ちに耐える。

周平は枕の下を探り、初めから隠してあったのだろうコンドームを取り出した。自分だけ装着したかと思うと、佐和紀の腰を引き寄せて、切っ先をあてがう。

「あ、あっ……」

挿れられる前から期待で喘いでしまう佐和紀は、自分から周平の先端に腰を押しつけた。

すぼまりをゆっくりと割り広げて進むものを、奥へ奥へと飲み込み、くちびるを噛んだ。

快感が道筋を作り、一直線に身体の芯《しん》まで突き上がってくる。

「あぁっ」

大きく感嘆の声を上げ、背筋をのけぞらせる。身体全体がブルッと震え、周平と繋がった場所から、悦楽と呼べる深い波紋が広がっていく。

周平の腰がズンと前に出て、また、ざわざわとした快感が波打つ。波紋と波紋は重なり合い、複雑な文様を描いてどこまでも広がっていく。

その繊細なさざ波の中で、佐和紀は喘いだ。甘い声が喉から溢れ、背中をしならせながら身を揉んで悶える。

自分がまるで、水から跳ね上がった魚になったような気分がした。濡れた身体をしならせて跳躍し、光を浴びて水面へ戻る。

「あぁっ、あぁっ……あっ」

煩わしいことのすべてが頭から抜け落ち、周平の思惑さえも忘れて、佐和紀は快楽を余すことなく貪《むさぼ》った。

全身で感じ、全身で捕らえ、そして目眩《めまい》を感じるほどの墜落感に身を委《ゆだ》ねる。崩れ落ちかけた身体を周平に抱き止められ、胸で呼吸を繰り返す。

一度抜かれて、ベッドの上で仰向きに身体を返された。

「……俺も、つけて……出ちゃう……」

腕で目元を隠し、そのまま濡れた額の汗を拭う。

周平は答えなかった。黙って佐和紀の膝裏をすくい上げ、腰の裏に枕と浴衣をあてがってくる。

「だめ……。着て、帰る……」

朦朧《もうろう》としながら浴衣を引っ張ったが、指はすぐにはずされた。シーツの上に縫い止められ、顔を覗き込まれる。

剝き出しの欲望を滲ませた瞳に捕らえられ、佐和紀はかぶりを振った。わけがわからなくなり、引きつる声で訴えた。

「早く、入って……。きちゃ、う……か、らっ……」

ぶるぶるっと身を震わせ、片膝で周平の脇腹を撫でて誘う。入っていてもいなくても、頭の芯に植えつけられた快感は絶頂を呼び起こす。ただ、周平の身体がそこにあり、肌と肌を接触させているだけでもいい。

あごを反らした佐和紀は、胸を開いて腕を投げ出し、もうひとつある枕の端をギュッと摑んだ。熱い息を吐き出し、トランスの瞬間を想像してうっとりと目を細める。

タイミングを間違えない周平が、熱い昂ぶりを押し込み、胸と胸を合わせるように佐和紀を揺する。

「あぁっ！」

甲高い声を響かせ、周平の首筋に片手をあてがう。指でうなじを摑み、見つめながらくちびるを重ねた。肉感のある男のくちびるを軽く噛んで、震えに身を任せる。

周平の顔を見る余裕はなかった。

愛しているからだ。濡れそぼるすぼまりを突き回されるよりも、周平に見つめられることが一番激しい快楽になる。

「……はっ。あ……あっ、くるっ……くるっ」

足の指先をぎゅっと丸くして、佐和紀はわなわなと震えるくちびるで周平に訴える。

「見て……見てて……あ、あっ……く、るっ……き、ちゃ……う」

佐和紀の指が周平の背中に回り、突き上げられながら、爪《つめ》を立てる。結合する場所からぐちゅぐちゅと淫《みだ》らな音が響いたが、それよりもいやらしく佐和紀は喘いだ。

周平を求めて腰をくねらせ、背中をかき抱いてしがみつく。

「しゅうへい……っ、周平……っ。あ、あーっ、あぁっ」

ふたりの間で佐和紀のモノは揉みくちゃだ。それも気持ちよくて、佐和紀はもっともっとと、周平にねだる。引き締まった下腹に、先走りで濡れそぼる先端を押しつけ、快感を呼び込む淫らな腰つきをせがみ、男の耳たぶをねっとりと口に含む。

「旦那さん……っ」

思わず口にすると、周平の身体が大きく波打った。腰の動きに理性がなくなり、がつっと奥を穿《うが》たれる。そのまま激しく突き回されていく。

「あっ、ひ、ぁ……っ。あ、あんっ……ッ……いいの、くるっ……あぁっ！　やだっ、おくっ、やっ……ぁ」

涙がボロボロとこぼれ、頬をすり寄せられて余計に情が募る。

「旦那さん、旦那さん……っ、しゅうへっ……ぃ。しゅうへい、さん……っ」

背中に爪を立て、腹を波打たせて身悶えながら、佐和紀は目の前で咲く華やかな牡丹に歯を立てた。甘く嚙みしめて、全身を支配する快楽に耐えていく。

周平には、佐和紀に対して怒る権利がある。

拗ねて、求めて、黙り込んで、そして佐和紀を責める権利だ。

周平が楔《くさび》を引き抜き、ゴムを剝ぎ取った。見つめ合って、もう一度、佐和紀の身体の中へと沈みこんでくる。

敏感さを極めた内壁は、親しんだ形に愛《いと》おしく絡みつき、今夜もまた、みっしりと押し広げられた。全身で押しつぶされ、互いの汗が混じる。

同時に、くちびるが重なった。

＊＊＊

煙草を吸いながらベッドの端に腰かけた周平は、ぐっすりと眠ってしまった佐和紀の髪を指で揺らす。風呂《ふろ》に入れてやる暇もなく、濡らしたタオルで肌を拭ったあと、身体をバスローブに包んだ。

ひとりでシャワーを浴びた周平は、着ていた服とは違う綿サテンのブラックシャツとスラックスに着替えていた。

ベッドから立ち上がり、煙草を消して、部屋を出る。

深夜を回ったロビーに人の姿はない。と、思ったのもつかの間、男がひとり、ソファから立ち上がった。

西本直登だ。佐和紀を待っていたのだろう。

周平は歩調をゆるめ、相手を見据えた。声をかけずに指先でさりげなく出入り口を示す。ついてこなくてもいいと思ったが、直登は追ってきた。

コンビニへ行こうと思っていた足を鴨川へ向ける。街はもうすっかりと寝静まり、信号機は点滅に切り替わっていた。

「いつから待ってたんだ」

振り向いて声をかけると、離れた場所を他人のように歩く直登が答えた。

「……さっき」

消え入りそうな声だ。すらりとした長身で肩幅も広いのに、うつむいて歩く姿は叱られた小学生よりもしょぼくれている。

鴨川にかかった橋は右折のレーンを含んだ片側三車線と片側二車線の国道だ。タクシーが一台だけ走り抜けていき、あとはがらんとして静かになる。

周平は欄干にもたれ、闇に沈んで見えない北山の稜線《りょうせん》を想像した。

直登は近づこうとせず、やはり離れて立っている。

「祭りで目が合っただろう」

橋の下は鴨川の流れだ。雨が続き、水量は多い。

「俺だとわかってたんじゃないのか」

「……サーシャは、横澤と寝てるんだ」

いきなり言われて面食らった。話に出てきた名前は、佐和紀と岡村のことだ。

そのふたりが『寝てる』と言われても、周平には単なる同衾《どうきん》しか想像できない。

「気づかないものなんだな」

直登の口調にはあからさまな険がある。わかりやすい敵対心だ。

「それはつまり、他の男のものになったことにも気づけない俺を、バカにしてるのか」

欄干に肘をかけた周平は、眼鏡を指で押し上げた。直登はいっそう目を据わらせる。

「サーシャは、あんたとのセックスが気持ちいいだけだ。そう思い込みたいんだ」

「……それで？」

周平はさらりと先を促した。言い争う気はない。

「あんたのことが、本気で好きなわけじゃない」

佐和紀の本心を知らない直登は、真正面から睨んでくる。周平は小首を傾げた。

「俺に抱かれたいだけで、あのホテルまで追ってきたと思ってるのか？　……おまえ、人を好きになったことがあるか」

周平の質問に直登がたじろぐ。追い詰めるつもりはなかったが、繰り返して尋ねる。

「男でも女でもいい。夢に見るほど、肌を合わせたいと思ったことは、あるのか」

「俺は、思わない……」

答える声は低く沈み、嫌悪感が顔を覗かせる。周平は視線をはずした。

報告書に記された直登の過去を思い出す。

佐和紀を逃がした夜、母親の恋人に痛めつけられた兄は、意識不明の重体に陥った。発見が遅れ、救急搬送もされなかったからだ。しかし、彼よりも先に運び込まれたのは、弟の方だった。

記憶が残っているのなら、直登は『人間』を好きにはならないだろう。性別不明の容姿をしたサーシャだけが、直登の生きる拠りどころだったことも納得ができる。

「おまえには、俺の存在が邪魔だろう。……だから、しばらく身を引いてやったんだ。佐和紀は……、サーシャは、肩の荷がおりた顔をしていただろう？」

ふっと頬をゆるめて、周平はうつむいた。

ポケットを探り、煙草を持ち出し忘れたと気づく。

黙っている直登を見て、言った。

「あいつは、横澤とは寝ない。それが一緒の布団で寝るってことならありえる。男同士だ。どうってことはない。……女とでもな」

「……サーシャの荷物を、捨てたんだろ？」

話を変えられ、周平は肩をすくめた。睨んでくる直登の目が幼くて、戸惑いが先に立つ。心と身体のバランスが危うく感じられ、先天的なモノだろうかといぶかしんだが、おそらく違うと答えを出した。

噂を聞く限り、直登には標準以上の学力がある。ものごとの認知力も正常だ。ただ、知識に片寄りがあり、心に大きな傷を抱えている。

自分を愛さなかった母親と、犠牲になった兄。

そして、幼少期を踏みにじった相手への憎しみ。

それらがどのような傷を形成しているのかは不明だが、大人になった直登は、子ども時代を繰り返しているようだ。そこへ干渉して、止まった時計の針をどうにか動かそうとしている佐和紀は、手巻きネジを持ち、右往左往しながら差し込み口を探している。

佐和紀の感情は、同情だろう。記憶を取り戻した佐和紀もまた、自分の欠けた子ども時代を慰めようとしている。

だから、直登と佐和紀の間に性的な行為は想像できない。

「サーシャのことがいらなくなったから！　だから、荷物を捨てたんだろ！　なのに、いまさら……っ」

苛立った直登が足を踏み鳴らして叫ぶ。糾弾された周平は目を細めた。そして、適切な言葉を探す。

手を差し伸べてやることはたやすい。敵ではなく味方だと教えてやることも簡単だ。傷ついて尻込みする人間は見慣れているし、生きる道筋を示すこともできる。しかし、直登は佐和紀の管轄だ。佐和紀のためを思えばこそ、手は出せない。逃げられるよりも、怒られるよりも、拗ねて嫌われることが一番恐ろしいからだ。

「俺は、いまも、佐和紀だけを愛してる」

周平の言葉に、直登は目を見開いた。

しらじらしいと言いたげな軽蔑《けいべつ》の表情を向けられ、肩をすくめてみせる。洗いたてでまだ湿っている髪を両手でかきあげ直した。

恋しくて愛しいから、甘えさせるわけにはいかない。

なにも言わずに出ていったことが、佐和紀の精いっぱいの気づかいであることもわかっている。話し合えば傷つけることになると、佐和紀はただ周平のことだけを心配したのだ。

いつだって周平が引き、周平が受け入れることになると思っているのだろう。

より多く愛した者が負ける。それが愛情のパワーバランスだ。

そして、佐和紀は、負けるときに得られる、甘美な痛みをいまだ知らない。

だから、周平とのセックスに溺れて憂さを晴らすことにさえ自己嫌悪して傷つく。けれど、付き合わせていると思っているのなら、大きな間違いだ。

佐和紀の欲望に付き合わされ、振り回されても、痛みは甘い。かつて自分を追い込んだ悪い遊びとは違うと思い知らされるばかりだ。

セックスはセックスで、愛情は愛情だ。

たいていふたつは混じり合うが、ときどきは遠く離れて存在する。

どちらも正当なセックスであり、正当な愛情だが、佐和紀は理解できていない。だから狭間《はざま》で迷い、戸惑い、孤独に逃げ込む。

「愛しているから、すべてをゼロに戻した」

川風を感じながら、周平は直登を見る。

「おまえのことを想う、佐和紀のためだ」

そして、自分自身のためだった。

なにもなくても、ふたりで暮らした実感が消えても、思い出が色あせても、佐和紀だけは裏切ることなく、ただ『佐和紀』でいて欲しい。

少しずつ変わって、まったく別の存在になってしまったとしても、そのときどきの想いで愛される、たったひとりでいたいと周平は願う。

そのために、ふたりの過去は捨て去った。佐和紀の足手まといになりたくない。

「サーシャは、悲しんでる……」

「怒ってるだけだ」

答えながら、周平は自分のうなじを押さえた。怒りたいのは自分の方だと訴えかけて黙る。じゅうぶんに子どもっぽい手立てで仕返しをしたばかりだ。

気を引いて、いじわるをして、かわいそうな子どもはここにもいると、だだをこねたい独占欲に溺れる。佐和紀の愛情はどんなかけらも自分だけのものであって欲しい。

そう思う、わがままな気持ちも存在する。

「今夜は、このまま部屋で寝かせてやってくれ。明け方には、必ず返す」

「信用できない」

ギリッと睨まれたが、寝ている佐和紀を起こす気はない。部屋を譲り、ふたりで泊まらせるつもりもなかった。今夜の佐和紀は、周平だけのものだ。

「直登。おまえは、あいつの気持ちを知ってるな……」

ふっと視線を巡らせ、周平はまっすぐに見つめた。

佐和紀の中にある、絶対的な幸福感にすがりながら、その根源には触れたくないと直登は思っている。

つまり、そこに根づく周平の存在を予感しているからだ。

「また話そう。近いうちに」

周平の言葉に直登は首を振って嫌がった。笑いながら近づくと、慌ててあとずさる。

「佐和紀のことを頼む。よく見てやってくれ」

肩を叩こうと伸ばした手を、触れないうちに引き戻した。

あとは、なにも言わずに背を向ける。周平は、夜の中を颯爽と歩き去った。

＊＊＊

窓辺にもたれた佐和紀は煙草を吸う。

吐き出した白煙に裸眼を細め、色を抜いた髪を窓ガラスへ押し当てる。川向こうにひしめき合う家々は夜更けの暗がりにあり、常夜灯がひっそりと街の輪郭を描いている。

そのどこかに、大きな屋根の寺がまぎれているはずだった。

周平と出かけた日本画の展示を思い出し、息をつく。

青白く描かれた屋根の連なり。暮れていく京都の町並み。

それはもう存在しないと言ったときの周平は、おぼろげな記憶の中にいる。しかし、確かに並んで立っていた。

佐和紀は身に馴染んだ木綿の和服姿で、周平は変わらぬ洒落《しゃれ》たジャケットを着て、周りの視線を微塵も気にかけず、ふたりの世界にいたのだ。

周平の指が袖に触れてきて、手を探していると理解しながら、ジャケットの肘あたりを掴んだ。確かにふたりは、年の暮れていく京都の雪を眺めていた。四角に切り取られた額縁の中の冬景色は、あの一瞬、周平と佐和紀にとって現実の窓枠と同様だった。

物音に気づいて、佐和紀は視線を部屋の出入り口へ向ける。シャワーを浴びた身体に周平が脱ぎ捨てたシャツだけを着て、足元は剝き身のままだ。

「おかえり」

姿を見せた周平に声をかけ、その手に提げられたビニール袋を見た。わざわざ買い出しに行くのが、周平のマメなところだ。

「……ただいま。カップラーメン、食べるだろ？」

袋をミニバーの上に置き、近づいてくる。

「ぐっすり眠ってたから、起こさなかった。メモを残せばよかったな」

ごく当然のように抱き寄せられ、手にした煙草を周平のくちびるへ差し込んだ。わだかまりがなかったように振る舞う周平は大人だ。

「荷物も服も、そのままだろ」

戻ってくることはわかっていた。

「シャワー、浴びたのか。洗ってやりたかったな」

煙草を指に挟んで遠ざけた周平が煙を吐き切る前に、佐和紀はその頬を引き寄せた。煙たいキスを軽くかわし、お互いが咳《せ》き込む。

「ラーメンを食べたら、明け方までには帰らないと。岡村に連絡してくれる?」

「わかった」

「……もう一回戦はないよ。腰も膝もガクガク。手加減をして欲しいよな」

「それはこっちのセリフだ」

笑った周平が離れていき、佐和紀は引っ張られるように追いかけた。

灰皿で煙草を揉み消す背中にぴったりと寄り添い、腰に腕を回す。周平の手が肌へ添い、指が絡む。佐和紀はぼそりと言った。

「俺がいけなかったと、思う。……でも、謝りたくない」

「それなら、謝るな」

答える周平の声は笑っている。

「したくないことは、しなくていい。そのためにおまえを家から出した。……引き止めることはできたんだ。しなかっただけのことだ」

周平に引っ張られて、腕の中に抱き込まれる。こめかみにキスが当たった。

さびしかったかと問わないのは、誰より、周平がさびしかったからだろう。身体に腕を回し、黒いシャツの肩へ頬を押し当てる。

横澤と同じ香水は、周平の体臭と混じり、佐和紀だけの好ましい香りになっていた。スパイシーウッドに混じる華やかな花の香りと、ほんのわずかな柑橘《かんきつ》。元の匂いを知らない佐和紀には、どこが香水そのものなのか、判別がつかない。

「周平。……好き……」

ささやいた佐和紀の声が、綿サテンのドレスシャツにけだるく降りかかる。

「知ってるよ」

なにげなく答えているのとは裏腹に、周平の腕は佐和紀を強く抱きしめた。

背中から肩へ腕を回してしがみついた佐和紀は、背中をしならせながら周平を見上げる。視線が絡み、周平が眼鏡をはずす。重なるくちびるを待って、佐和紀は舌先を差し出した。

これから先、どうなっていくのか。佐和紀にはまるで見えない。

繰り返す逢い引きの正当性もわからず、胸の奥には、ふたりの関係を消費しているような罪悪感が尾を引く。あれほど案じた周平の心変わりも、いまは感じられない。

けれど、離れたままで、この先も関係は続けていけるのだろうかと不安になる。

くちびるを柔らかく吸い上げられて、吐息が漏れた。

胸が痛んでたまらない。夫婦だったふたりが消えていくようで、悲しさと寂しさが混じり合って引きつれる。

これは違う、と佐和紀は心に繰り返す。

これは、鬱屈を晴らすための、セックスではない。

自己中心的な快楽のための行為ではない。

しかし、本当にそうだと言える確信はなかった。

柔らかな鬱屈をくちびるのうちに秘め、周平の手に抱かれるまま身を寄せる。

なにか、優しい言葉を周平に贈りたいと思う。けれど、佐和紀には思いつかない。

ただ周平の胸にもたれかかり、明日のことを考えずにいるしかなかった。

「佐和紀、もう一度だけ、いいだろう？」

艶めかしい声がささやき、シャツの裾を引き上げられる。以前の佐和紀なら、イヤだと笑って逃げた。しかし、いまはできない。

両手で周平の頬を摑み、舌先からのキスを答えの代わりにする。

明日も当然のように会えた頃とは違う。この瞬間、求め合わなければ、機会なんてものは簡単に失われる。

吐息が奪われ、やがて抱き上げられた。幻のような祇園囃子が遠く聞こえた気がして、佐和紀は目を閉じる。過去は戻らず、あの頃のふたりにはなれない。

それでも、いま一瞬、周平のことが好きだった。

旦那の懊《おう》悩《のう》

「なぁ！　帰るって、言ってんだろ！」

地団駄を踏む勢いで怒鳴る佐和紀《さわき》の声を、そのとき、不思議に遠く感じた。

奈良の由緒あるホテルの一室に取り残された周平《しゅうへい》は、立ち尽くしたままでドアに背を向ける。怒り散らした佐和紀が戻りはしないかと期待した分だけ心がよじれていくようで、再会してからの二ヶ月弱がふつふつとした後悔を引き寄せる。

指先が冷えて、拳《こぶし》を握る。

均衡が崩れるのはいとも簡単だ。そもそも、偽りの間柄だから仕方がない。

これまでと変わらないように振る舞っても、現実はいつもふたりのあとをついてくる。

佐和紀は横浜を出て直登《なおと》と暮らし、周平は独り身に戻った。

実際は偽装離婚で、互いの愛情に変わりはないが、遠く離れて暮らす日々は殺伐として空虚だ。目的に向かっている佐和紀と違い、見守るだけの周平にはいっそう苦しい。

「まいったな……」

本音がくちびるからこぼれて、ふらりとその場を離れた。窓際のイスへ腰かけ、煙草《たばこ》に火をつける。立ちのぼる紫煙は柔らかに見えたが、吸い込むと思いがけない辛みが際立ち、少しも味わえずに灰皿へ押しつけた。

佐和紀の怒鳴り声が耳によみがえり、煙草の匂《にお》いのついた指をくちびるへ当てる。身を屈《かが》め、小さく息を吸う。

こんなにも言葉が選べないとは、意外だった。

剝《む》き出しの感情をぶつけられ、あきれたとか、戸惑ったとか、そういうことではない。離れに残していった荷物を捨てたことに対して、あれほど怒るとは考えておらず、傷つき落ち込むなら慰める気でいたぐらいだ。

佐和紀の身勝手さが身に沁《し》みて、笑いがこみあげてくる。

説明したところで、周平の気持ちは伝わらないだろう。理解して欲しくないとさえ考えるのに、一方では、自分の口にした言葉がブーメランになって胸に刺さる。

『俺の立場と、おまえの生き方と、これからのこと。なにもかも手放したくなったのは、おまえじゃないんだろう』

周平は、そう言った。あまりに赤裸々すぎて、思い出すと羞恥《しゅうち》に震えたくなる。

頭にあることも、心にあることも、なにひとつ整理をつけずにぶつけた言葉だ。佐和紀への甘えが端々に滲《にじ》み、理性を失うほどに惚《ほ》れた現実が痛みを生む。

愛していると強気に出ればかわせる衝撃も、惚れていると思えば、身を粉々に打ち砕くほどの大打撃に変わってしまう。同じように見えて、まったく違う言葉だ。

それをまったく理解しないからこそ、佐和紀は横浜を飛び出した。問題解決能力の限界だったことは間違いない。

　周平にさえ全容の知れない過去を背負っている男だ。言葉にできないことや、おぼろげだったり空白だったりする記憶もあるのだろう。だから、悩みすぎて心を壊さないでいてくれたらいいと、そんなふうに心配することもある。

　さまざまなことが一筋縄ではいかないから、どうしても一緒に暮らすことができないのだ。頭ではわかっていても、心がついていかず、よじれて歪《ゆが》み、さびしさばかりが募る。

　ノックの音が響き、声を返す。オートロックではないドアが開いて、星花《シンファ》が顔を出した。

「ふたりは帰りました。……よかったんですか」

　ツインベッドにちらりと視線を向けながら、周平のそばまで歩いてくる。相変わらず、退廃的な雰囲気の男だ。

「申し訳ありません。荷物の話をしたのは俺です。もう知ってると、ばかり……」

　星花の声が湿り気を帯びて低くなる。丁寧に隠された嘘《うそ》の影に気づき、周平は黒縁の眼鏡《めがね》を指先で押し上げた。途端に星花は動揺して、自分のシャツをいじりはじめる。

「あ、あの……」

「それで？」

　周平の声は不機嫌にひたりと沈み、色気のある星花の頬《ほお》が歪む。

「俺を納得させるだけの言い訳があるから来たんだろう」

「謝罪をしておくべきだと……、そう思ったので」

しどろもどろになった星花があとずさる。立ち上がるのも鬱陶《うっとう》しくなった周平は、イスの肘掛《ひじか》けにもたれて足を組む。

「なぁ、星花。ずいぶんと気が大きくなったもんだな。……俺のどこにつけ込むつもりでいるんだ」

「違います。そんなつもりはありません」

間髪入れずに答えても、星花の瞳《ひとみ》はすでにしっとりと潤んでいる。

佐和紀と仲違《なかたが》いした周平を慰める気で、内心は意気揚々とやってきたのだ。苛立《いらだ》ちまぎれにひどく扱っても、それはそれで気分次第のプレイになる。

かつては性交渉を持っていた仲だ。佐和紀と結婚した周平は、女遊びも男遊びもぴたりとやめたが、星花はいまだにおこぼれの一発を夢見ている。

周平はうんざりしながら肘先でこめかみを支えた。

「じゃあ、ストレス発散に舐《な》めろって言っても、膝《ひざ》をつかないんだな」

「言ってくれるんですか」

答える先から星花は前のめりになり、いまにも周平の足元へすがりつきそうに見える。

周平は鼻先で笑い、頬を歪めた。

「俺につけ込む隙《すき》があるように見えるとしたら、それは佐和紀が相手だからだ。妙なところで戸惑って、機嫌も取れない」

「あなたを置いて帰れるなんて……。とんでもない」

「俺を捨てていった男だ。なんだってするだろう」

口にすれば、すべてがほろ苦い。今夜も抱き寄せ、肌を確かめ合って眠るはずだった。

なのに、佐和紀はもう影も形もない。周平の腕は空振りするばかりだ。

「あてつけに浮気をしようとは思わないんですか。……俺なら、いつでも」

「……やめておけよ」

周平は笑い、自分のうなじを指で撫《な》でた。

「俺の男は、あの佐和紀なんだぞ。……あいつに叱《しか》られたら、心の芯《しん》から凍えることになる。……捨てなきゃ、よかったのかもな」

その場しのぎがくちびるからこぼれ、周平は自嘲《じちょう》する。

離れないでくれと泣いてすがれたなら、話はもっと簡単だった。

「……そういうあなたも魅力的だから、困ります。でも、確かに……、佐和紀さんに叱られるのは避けたい。岡村《おかむら》さんにも怒られる……」

「あいつはどうでもいい。一番いいポジションだ……」

いまいましげに言って、煙草を取り出した。指でもてあそびながら、自分勝手に拗《す》ねて怒った佐和紀を思い出す。胸の奥がチリチリと焦げて、煙草に火をつける気にならない。

「なんだって、あんなに怒れるんだろうな。出ていったのは自分のクセして。……まだまだ子どもだよ……、佐和紀は」

誰《だれ》に聞かせるでもないぼやきだ。考えの至らない幼稚な男に心底惚れて翻弄《ほんろう》されて、泣き出しそうな目を向けられるだけで胸が掻《か》きむしられる。

いまのままでいてくれたなら、と願うこともあった。ずっと頼りにしてくれたなら、周平なしでは動けない佐和紀でいてくれたなら。考えるたびに、懊悩はずっしりと重くなる。御しやすい佐和紀より、奔放でわがままで、未来を見ようともがく佐和紀がいい。

だから、仕方がなかった。

惚れた分だけ弱みが生まれ、佐和紀につけ込まれて追い詰められる。甘い敗北が胸に沁みて、無性に酒が飲みたくなった。

帰らせてしまったことへの後悔はすでに深く、追いかけて連れ戻すことのできない自分のプライドの高さにも辟易《へきえき》する。

しかし、それが佐和紀の愛している岩下《いわした》周平だ。離れているからこそ、優しいだけの恋人にはなれない。

手にした煙草に火をつけて、周平は辛い煙を吸い込んだ。

佐和紀がいないだけで、すべてが味気なく感じられた。

ケンカ別れをしたままで日が過ぎて、待っても待っても佐和紀からの連絡はなかった。

ようやく公衆電話からの着信が入ったときは、予想外に感慨深くて、震え続ける携帯電話をしばらく眺めた。呼びかけられているようであり、すがりつかれているようでもあり、待っていたからこそ応対に出られなくなる。

ついには呼び出しのバイブレーションさえせつなく思え、携帯電話の電源を切った。声を聞けば優しくしてしまう。少しでも頼られたら、必要以上に手を貸したくなる。早く帰ってきて欲しいからだ。

けれど、手元を離れた佐和紀は自分の足で立とうと努力している。手段も佐和紀次第だ。周囲から見ればまどろっこしさもあるが、自力であることだけに意味がある。

迷っても、しくじっても、すべてが学びだ。

大人の理性を効かせながら、夜毎《よごと》のひとり寝に倦《あ》いて大阪へ向かう。支倉《はせくら》に無理を言って予定を組ませ、佐和紀の暮らしを気づかれないように見守り、遠巻きに眺める。

なにをしても味気なく感じられ、北新地《きたしんち》のラウンジで見かけたときは心が激しく波立った。横澤《よこざわ》を演じる岡村の紳士然としたそつのなさも憎く感じられ、佐和紀からの愛情に欠乏している自覚も失った。

その結果が、レストルームでの一件だ。始めてしまえば途中でやめられず、殴られることも覚悟しながら遂行した。

佐和紀の欲望を煽《あお》り、辱め、ひとり寝の日々に傷ついていることの意趣返しをしたかったのだ。子どもじみた仕返しに、佐和紀は気づかなかっただろう。

殴りもせず、泣きもせず、よく見知った快感に身を寄せて、すれ違っていくふたりの関係から目をそらそうとしているようでもあった。それぞれの気持ちは、それぞれのもとにあり、交わそうとしても交わせない一方通行の想いが宙に浮く。

優しい言葉がかけられなかった周平は、ラウンジを出てから猛烈に後ろ髪を引かれた。

それでも支倉とタクシーへ乗り込み、最終の新幹線を目指す。

「気が晴れないなら、スケジュールを切り直した意味がありませんね」

的確な嫌味を言われ、隣に座っている支倉を睨《にら》みつける。

情緒を理解しない男だ。恋愛の機微がわかるはずもなかった。

「……いっそ、言いくるめてしまいたい」

本音がこぼれると、支倉はわずかな動揺を見せた。

「憎まれ役をやめるんですか？　それもそれで、向こうは理解しないと思いますが……。いまさらです」

「気が済むように優しくして、なにもかもを整えてやれば、問題解決も早くなる。そうすれば……」

「自分の頭で考えられない無能が出来上がるだけです。……あなたが日和見《ひよりみ》的になるのは珍しいですね。……いっそ、さびしさを埋めるだけの相手を探したらどうですか」

「だから、な……」

苛立ちをこらえて、周平はもの憂くため息をこぼした。

「わかってないんだよ、おまえも。……確かに、いまさら立場は変えられない。佐和紀が混乱するだけだ」

「……侮られたことも察知するでしょうね。そういう動物的な勘は鋭い人だ」

「浮気なんかしてみろ。目も当てられないことになる」

「そうですか？　なぜ、主導権を持っていたいと思わないんですか。あなたの方が優位に立てばいいだけだ」

「……そんなことができるなら、とっくにやってるだろ」

周平は遠い目をして、車窓に流れる明かりを見るともなく眺めた。

佐和紀の肌の感触が指によみがえり、不謹慎なほど心が浮かれる。乱れて震えた息づかいには、確かな愛情があった。

電話に出ないとか、もてあそぶような行為に及ぶとか、本来なら怒り散らしていいことばかりだ。しかし、佐和紀は感情を呑《の》み込んでいた。

周平の不機嫌の理由が自分にあると思うからだろう。罪悪感の表れだ。

けれど、佐和紀に対する不満や不機嫌は、意外に長続きしない。もうとっくに薄れているのだが、佐和紀の心に居場所を作っていたくて、今夜のような暴挙に出てしまう。

わがままで身勝手で子どもっぽいのは周平の方だ。

佐和紀に許されているから、これまで誰にも見せなかった感情が滲んでくる。

俺を見て欲しい。忘れないで欲しい。

ずっと、ずっと、疼《うず》きの中に息づく欲望の根源でありたい。

「佐和紀だけが、俺を支配するんだ」

周平のつぶやきに、支倉はなにも答えなかった。耳に届かなかったのかもしれない。

あえて繰り返すほどのことでもないので、周平はくちびるを閉じた。

離れてみて、初めて知った感情もある。

恋の痛みは、せつなくも甘い。傷つけ合っていても、反発し合っていても、佐和紀を想う瞬間の痺《しび》れるような恋心が人生のすべてだ。

これからもそばにいたいから、いまは憎まれ役を続ける。

佐和紀の反骨精神に火をつけて、煽って煽って、前へ進ませる。

そして、変わっていく佐和紀さえもすべて手に入れたい。

こぼした吐息が思うより甘くかすれ、周平はひとりごちて苦々しく笑みを浮かべた。

あとがき

こんにちは、高月紅葉です。仁義なき嫁シリーズ第三部第一弾『淫雨編』をお届けします。シリーズ通算二十巻目。ついに第三部の始まりです。

波乱の別居婚。佐和紀の心は迷子になっていますが……ご心配なく。巻を重ねるごとに立ち直ります。成長します。旦那・周平の内助の功も発揮されます。周平と対等になるための武者修行、見守っていただけると嬉しいです。（ちなみに先行発表している同人誌&電子書籍では同居婚へ戻りました）

シリーズ開始当初、いただいた感想に「三歩下がった佐和紀の内助の功が見たい」とか「働く嫁を旦那が支える。これがイマドキなのかな」とか書かれていたことを思い出します。この相反する価値観。肯定も否定もしません。でも仁嫁は自然とこうなりました。恋人である前に夫婦である前に、ひとりの人間であること。それを大事にしていきたいです。

末尾となりましたが、この本の出版に関わってくださった皆様に心からの謝意を表します。そして、仁嫁を支えてくださる皆さんにも心からの感謝を。

高月紅葉

＊仁義なき嫁　淫雨編：電子書籍「続々・仁義なき嫁1〜淫雨編・上下〜」に加筆修正
＊旦那の懊悩：書き下ろし

この本を読んでのご意見・ご感想・ファンレターなどお待ちしております。〒110−0015 東京都台東区東上野3−30−1 東上野ビル7階 株式会社シーラボ「ラルーナ文庫編集部」気付でお送りください。

ラルーナ文庫

仁義《じんぎ》なき嫁《よめ》　淫雨編《いんうへん》

2025年3月7日　第1刷発行

著　　　者｜高月《こうづき》 紅葉《もみじ》
装丁・DTP｜萩原 七唱
発　行　人｜曺 仁警
発　行　所｜株式会社 シーラボ
〒110-0015　東京都台東区東上野 3-30-1　東上野ビル 7 階
電 話　03-5830-3474／FAX　03-5830-3574
http://lalunabunko.com
発　売　元｜株式会社 三交社（共同出版社・流通責任出版社）
〒110-0015　東京都台東区東上野 1-7-15
ヒューリック東上野一丁目ビル 3 階
電 話　03-5826-4424／FAX　03-5826-4425
印 刷・製 本｜中央精版印刷株式会社

ISBN978-4-8155-3303-8